ハヤカワ文庫JA
〈JA1196〉

我もまたアルカディアにあり

江波光則

Et in Arcadia Ego (Guercino)

写真提供 ＰＰＳ通信社

我もまたアルカディアにあり

1

「我々は世界の終末に備えています」

と、熊沢《くまざわ》が自信満々に俺に言った。熊みたいな大男で髭モジャの顔で、名は体を表すという言葉そのままの存在で、日本人離れしていた。黒スーツ姿がやけに似合うが、カナダの木こりみたいな格好をしてもやはり似合うだろう。身長は俺より十センチは高く体重に至っては二倍はありそうだった。

それにしたって「世界の終末に備える」と来たもんだ。

この世には杞憂という素晴らしい言葉がある。

東アジアの盟主様が紀元前から伝えてくれたとてもいい言葉だ。

「……んで、その終末が来なかったら？」

「来る時に備えています」

俺の脇腹を妹が突っつきながら、耳元で囁《ささや》いた。

「兄貴、宗教入りてえんなら親父のとこに入れよ」

お袋そっくりの声と日本語でそう言った俺の妹は、名前をアルバドル・フーリー。こちらは全く名が体を表していない。背丈は俺と同じぐらいで体重は俺よりきっと重い。主に筋肉でその数字になっている。日焼けした肌に天然の黒い巻き毛。

「やだよ、あんな砂っぽいの。……ちなみにここは宗教じゃないっぽい、俺の勘では」

「勘かよ。じゃ、何だよ」

「本気なんだろ」

別に宗教を信じている人がふざけているという訳ではないが。

「……御園《みその》さんはご兄妹で入居をご希望ですか？」

こちらの動揺など気にもせず、熊沢はそう尋ねてくる。

「夫婦という事でお願いしやす」

フーリーが小馬鹿にしたような口調でそう言った。熊沢は構いませんよなどと応じた。構えよ、と俺は思った。俺たちの入居はもう確定という路線で話が進んでいる。俺も反対する理由は見あたらない。

アルカディアマンション。

どんなに胡散《うさん》くさかろうと、ここには唯一無二の特権がある。

働かなくても生きていけるという特権が。

顚末《てんまつ》から先に言う。

フーリーは俺との間に五人の男女を儲けて、それからしばらくして子供を殆《ほとん》ど連れて出て行った。長男一人だけを置いていった。それからどっかの誰かに殺されて死んだ。

俺はというと、百歳を超えるまで生きてから死んだ。俺の勝ち。

熊沢などその頃にはとっくに死んでいた。

そして世界は終わらなかった。少なくとも俺が生きている間は。

クロージング・タイム

まず、どう生きるかを問われる。

将来の夢は何ですか。

そのよくある質問は六歳時、次に十二歳時に問われ、それからもしばらくは迷い続けられるが、時と共にある程度選択肢は狭まってくる。生き方にはそれなりの不自由さがある。選択肢はそうそう好きには選べない。時には誰かに選ばれなくてはならない場合だって多い。生きていくのは自由ではない。

それでもそれなりに力業で選び取る事は出来る。

六歳の時の問診で、私は作家になりたいと言った。体力を使わずに空想だけでやれるような気がしたし、私の頭の中には、それまでに見たり読んだりした創作物が生き生きと踊って騒ぎ立て、外に出たがっていた。

問診官は子供の夢に対して機械的に対応してくれる。この程度なら向きも不向きも才能も、まだまだ何一つ問題じゃない。私だって漠然とそう思っていただけだし、その夢が文章なのか絵なのか映像なのか音楽なのかさっぱりわかっていなかった。

ともあれ私の脳内は創作向けに改造された。

妄想癖が酷《ひど》くなり会話が苦手になるが、その代わり妄想を筋道立てて構築し連結する能力をロジックとして強化された。脳の中にある生体チップが、私を何らかのクリエイター に向いた思考と能力が育つように教育し始める。

私は二度目の問診時にも、それほどどう生きるかは変えていなかった。作家になりたいという「夢」は変わっていなかったし、そのベクトルで成長を続けた脳もそれを補助していた。

英語もろくに話せないのに、気の利《き》いた英文は直感で浮かんでしまったり、周囲で起きる物事のすべてにストーリーを見出し、起承転結を構築し、何より他人に見せられる程度の代物に仕立て上げるという基礎は備わっていた。

そこからまたどんな夢でも描ける。

今からプロスポーツ選手に夢を鞍替《くらが》えしたって構わない。

多少、不利かも知れないがその代わり、六歳の時からスポーツ一本だった者より成長過程が不規則になり、結果として伸びるという事もある。逆もまた然《しか》りであって、六歳時の問診は何を選んでもそれほど後々の心変わりに害はない。

ついでに、この六年間である程度の向き不向きもわかってくる。最適化させてみましたがそれほど伸びはありませんよ、という否定であったり、素晴らしく才能があります、だったり、英才教育の結果をそれなりに評価され、それを踏まえた上でまた選び直す。ここから先の選択はよりソリッドなものも選択出来るし、それにはリスクも付きまとう。

不要なものを徹底的にそぎ落とすというリスクを選んでメリットを得る。求める機能だけを活性化させるというストイックさがもたらす利益。

何年かは後戻りが利く。それにすら目もくれない。考え続け動き続け目的のために命を燃やして生きていく。少しずつ失われていく身体機能と引き替えに目的のための効率化を続けていく、目的の他は最小限でいいという求道者たちもいた。

私はそうしなかった。

そこまで純粋じゃなかったからだ。純粋ではいられなかったというべきか。

脳内の成長ロジックは創作向けに偏向させたままだったが、妄想癖は切って捨てた。現実をもっと捉えようと思い、経営者や政治家になれる可能性も残した。あとは才能と運だ。

何にせよ後からでも多少の修正は利く。歳と共に戻れなくなるものもあるが、動かなくなった器官をやっぱり動くようにしたいと言われても、それなりのリハビリがまず始まるだけで時間の無駄だ。

そこまでじゃない。決して私はそこまでにはなれない。なろうと思っても無理だっただろう。

十二の頃には私は、漠然とだが自分の限界が見えていた。器用貧乏な自分に気づいていたから、制限をかけて長所をより伸ばす、という方法は選択しなかったし、その判断は更に六年後の十八の時には正しかったと我ながら思った。

十二の時に決めた事は、第二次性徴が訪れる前に生殖機能を外す事だった。下半身も邪魔くさかったので殆ど切除した。

私はそれで身体的には十二歳児のままでいられる。そして脳だけが成長し、マニピュレーターとしての腕だけを使い続け、そして創作活動に没頭した。別に出かける用事もないし、そもそも動く必要もない。寝たまま、排泄も何もかも自動的に、腰から下に付けた機械の中で行われている。垂れ下がる内臓も適した場所へと機械が押し上げ配置してくれている。私は好きなときに眠り、好きなときに食べる。それも流動食で充分だった。脳さえ活性化してくれればそれでいい。

私のスティックさなど所詮はその程度でしかない。

それが私の選んだ「どう生きるか」という問いかけへの答えだった。

どう生きるかと言われても別にどうとも思ってないし、何も自分からする気はない。

そういう人間が大半だ。過半数どころか恐らく八割がそうだ。

残りの二割を選んだ私が特殊で、そしてその特殊な連中の中でも私はそれほどの変わり者ではなかった。部屋から出ないどころか動く事すら殆ど放棄して下半身を丸ごと機械に埋める事を選択するぐらいじゃ、昨今それほどの変わり者ですらない。

私は下半身を切り飛ばして身体の成長すらめんどくさがっただけの凡人に過ぎない。

「……聞いてんのかよ?」

聞いてなかった。

打ち合わせの最中だというのに、私は相手との会話より「雑踏」のほうに耳を傾けてしまっていた。雑踏はとても良い。完全無料のインターネット上で交わされる他愛もない雑談。それはチャンネルを合わせ地域を特定するだけで合法的に傍受出来る。

一切関わりのない他人の会話、複数人で交わされる戯言。

それは私の創作意欲を刺激し、尚かつ世間一般の何が「普通」かを、変わり者のはしくれである私が見聞きし、自分と世間との距離感を計れる。その計測はとても重要だ。芸術とさえ見紛《みまが》うような作品を創ろうと四苦八苦するよりもとてもとても有意義なのだ。

それらの一般感覚こそを私は重要視し、だからこそ妄想癖を削り取った。

自分の中から、それこそ肉体と知的感覚を犠牲にするほどに自分を追い詰めて血を吐くような苦行の末に「素晴らしい作品」や「素晴らしい肉体」を造るなどコストパフォーマンスが悪すぎる。もっと要領良くやれる。

力ずくでヒットメーカーとなれる。

イカサマ同然とも思えるやり方で作品そのものの出来不出来など関係なしにそれは人々に受け入れられ褒められついでに金を貰える。

だから私はフィールドワークを欠かさない。

別に何になりたくもなく積極的に何かになろうとするのを面倒くさがる連中の感性を常に受信し続け一般感覚を吸収する。それは作品そのものの出来ではなく、どうしようもない凡作をベストセラーに変える価値がある。

十二歳の頃には気づいていた。売れる作品という物はそれ単体の力ではなく政治力がもたらす代物だと。

私は絵をそこそこ描ける。

文章もそこそこ書ける。

それらを世に出し受け入れられるエディターとしての能力、プロデューサーとしての素質も持っている。すべて凡庸より少しばかり上。だから私の関わった作品は「何だかよくある、よく見かける何か」程度でしかない。

それを売る。広める。多くの人間に、こんなしょうもない、クリエイティブの欠片《かけら》もない模倣の継ぎはぎを見せて、凡人達は私が思ってもいなかった角度から絶賛し、相乗効果で自発的に波に乗り、そして私はより優れた才能と技術を持つ人間が造る作品を遙かに越えた支持を得る。

その程度で構いはしないし、それ以上の事も私には出来ない。

「……悪い、他人の会話を聞いてた」

「覗き見、好きだよなあんた」

「覗けるものは何でも覗く」

「んで次のメンバーについての話なんだけどよ」

映画を作るという話だった。

メンバーなんか誰だっていい。

そこそこやれていればいい。この世には当然、撮影技師がいて役者がいる。希望者を募って自主制作する。それを統括するメンバーの一人が私で、作品が出来れば、多分世間のみんなはきっと、私の作品だと認識する。

それでいい。

「何か問題でも？」

「メンバーの中に一人めんどくせえのがいる」

どこにでも、何をやっても気が合わない人間はいるし、集団で創作活動などやれば当然出てくる。不本意な仕事などしなければいいだけの事だ。

流通すれば購入される訳だが、売り上げは国に入る。その代わり我々はみんな、生まれてから死ぬまで何ら不自由なく生きていける。

だからこの仕事とやらもヒマ潰しの延長に過ぎない。私だっていつやめるかわからない。今はまだ楽しいからやっているだけだ。だから本来、揉め事などそうそう発生しないはずなのだ。

「雑踏」に向けていたマイクを切って、今度こそ打ち合わせに集中する。

「で、誰だ、そのめんどくさいのは」

「珊瑚《さんご》先生」

「まさかのそこか」

「そこだよ、あの女だよ」

御園珊瑚は筆名だ。このご時世に筆名とはそれだけでも変わっているが、本名が長ったらしいのでそうしているらしい。彼女は小説一筋で、そして私など問題にならない天才で、だからこそめんどくさい。

御園珊瑚をメンバーに入れるのは、私がそもそも言い出した事だ。

彼女の書いた本が元々の原作だからだ。勝手に映画化する訳にもいかない。作品どころかオープンな会話にすら全て著作権というものがある。今している打ち合わせはオープンにしていないから、誰かに盗聴でもされて作品化でもされたら請求出来ない。

こんな打ち合わせに作品としての意味があるとも思えないが。

「……それで？　あの作家先生は何にご不満なんだ？」

「今のままじゃ売れすぎるからもっとマイナーな方向に振れと」

「馬鹿を言え」

「俺も冗談で言ってんのかと思ったけどな」

「売れすぎるから売れないようにしろだと？　そりゃ確かに面倒だな」

私に言わせれば最高売上高を超えろと言われるよりも面倒だ。一度、この場に立ったからには、それはもう無理なのだ。御園珊瑚もそれは知っているはずだ。天才と呼ばれた者は悪意以外の理由では凡人に戻る事は出来ない。

「……あの先生、労働者だったかな」

「まさか。俺らと同じだよ」

「それが原因だろうな、きっと」

金ならあればあるだけいいだろうが、名誉欲や承認欲求というのは、ある程度のところで嘔吐したくなるほど辛くなったりする。他人に褒められる事自体が我慢ならない、という人間がごく少数いる。だからといって貶《けな》せば貶したで嬉々として反論してくるし普通に怒る。

金なら良かったのだ。

この世界で現金の使い道など限られた少数の選択しかない。物欲には勝手にブレーキがかかりスロットルも開きようがない。唯一、感情の問題だけが果てしなく、そして唯一の悩みとなってこの世界に顕現する。だから大抵の者は、その魔物に食われないよう、この箱の中を理想郷と呼ぶに相応しい場所にするために自分に言い聞かせるようになる。

何もかも数字や金にするべきだと。

さもなくばさっさと終わりにして呑気に死ぬまで生きているべきだと。

それが賢い選択だった。私の創作に従事する活動期間も、標準からすれば長く続いているほうだ。二、三度やれば飽きる事が多い。私は全く飽きなかったし、とにかく世界に影響を与え続けたかったし、そのためなら入念な仕込みは欠かさない。

金にして、数字にするという熱意は衰える事がない。死ぬ寸前までやれる。

今回は一千万だったから、次は二千万、三千万を目指しましょう。

それなら何の問題もない。努力するだけだ。工夫するだけだ。

一度、一億売り上げた人間が、次は百万でいいです等と言える訳がない。

「とにかくマイナーに振らなきゃ承認できねえってよ、珊瑚先生」

「私にはとても無茶な注文に聞こえる」

「こっちだってそうだ。めんどくせえ我が儘《まま》にも程がある。どうするよ、やめちまう？　原作クレジット削って脚本書き直す？　まだ発表してねえからいけると思うけど」

今の販売戦略をまた再構築しなきゃならないとなると、どうやったって納期を破る。それを破る事を私は私に許していない。自分に課したルールの一つだ。

誰も義務を課さないから自分で自分にそうする。

それはとても楽しい生き方の一つだ。これを破ったら私の熱意はみるみる冷めて飽きるのではないかと思う。

私の販売戦略の中で御園珊瑚の名前は中核そのものだった。

それに外すとなると一から変わってくる。作品の内容はさほど変わらないだろうが、そんな事はどうだっていい。欲しいのは原作者である御園珊瑚の名前だった。

御園珊瑚は承認欲求に嘔吐しているんだろうか。

名誉に飽き飽きしているんだろうか。

それなら最初から断ってくるに違いない。了承された以上は私も自分の貪欲さを限りなく満たすのに使うし、そんな事はわかっていたはずだ。

「正直、あれそのまま出したら世間の反応、結構悪そうだしな」

「悪かろうと良かろうと反応があればそれでいい」

「あんたいつもそれだな」

「そうやってのして来た人間だからな」

今回の事も正式発表となればそれなりに風当たりは強いに決まっている。

私が何をやっても私を否定する人間。何万人にもそれを増やしてきた。時には創作とまったく関係のない政治経済からくだらない悪趣味な冗談まで使い、手段を選ばず増やしてきた。それは味方ではないが、敵でもない。

どちらでもない。

決して私は謝らなかったし撤回もしなかった。あえて間違えたし、そして本当に間違った時でさえそしらぬ振りをして、相手が怒ったり憎んだりする理由として君臨し続けてきた。それが私の造った場所だ。

創作の分野で、正面切って勝負を仕掛けても私はきっと負ける。だから私は自分の足元に、そういう場を築いた。勝っても負けても私の主催する舞台の上ならそれでいい。

一言でも誰かが反応したら、それはきっと私の勝ちで相手の負けなのだろう。

何の反応ももらえず一顧だにされない事こそ私の敗北なのだ。

仕方がない。そういうやり方でしか閲覧数を伸ばせないのだから、仕方ない。私は力及ばなかったと自己満足を口にして勝手に消えてなくなるような真似をそうそうしたくない。

ただ何かを造りぼんやりしていたらいつの間にか自然に評価され尊敬されましたなどとほざく天才を、こういう場で何人か踏みつぶし、そしてまた上へと這い上がった。

金にもならないのに。

どんな形であれ承認される事、人に気にかけてもらえる事こそが私にとっての、最大の欲求だった。私はそのために生きている。ずっと昔、下半身を切除した頃から、きっと薄々こうなるだろうとは思っていた。

こんな生き方も中々、楽しい。

子供の頃の夢とは違っている気もするが、それでもいい。

そういう私である事を御園珊瑚も少しは知っているはずだ。それを今更、ほどほどに売れるようにしてくれとは難儀な話だ。

「じゃあ私から話してみるか」

「そうしてくれると有り難いけど、正直、ありゃ納得してくれそうな気配ねえぞ」

「あの人を外したくない。色々計画がおかしくなるというのもあるが、あの人のあの作品が単純に好きだからな、私は」

「あんたからそんなアマチュアっぽい動機が聞けるとは思わなかったよ」

「作品に反映させるかどうかは別だから気にしないでくれ」

私が好きだと思った要素など、売れないと判断したら容赦なく切り捨ててすげ替える。私個人の価値観などどうでもいい。数を獲得できるか、結果としての数字を出せるかどうかだ。それをそこそこでいいなどと言われても困る。それこそ冒瀆《ぼうとく》だ。それを平然と言ってくるのが天才だ。

「スタジオは？」

「三‐二四と三‐一八九を二つ押さえてる」

どちらもいい俳優を抱えている。棟内にいい俳優を抱え込めるかどうかは運でしかない。撮影のためだけに棟から棟へと移動させるなどという贅沢はさすがに出来ないが、私は作家の作家性と同じぐらい俳優の演技力なるものを軽く見ているので、精々トチらず喋れて顔芸の一つもしてくれたら文句はなかった。

この国に五百以上も存在するシェルターマンション同士の行き来は数少ない。何せ外は大気汚染が酷い。みんな棟内のみで行き来し会話し人と交流する。私はしない。その必要を感じない。ここ三‐五一に私が住んでいる事ぐらいは知っているだろうが、殺すぞと脅してきたのは遠く離れた三‐二五五の棟内にいる人間だったし、物理的に実行不可能なので罪にも問われなかった。

他人に殺すぞと言えるぐらいの自由は確保されているし、だからみんなばんばん煽る。そして私の創作活動も楽しく豊かに広がり続ける。精々殺意を抱いて欲しい。

「……あとそうだ、その珊瑚先生だがよ」

付け加えるように言われた。

「最近ぷっつり連絡取れなくなってるらしいぜ」

今現在において連絡が取れない事は、前世紀よりもその前よりも格段に、その人物の死を強く連想させる問題だった。

誰がいつ死んだか調べるのは簡単で、御園珊瑚ぐらいになると調べなくても勝手に通知が来るぐらいだ。それがない。つまり死んじゃいない。単に通信回線を切断しているというだけだが、たいした度胸だ。

このご時世にスタンドアロンでいられるなど鋼の神経としか言いようがない。

脳内に埋め込まれる生体チップは幾多もの臨床を経て正式に実装を義務づけられ、生まれた子供はその施術を以て人権を認められ国からの保護を得る。

さらに人体五カ所のサブチップ。合計六つの生体チップを普通の人間は宿し、それが身分証となり、自分の生き方を恣意的に都合良く適正化してもくれる。同時に心身の状態を常にモニタリングされ位置を特定され、結果として国がべったりと、過保護な親のように貼り付く事になる。それは最初の十数年ほどは忌避されたようだが、それを過ぎると利便性が上回り誰も苦情を言わなくなった。

ずっと過保護でいてくれる両親が、自らが老いて死ぬまでいてくれるのならそれに越した事は無いに違いない。反抗期はとうに過ぎた。我々は老いて死ぬまで甘え続け、スネを齧《かじ》り続けていられる。

回線を切るというのは親からの自立かと言うとまた違う。それは単に子供部屋で遊べなくなるという意味だ。

遊ぶ事も出来ず、かといって部屋から出る事も出来ない。想像しただけで、その退屈さに頭がおかしくなりそうだった。

御園珊瑚はそれを選択した。

何を考えているのか知らないが、自発的かどうかの前に疑うべき事がいくつかある。

まず病を得たという可能性。療養中で世界と繋がる事もままならず、苦しんで唸っている可能性は最も高い。だが御園珊瑚はそんな平凡な女じゃないと私は勝手に期待している。

そして手術中という可能性。

よりソリッドに。よりストイックに。

私などでは及びもつかない、試す事さえ許されない施術が行われているかも知れない。国内でもそれが許され実行される人間は限られる。文化人なら勲章の一つや二つ授与されるぐらいじゃなけりゃあ、それは行われない。そんなレアケースを私は期待している。よだれが出るぐらいに待ち望んでいる。そんなふうになった女が書いた作品をこのタイミングで、私が総指揮を担って世間に放てる。

人のふんどしで相撲を取るのは最高だ。

最高に効率がいい。

ここシェルターマンション三‐五一の管理人である、国家直属の公務員、紛う方なき労働者である熊沢彰《あきら》に、私の想像が確かかどうか確認するだけで心が躍った。

「……脳摘出手術が行われた形跡はありませんね」

管理人、熊沢彰はモニタ越しに、私の想像と期待を冷徹に打ち砕いた。

彰は三十を超えた中年にも拘わらず見た目は少年のままだった。第二次性徴を受け入れるのは身体に余計な負担をかける。それを拒絶するために行われる成長の停止施術は比較的簡単に行われ、特に問題はなく、尚かつ長寿になる傾向すらある。

成長を止め子供の肉体のままでいる。

その程度はよくある、奇抜なファッション感覚に近い施術だ。

凡人以外でそうしないのはスポーツ選手を目指す連中くらいだろう。シェルターマンションの一角に設けられた広大なスタジアムで延々と体を鍛え続けゲームを行い、個人競技と集団競技の才能と技術を磨き続ける。それもまた楽しい人生の一つだ。

脳摘出手術は別格だ。

私は精々、下半身を切り捨てただけだし、それは特に、私の創作活動に目立った役を果たさなかった。脳の統括制御を受け持つ生体チップの負担は大きく軽減され、脳を使う創作系に割り振られるリソースが増えてより効率的となるが、何をどうしたところで限界はあり、私は創作そのもので突出する事は不可能だった。

御園珊瑚は違う。

小説を書くのに、優れた作品を生み出すのに不要なものは全て削れるだろう。その結果、脳のポテンシャルを引き出し天才という呼び名からすら超越した場所に辿り着けるのではないかという期待は、そこに明確に存在する。だからこそ、脳摘出などという常軌を逸した究極のスティックさに辿り着ける。そう期待していたというのに。

「それに少しばかり、誤解があります」

「と、言うと？」

「脳摘出をして脳のみで生きるというのは、恐らく五体満足な人間よりも長寿です」

「でしょうね」

「しかし人間の脳というのはそう単純でもないのです。無駄な苦痛や苦労、あるいは歓喜や情熱、直感による新しい閃《ひらめ》き、そういったものがむしろ鈍化する傾向があります。それは創作者として不利なのではないでしょうか？」

「しかし被験者は皆、多かれ少なかれそういう素養と才能があるでしょう」

「現状維持でしかありません。成長はないです。やりかけの仕事を継続する、その程度の目的が殆どですからね」

「老いていくにつれ衰えていくのを止める。その程度ですか」

「多くはそうです」

「では例外は？」

「脳だけで生きていくという、完全に別の種《しゅ》になったような新鮮さは、何かしらの新しい発想を生み出すかも知れません。しかしそれは、高々不要と思える器官や四肢を放り捨てただけの人間にはきっと理解出来ない、特異で奇抜なアイデアではないかと思います」

　それは私にとっては明確にマイナスだ。

　人間は、凡人は、一般大衆は、自分に理解出来て、そして尚かつ批評家気取りの上から目線で評価を下しているほうが楽しく、そして流布《るふ》する。誰かに面白いと決めてもらわなければ安心して面白がれないぐらいが健全だ。

「脳そのものをクローン化して新鮮な状態に移す、という実験も進んでいるそうですが中々うまくいかないとのことで」

「うまくいったら、永遠の命ですか」

「一人をそうするのに費用と手間がいくらかかるかわかりませんがね。私は不老長寿くらいで丁度いいと思いますよ。そして本筋に戻しますと、御園珊瑚はそんな大規模な手術に挑んでいません」

「では何故、連絡が取れないのですか？」

「そこまでは」

調べようと思えば、彰なら調べられるのだろう。だが自分から解放していないデータを勝手に他人が漁る事はプライバシーの侵害だ。この世界にもささやかながら、プライバシーくらいは残っている。

例えば自分の余命など。

これも公開しようと思えば出来るが、基本的には自分が知っているだけだ。

全身の生体チップが弾き出す余命は殆ど誤差がない。リアルタイムで四六時中、起きている時から寝ている時までヘルスモニタに繋がっているのだから検算には事欠かない。

「……御園珊瑚の余命は？」

「さあ。自分から言いふらす趣味はないようですが」

「私はあと三十年以上、生きられる」

「私より長いですね」

「そんな歳ですか、熊沢さんは」

「いや。多分元々短命なんでしょうな、私が」

成長を諦め疑似幼形成熟を施しても、何もしない人間より早く死ぬ。もっとも、長生きが目的とは限らないし、いつ死んでも別にいいという死生観は一般的なものだ。

だから私は必死になって、本来なら力及ばず辿り着けない場所へと自分を、強引に引き上げた。そうでもしなかったら退屈で仕方がない。

凡人は寿命では死なない。

その前に飽きる。何もかもに飽きる。

そして死ぬ。

尊厳死は合法だが、御園珊瑚がどうしたいのかなど私にわかる訳がない。

モニタ越しに彰の姿が見える。人をもてなすための部屋が背後に見える。

私の部屋など酷いザマだ。何の個性もない。散らかってすらいない監獄みたいな有様だ。

そしてそればかりが私の知る部屋で、こうして他人の部屋など少しでも見てしまうと、逆に現実味に欠ける。

彰の背後に絵が見える。

二人の若者が、遠巻きに髑髏《どくろ》を眺めている絵だ。デジタルではなくきちんとした油絵で、カンバスに手を使って絵筆で塗り込められたアナログの絵画。四五インチモニタといったサイズか。十六対九ではなく四対三。

しばらく彰を無視してその絵の髑髏に見入っていた。絵の名前も知らないし、画家も勿論知らない。描かれた年代すら把握出来ない。私はずっとデジタルな創作物にしか接していなかった。

「……それは何という絵ですか？」

「それとは？」

「熊沢さんの後ろにある、その絵です」

ちらりと彰は背後に目をやって、鼻で笑った。

「贋作ですよ。だからタイトルもありません」

「ご自分でお描きに?」

「ま、少しだけ」

「……どういう意味です?」

「誰かが描きかけの絵が回って来たんですよ。ちょっとだけ色を乗せて描き直しましたが、私の絵心じゃこれ以上には出来ません」

「いや、そのぐらいで充分だと思いますよ」

タイトルも作者名も知らないが何となく威厳がある。格調が感じられる程度でいい。逸脱しすぎたものはまず説明し、見た者を安心させ、信じ込ませ、説き伏せなければならなくなる。膨大な手間だ。

一瞬だけぽっと出て、ぽっと消える。それでいいなら私も興味はない。御園珊瑚のように生涯表に出続けなければ、何ら心は動かない。あの女は君臨し続けた。天才として。その彼女の、中期傑作を映画化する。毒を取り除き茨を削ぎ落として、安全にしてわかりやすくして、その上であえて隙を造り偏向させる。考えただけで、世間のリアクションにぞくぞくしてくる。

彰の背後にある絵の、その中に描かれた髑髏に引き寄せられる。絵画の中でその髑髏を見ている若者二人に加えて、三人目の視線を私が向けている。あれは削るべきか、置き換えるべきか、描き直すべきか。そんな事を考える。

御園珊瑚は言うなればこの絵の真作だ。

私はこの世に一枚しかない真作を劣化コピーして安く配る。娯楽作品はこの国における輸出産業の花形だ。破壊され尽くし毒物すらまき散らし垂れ流す世界に必要ないどころか害悪な土地に成りはててすら、この国に住む国民は存在意義を叩き出し作りあげる。

御園珊瑚のように。

そして私のように。

私は御園珊瑚と話をしなければならない。

やはり彼女の名前は外せない。偏屈な芸術家の我が儘を聞いてやり、大衆に迎合させせなくてはならない。それが私の喜びだからだ。所詮、凡俗の域から逸脱する事が出来なかった私という人間の腹いせだと思われても構わない。結果としてより多くの人がそれを見聞きしそれを知る。

きっとそれは正しい。私は勝負で負けても試合で勝てればそれでいい。

「外出可能にしてもらえませんか？」

それはこの三‐五一の管理人である彰にしか頼めない。

「外出するなと言った覚えはありませんが」

「この通りでしてね」

下半身の機械を軽く叩いてみせる。強化プラスチックと金属で出来た機械。私が十二の時から座っている機械だ。多少の移動はこれでも出来るが、御園珊瑚がいるのはシェルターマンション三-二二八で、とても移動はできないし這っていく事も無理だ。

子供が子供部屋から出たいと思えば親に頼むしかない。

「……それなりにかかりますが」

「私はそのぐらいの貢献はしたと思うんだが、このシェルターマンションに」

「確かにあなたの稼ぎは図抜けていますよ」

「だったら少しぐらい便宜を図ってくださっても」

「確実に寿命は縮まりますよ、ここから外に出たら」

「寿命通りに生きるほど、私は変わり者じゃない。十年縮まったって構いはしない」

彰が早死にすると言っているのは、ちょくちょく外に出ているからだろう。それが労働者だ。親はみんな外に働きに出て、子沢山の家庭を養い続ける。私は、自転車を特別に買ってもらえるぐらいには、親に報いている子供なのだという自負がある。

「移動手段はともかく、そのままじゃ外に出られませんよ。あなたはとても繊細になってしまっている。フィジカルの上で」

「それは何とでもなるだろう」

「なりますが、時間と手間が多少なりともかかります。本業に差し障る程度に。その間に御園珊瑚の回線が繋がるかも知れませんし、無駄になる可能性も」

「その程度なら構わない」

たまには仕事らしきことをしなくてもいいだろう。どうせ義務じゃない。

私のオフライン・ミーティングの申し入れは、溜息と共に受理された。

シェルターマンション内ですら、私は直接、他の住人と会った事は片手で数えられる程度しかない。部屋から出た回数も似たようなものだ。

そんな私が家からどころか部屋から出るのは思ったよりも大変だった。今更なのだ。だったらまず下半身を取り去ったりしなかった。

私は部屋の中でずっとモニタと向かい合うに足るだけの身体機能を、この歳になって増強させるはめに陥った。

自転車は買ってもらえるが、乗れるかどうかは私次第なのだ。

スポーツ選手の団体が公的な目的で外出するのとは違い、私のはただの私用そのものだから、同伴者も保護者もいない。外に出るのは禁じられていないのだから勝手に出られる。

だから私も勝手に出る。

私の下半身は腰から下が袋状になっており、内臓器官が収められていて、排泄器官にチューブが繋がっているという状態で、機械の中に収まっている。腰痛知らずですこぶる快適なのだが、外出するとなると困る。腕を代わりに使おうにも、痩せ細っていて力仕事は絶対に無理だ。落ちた視力はバイザーで回復させているが、これらの動力も部屋から出てしまえばコンセントという訳にはいかない。

そもそも体が弱い。

抵抗力が足りないから、多分、簡単にいろんな病に感染する。

三ヵ月かかった。

外に出るのに準備をするだけで三ヵ月。自分の体を造り替える事は外科手術では出来なかったから、自分からトレーニングをし抵抗力を養わなければならない。

三ヵ月でまともな外出準備が何とか可能になったのは、生体チップの身体管理偏向を書き換えたお陰でもある。犠牲にされたのは創作能力で、この三ヵ月は何一つ造れず何一つ差配できず、単に自分から下半身を切り飛ばしたバカがいい歳をして藻掻《もが》いているだけの期間でしかなかった。

私が仮に六歳時に、もしくは十二歳時に、ラグビーやフットボールの選手になりたいと言っていたら、私の才能の範囲内で最適化され、最短距離でそれに向いた肉体と思考を獲得していただろう。ギタリストになりたいと言えば、やはりそれなりになれただろうし、外に出る公務員になりたいと言ったって通っただろう。

それらは全てそれなりで、突出も逸脱もしない。生体チップはただ、努力が無駄にならないというだけの効果しかなく、生まれつき持ち得ないものを与えてくれたりはしない。だから限界だと思ったらそこは、本当に限界なのだ。何の疑いようもなく最大値なのだ。

私が結局、作家としては凡庸だったように。

しかし今この世界で、殊更に突出する理由も必要も特にない。

平凡にボサッと生きて好きなように好きな事を楽しめばいい。野球選手を目指した者は草野球で活躍できるだろう。ギタリストを志した者は宴会で喜ばれるだろう。その程度で誰もがみんな満足する。

私は満足しなかった。

私が誇れる、逸脱した唯一の部分はそこだけだ。

下半身を捨て内臓器官を機械に支えられ、創作の世界で政治を使い、のした。実力以上の過大評価を得、敵と味方を無駄に増やし続けた。いいものを造ろうではなく、いかにはったりを利かせて世の中に火を点けられるか。それが私の生き方であり才能だった。

出来れば私だって御園珊瑚のようになりたかった。

何の小細工もなく世の中を叩き割るような作品を提出したかった。

それは、無理なのだ。

御園珊瑚の小説に叩き割られた自分を、その時の敗北感を、私はずっと捨てきれない。

知名度だけなら負けないまでになった。そして私のほうがずっと楽にここまで辿り着いた。

御園珊瑚とて何の犠牲もなしにあそこまで辿り着けたはずがない。

『クロージング・タイム』。

御園珊瑚の中期作品。知名度は低く代表作ではない。

累計で億という部数を売り上げた後期作品群に埋没してしまう。

ガブリエル・ガルシア・マルケス文学賞受賞。

バルガス・リョサ小説賞受賞。

勲一等金鵄《きんし》文化大綬章授与。

文化功労顕彰第一種対象者。

それらの前から私は御園珊瑚を知っていたし、読んでいた。私がまだ勝てるかも知れないと思っていた十代の頃だ。四半世紀も前の話だ。御園珊瑚は『クロージング・タイム』で私の望みを一方的に断ち切り、そしてそこから先は最早追いつけない速度で走り続け、ただ文字を書き連ねるというだけのソリッドな作業のみでそれら無数の肩書きと地位を手に入れた。

もっと早くあの作品に出会えればよかった。

六歳か、あるいは十二歳の時に。

そうしたら私はきっと作家になろうなんて思わなかっただろう。なったとしても身の程というものを弁《わきま》えただろう。その頃にはもう遅かった。まだ勝てると思ってしまった。

私の間違いは、『クロージング・タイム』という作品が無名の凡作に他ならなかった事から始まる。それは確かに良い作品だったが、荒削りで華もなく、注目を受けなかった事も妥当な評価で間違いない。

だからこう考えてしまった。確かにいいものだけどもっと良く出来る。私ならそう出来る。もっと上手に書けるに違いない。読んだ時は衝撃と共に、そういう野心を描き、そして絶対にそう出来ると確信した。

考え違いもいいところだ。下半身を切り飛ばそうと腕をもぎ取ろうと、それこそ脳摘出状態にまで切り詰めたって、私じゃ絶対に追いつけない。気づいた時にはもう遅い。

だから別の手段で追いついた。

だから絶対に逃がしはしない。

私の手で希釈し私の手で拡散させ私の手で御園珊瑚の地位まで這い上がる。

そのためなら、三カ月ばかり創作活動を中断するぐらいが何だと言うのか。

御園珊瑚はずっと沈黙し孤立したままだった。そうしてくれて良かった。私が自力で訪ねていくのを待っていて欲しかった。いつもの私ならここまではしない。勝手に舞台化し勝手に映像化し揉めるぐらいの事は平気でする。そのほうが普通にリリースするよりいいと判断したら躊躇《ためら》いなくそうする。だが今回だけは、たった一言の言質《げんち》を取りたかった。

どう生きるか。

どうしたいか。

将来の夢は？

六歳でも十二歳でも十八歳でも私は同じ事を答えただろう。二十歳以降でもそうだ。過去の自分に何かアドバイスする事など何もない。何回この人生を繰り返したって私は同じ将来像を抱き続けるに決まっている。変えようとも思わないし変えられない。年月と共に自然に同じ場所に辿り着いてそして今になる。

私なら『クロージング・タイム』をもっと上手に造れる。

ただ、それだけだ。

体が幼くても脳だけは成長し成熟しそして老いるというのに、底の底まで掘り返してやりたい事を探してみればこのザマだ。憧れの作家に生意気な口を利いてみたいだけの作家志望者そのもので、しかも意見を戦わせられるとまで思っている。

「……三カ月も放って置くもんだからもう引き返せなくなっちまったぞ」

ネット回線を通じてそう笑われる。

構うものか。

もう告知しなければならないし告知してしまったら後には引けない。

「外出に備えて熱心に鍛えてらっしゃるみたいだが、そもそもいきなり訪ねていいのかっていう、常識ぐらいはまだ残ってると思うんだがな、この世にも」

「訪ねるとは伝えてある」

「回線に繋いでない。向こうは読んでないかも知れない、そんなメール」

「手紙を書いたよ、物理的に」

恐ろしく下手な字で書いて一晩過ぎると自分でも読めなかった。字を書くというリハビリもこの三カ月には含まれている。どうにか読めるという字が書けるようになってから送った。受け取り拒否の通知はなく、本人が間違いなく読んだという事もわかった。御園珊瑚は生きているし字も読めるし、私が訪ねるのを拒否もしていない。

ただ無言なだけだ。

「しかしまあ、らしくないね本当に。今回は」

「らしくするよ、こうなったら意地でも。これだけ苦労させられたんだ、私の過去最高記録を塗り替える」

「そりゃ期待せざるを得ないな。合意取るより勝手にやっちまったほうが早そうだが」

「向こうを納得させた上でやる」

「そりゃ何のためのハードルなんだよ」

「私が人生を楽しむためのハードルだよ」

「ま、何にしたってもう制作は進んでる。失敗作にするか話題作にするかはあんた次第だ」

駄作でも話題になればそれでいい。傑作でも無視されれば何の価値もない。お前やお前、私や私が面白いかどうかなどどうでもいい。たくさんの人間に利用される価値のあるものになれてさえいればそれでいい。それが私の信念だ。唯一、御園珊瑚の作家性に私が比肩しうる哲学だ。

「……ちなみにさっきから上げ下げしてるダンベル、重さいくつ？」

「千グラム」

「普通は一キロって言うぞ」

「グラム単位で少しずつ上げてきたんだ。一に戻されてたまるか。やっと二十回ほど連続で上げ下げ出来るようになった」

「そりゃまた無意味な肉体鍛錬だな」

自転車を操作するのに必要な筋力を、この歳で増強した。成長ホルモンとアナボリックステロイドの計画投与。そして決められた訓練。地道な努力は生体チップによる偏向操作で最適化され最短距離を走り抜け、一年以上はかかるであろう結果を三ヵ月で成し遂げた。

多分、何とかやれる。

私の中に残っていた僅かな自意識と、それこそを世間に届けたいという甘ったれたアマチュアイズムの残滓《ざんし》が、私を痛めつけごく僅かに強勒に造り替え、そして大気汚染のまったただ中に下半身もないような私が出て行く事になる。

憧れの作家と対面する、ただそれだけのために。

私がこんな有様になってもまだ追い求める生き方、子供の頃に抱いた夢のために。

理解出来ないだろうか？

わかる奴だけわかればいい。

私が一番嫌いになってしまったその言い回しで、すべての回答に代えようと思う。

私の下半身にある機械に足が装着された。

四本ある、蜘蛛《くも》のような足だ。

車輪よりも遅いが走破性が高い。整備がなされている街道から外れる場合への配慮らしかった。底部には四つのバルーンタイヤがあり、基本的には走れる場所はそれで走る。そこから更に、上からすっぽりと、試験管を逆さにしたような強化ガラスを被せられ私という人間を密封する事となる。このキャノピーとも呼べる上半身への追加装備はなんら光学的補助機能を有さない、ただの強化ガラスだ。粉塵をはね除け滑らせ落とす程度の表面加工は為されてあるが、放射線を完全に遮断する事は出来ない。フィルターで濾《こ》されているとはいえ、微生物や放射線、毒物をそこで完璧にシャットアウトする事は出来ない。

単独移動においてバッテリーをなるべく酷使しないため、操作系には手動の割合が多い。私の平凡基準に近づけるためのトレーニングは、この自転車を操れるに足る身体機能を入手したかっただけに過ぎない。

食料は流動物をタンクに詰めればいい。

水は自家精製できる。走行中の風に含まれる水素から合成するらしい。動力源はバッテリーと太陽発電だが、実はその点はそれほど問題ではない。誰が利用しているのか知らないが、主要幹線道路には黒々とした充電帯が描かれ、そこからバッテリーを充電し続けられる。しかも無料で。

それでも永久にさまよえる程の自立性は宿していない。精々数週間。

充分だ。

強化ガラスの内側は全面透過性のタッチパネルになっており、常にネットに接続できる。経路検索とそれに付随する自動運転など容易いものだ。

最初こそ外に出て何が見えるのかと、期待と不安がないまぜになり、正直、目的を失念した、ただの冒険心による外出になりつつあったのだが、そんなものはすぐになくなって、ただ淡々と走り続けるだけになる。

　高揚はそうやって、まず退屈に変わった。

　一台の車も、たった一人の通行人も、私は見かけなかった。歩道と車道の区別さえ必要ない気がした。その癖、信号機は定期的に明滅を繰り返し、液晶表示の看板が暇そうに交通情報を明示し続けている。誰も通らない、何も走らない道が、巨大な集合住宅の、無味乾燥な外壁を繋いで縫うように走っている。

　私は今の、この外の世界がこれほど静寂なものだとは思わなかった。現実なのかどうか自信が無くなるほどに物音一つしなかった。私の自立歩行する自転車の動く音だけがやたら響き、他は何一つない死んだような世界。

　この静寂は私のなかにあった退屈を削り落として、少しずつ恐怖に置き換えていく。端末をつけ情報に接続し部屋から一歩も出ないままでは、全く気づけず、ただ違和感だけは肌で感じて、処理しきれない事に恐怖した。

　恐怖の先には静寂しかなかった。

　空き地も多い。多くは更地になっていて、そこにだけ植物が生い茂っていた。私がこの町並みをまるで廃墟だ、と思わなかったのは、異常なまでに手入れが行き届いていたからだ。集合住宅はどこまでも伸びるように続き、不意に途切れ、使いものにならないとでも言うように余った空間があり、そこにだけ完全に繁殖を管理されたと思しき植物がある。

街のあちこちには目立たないよう換気口が据えられている。植物による大気の循環は必要なくなっていた。恐らく観賞用の人工的な植物で、生き物を養えるような植物ではない。観賞する人間までもいなくなっていたのは些《いささ》か矛盾するが。

来客もないのに自分の意志で清潔さを保つ部屋のようだ。

まるで壁のような集合住宅の連なりがあり、その壁の向こうには何万人もの人間が閉じこもる部屋がある。

その全てが虚しく感じられた。誰のためでもなく、様々な施設が自分の仕事を自分のためにやっている。人間が利用するためだという大前提などもう忘れたかのように。

それはいつか、皆がまた外を行き来するための準備なのかも知れなかったけれど、そんな日が来るようには思えなかった。外の空気は既に致死性どころか寿命すら縮めないほどに新鮮に違いなく思えたし、空は私の記憶を覆すほどに美しかった。

それでも、人はそんな光景よりも、家の中で自分の生き方を選ぶだろう。これは人間が感動できる美しさではなかった。無機質に整頓された殺風景でしかなかった。

そして何より、別に外に出る理由はない。どれだけ美しくても、ずっと家の中で無数のデジタルを巨大な回線で享受し続けていた人間に、この自然な静寂を長く耐えられるとは思えない。

私には人が生きているのだという息吹は全く感じられなかった。通信を切ってしまえば、世界中に生きているのは自分だけなのではないかと錯覚する。

ただぼんやり移動しているだけで情緒不安定に陥るとは、確かに我々はもう外出など向いていない。危険かどうかではなく、インドアな生活に向けて進化している。不安定になる心を落ち着かせようと、私は半ば無理矢理、読書を始めた。

移動中のヒマ潰しに、デジタルではなくアナログの、本当の紙の本を入手しておいた。私は、筋肉トレーニングを開始してから、アナログが自分を変えるのではないかという意識をどこかで抱き始めていた。

それなりに分厚い本を、手でめくり目で文字を追うのは時間がかかった。完全に本の読み方を忘れていたが、しばらく読むと大分順応してきて、拙《つたな》く指で行を追いながら読み進める事が出来た。

読んでいるのは『クロージング・タイム』。

相変わらず、アラばかり目立ち突っ込みどころはきりがない。それなのに面白く読めてしまう。最初にこれを凄いと決めてしまった、感じてしまった十代最初の感情だけは、どれだけ頑張っても上書きできない。

本当に凡庸な、御園珊瑚がその覇道を登り詰める途中にふと立ち寄って休んだような作品だった。それはすっかりすれてしまった今の私が下す評価で、幼い時はそうじゃなかったというだけだ。理屈では言い表せない。他人に勧められない。

この作品が好きなのは私一人しかいないとすら錯覚しそうになる。

このご時世に紙で出版される事はそれだけでステイタスとなるから、そのぐらいは、世間もこの作品に価値を認めていたのかも知れない。しかしそれは、作品ではなく御園珊瑚という名前にくっついてきた評価だろう。

そして半分も読まないうちに、目的地に辿り着いた。

シェルターマンション三－二二八。

ここの一二〇九〇号室に御園珊瑚が引きこもっている。回線すら遮断して。

私が訪ねるという事は既に通達されていたらしく、除染作業ぐらいで私はこの自転車を降りられた。降りたところで便座兼車椅子での移動なのだが。

ここまで来るとオフラインミーティングどころかアイボールQSOの様相を呈してくる。アマチュア無線で国境を越えて知り合った者同士が目玉と目玉、視線と視線を生で合わせる会合を開くというレベルの手間だ。

エレベーターに乗りながら、胸が昂ぶる。

どうしようもなく高揚する。

冷徹に、打算的に計画的にメディアを世論調査で嵩上《かさあ》げしてきた私が持つ微かな純真がここにある。考えただけでぞくぞくしてくる。

部屋の前に辿り着き、古典的に原始的に扉をノックする。

分厚い扉の向こうから人の気配がするのは錯覚だろうか。私の期待だけで生まれた幻影だろうか。しかしそれは間違いなく実在し、向こうから扉は開けられた。

「お待ちしていました」

御園珊瑚はそう微笑んだ。

老婆だ。私よりも遥かに年上だ。

だが違う事に私は驚愕していた。

御園珊瑚の体に衝撃を隠せなかった。

身体全てが揃い、そして何ら不具合を生じていない。

年齢からしても生き生きと動き年齢相応の弱々しさがない。ただ老いている、それだけだ。

何も削らなかったのか。

何も犠牲にし捧げることなく、御園珊瑚はあの地位まで上り詰めたのか。

私は下半身を削り落とし成長さえ捨てて今この地位にあり、こうして著名な作家の自宅を訪問できるようになったというのに。

御園珊瑚は、私よりも歳経ている。白髪交じりの長髪は、髪型というものをきちんと意識している。私はと言うと白髪だけしかない髪を自分で適当に切っていたから、酷くみすぼらしく見えるだろう。

御園珊瑚は和服を着ていた。年相応のまともな人間の姿をしていた。私はと言うと、ここに来る前に買ったジャージを着ただけの姿だ。直接の対人関係。衣装や髪型。そういったものから遠ざかってしまっていた。

さすがに部屋着ではと思って注文した服も、部屋着と大して変わらない。外に出るための服がなかった。必要なかったからだ。

「来年、七十になります」

応接間で最初に私は御園珊瑚の年齢を確認した。

女性に歳を尋ねるのが失礼だという風習はそれこそ前世紀以前に廃れている。

「古稀《こき》ですな」

「そして喜寿の前に死にます」

左手首に巻いた小型モニタを見せる。刻まれているデジタル数字は猛烈に変動している。秒数単位で、減り続けている。そこにあるのは現在の時刻ではなく、御園珊瑚に残された時間の概算だった。

日数表示で七百をもうじき切る。

ほぼ正確で、誤差があっても数時間。しかも常時絶えまなく再計算を繰り返すという執《しつ》拗《よう》さだ。

私のは砂時計だ。網膜に常に見えている。どうせ真っ当には死なないだろうからアナログな表示にしてあった。砂はまだ三割ほど残っていた。

通された部屋は和室の造りだった。窓のない和室は少し違和感があったが、それより他人を応接する事をちゃんと考えられている部屋の造りである事に驚いたし、威圧感すら覚えた。他人と直接会う事にすら動揺するというのに、相手はあの御園珊瑚。

私の人生が変わったとして、その流れになる起点にいる人物。

あと二年で死ぬというその相手は、私のように下半身を切り飛ばしたりもせず、人の姿を保ったままだった。目立った改造は何一つ為されず、内蔵してもいいモニタは外付けで腕に巻いている。

外見は凡人そのものだった。

その事実に歯噛みする。

普通のままであそこまで辿り着いたというのか。何も引き替えにせず。才能だけで。生まれ持ったものだけで。挙げ句の果てにはその才能を「ほどほどに売れ」などとさえ言い出す始末だ。どこまで贅沢を言えば気が済むのだ。

「ほどほどに、などあり得ませんよ」

会話はそこから始まった。

御園珊瑚は安楽椅子に座って私と対面している。

「一かゼロかという勝負でしかあり得ません」

「……あなたなら出来るでしょう」

「私にだって無理です。結果論ならともかく、最初からほどほどを狙うなど」

「したくないんですか、それとも？」

「正直に言えばそうです」

真っ当ではない形にしてやりたい。自分の作品をそうやって燃やし、他人の作品をそうやって壊し、数字を伸ばした。結果を出した。私は創作物の壊し屋として名を馳せた。

今回だってそうする。他ならぬ御園珊瑚の作品であるからこそそうしてやりたい。

多数の前に、客という明確な数字の前に、個性などどれほどの価値があるというのだ。

「私の生き方ですから、それが」

「私もそれは薄々気づいています。けれど、どうせやるなら受賞作ですとか、そういうものに手を付けるべきなのではないかとも勘ぐります」

「それじゃわかりやすすぎますからね」

誰もが知っているメジャー作品では面白くない。

その時点で、有名であるという時点である程度こちらの動きは読まれるし、こちらも逸脱する甲斐がない。マニアックな、埋もれた、わかる人だけわかっていた代物だからこそ面白い。誰にでもわかるものへと、無造作に造り替えてやりたい。

かつて志した私の気持ちは、変質しズレたかも知れないが、根源的な欲求は変わっていない。私ならもっと巧くやる。そう言ってやる心算《つもり》だった。

「『クロージング・タイム』は私が一番好きな作品です」

何故かそう言ってしまった。私の感想などどうでもいいのに、その言葉が出た。

御園珊瑚が頷く。

「私も好きです。今でも読み返して、自分が本当にこれを書いたのか疑うぐらい」

「そういうものに手を出さないで欲しいという事ですか？」

「だったら最初からお断りしています」

「じゃあ、何故、了承しておきながら今更、無理難題を」

「そんなに無理だとは思いませんでした」

白々しさすら感じたし、きっと間違っていない。自分が我が儘を言っている事を、御園珊瑚は自覚している。

「私の著作は二百本以上あります。もっと書けるかと思いましたけど、無理でした。寿命がそれほど残ってません。その中で高く評価していただけたのは、ほんの数本です。私の書いてきた作品の八割九割は、ただのゴミです」

「そんな事はないと思いますが」

「私だってそう思います。中でも『クロージング・タイム』に関しては。このまま私だけが好きだと言って思っていて、思ったまま死んでしまうのかなと思っていたら、あなたが来ました。他のどれでもなく見事に引き当ててきました、あの作品を」

たまたまだ、という気がするし、当然だという気もする。

私にとっても特別な作品だったというだけだ。

絶対に勝てないと思い知らされた。併走して一歩も二歩も譲って走る事に我慢ならないほどの完全な敗北感が私をここまでにした。迂回とショートカットの繰り返し、真っ当なコースは一切走らず勝負を避けて、ようやくこうして目の前に御園珊瑚がいる。

同じ作家同士ならこんな話は出来ていない。格が違う。位が違う。

身の程を弁えるしかなくなる。

御園珊瑚の言う事に、ただ黙々と頷き平伏するしかなかっただろう。意見を戦わせる事など無理だった。今は違う。私は別のやり方で結果を出した。

「私はもう、新作は書けないでしょう。時間が足りません」

「……延命手術を行われては？」

「それで醜態を晒すのもどうかと思っているんです」

「醜態などと――」

少なくとも、私が作家として身命を注ぎ込み、それこそ脳摘出状態になったとしたって書けない作品を、御園珊瑚はさらりと仕上げてしまうに決まっていた。

「納得がいかないんです。納得するのにとても時間がかかります、今の私は」

「何に納得がいかないんです？」

「あと一本足して死ぬのも、このまま死ぬのも変わりがありません。これを書かなければ死ねないなと思える程の構想は浮かんできませんし、執筆意欲も湧きません。振り返ってみて最高だったなと思える作品があって、それを越えられないなと自分で思っているのですから、世間にお手を煩わせる事もありません」

「では、『クロージング・タイム』をどうして欲しいと？　そこまで気に入っているから全く何も変えるなと？」

それは無理に決まっている。

無理ではなかろうが私がやりたくないから無理だ。

作品を別メディアに移し替えるのに、そっくりそのままやって何の意味がある。そして私のやり甲斐は、その建前にいかに挑発と自己顕示を叩き込めるかにこそある。

「内容の改変についてはご自由に。私が言っているのは、今のままでは簡単すぎるというだけです。あなたの業績にもう一つ足すだけの作品にしかなり得ません。いつもと同じじゃつまらないでしょう？」

一瞬、ダメ出しの綱引きを勘ぐった。

いいですがここはダメ、ここも直して、ついでにここも。

最終的に全部ダメ。

私にそんな子供だましのやりとりを仕掛けられているのか疑った。

違う。

御園珊瑚は、少なくとも私を対等の相手として扱ってくれている。ダメならダメとはっきり言うはずだ。そこをぼやかすような、偉そうな、何様の心算だという子供扱いはされていない。

御園珊瑚の妥協点を探ろうとするが、よくわからない。いつもは考えなくてもわかる。

私自身が幼い頃に脳に施した、創作者としての思考回路が大いに役立ってくれる。

こうしてくれたらいい、を悟り、私の方向にねじ曲げた上で一枚だけ上乗せ。

本人すら忘れていたような過去への賞賛。

それが今は読めない。

「……回線に繋がなくなったのは、余命僅かだからですか？」

そう尋ねてみる。

御園珊瑚が微かに笑った気がした。

「手術をしましたから、その期間と予後で」

「……失礼ですが、どんな手術を？」

「大した事ではありません。美容整形ですから」

その歳で美容整形と言われても冗談にしか聞こえない。事実、ただの老婆だ。首筋や指先は特に顕著で、枯れたと言うのが相応しい加齢ぶりだし、顔だって私がネット上で知っているそれと変わらない。

御園珊瑚の両目が私を見ている。視線が合っている。

同じ目の色をしている。

私が生涯で最初に、御園珊瑚に抱いた共感は作品じゃなく作者そのものだった。

虹彩異色症。

同じ病気に罹患している。

左が青く、右が黒い。そういう瞳を持っている。単にそれだけで興味を持った。持ったが故にこうなった。余計な興味を抱かなかったら、私の人生は少しは変わっていたのかも知れないし、違う誰かをきっかけにやっぱりこうなったのかも知れない。

御園珊瑚が両手で、和服の胸元を開く。

首から下、鎖骨がよく見える程度に。

老いた手が開いて見せた胸元は、そこから上へと続く首筋と比較しても異常なほどに白く瑞々しかった。

あるがままを受け入れてここまで来た御園珊瑚が、遂に自分の老いを放棄した。

何かを犠牲にして得られるであろうそれは、私にとっては才能で、御園珊瑚は不自然な若返り。

「きれいなものでしょう？　若い時よりきれいかもしれませんよ、この肌は。全身もやれるそうですが、必要最低限にしました。お陰で寿命が激減しましたから、全身に施していたらその場で死んだかも知れません」

笑って言われたが、冗談ごとではなかった。

全身ならまだわかる。死ぬ間際に、美しい姿で死にたいという思いからアンチエイジングを施す者は少なくない。だがそれは凡人の哀れな贅沢だ。御園珊瑚は凡人ではない。胴体だけ、しかも表面上の若返りに何の意味があるのかわからない。

寿命を大幅に削ってまで。

まるでしくじったCG描写みたいな体になって何がしたいというのか。

「私はもう、どう死ぬかという段階に来ています。数年前から」

襟元をそっと戻しながら御園珊瑚が呟く。

私はあの肌に視線を吸い寄せられている。青くて黒い目が、もう隠されてしまった肌を透かし見るようにそこへ定まり、御園珊瑚の目も見ずに話をただ聞いていた。

「集大成と呼んでいいような作品を書きたいとずっと思っていましたけど、とうとう書けませんでした。これだと思うような作品が書けても、後から読み返すとアラが目立って納得出来ません。書いたその時は最高傑作だと信じてるんですが、世間に出るともう、ダメです。他人がどう言おうと、私の中ではゴミです」

プロ意識に欠けた自作品の卑下は私にとって許せない言葉だったが、御園珊瑚が言うからには認めるしかない。そもそもこの作家は、この女は、一度だってプロ意識など持った事はないのかも知れない。

だから私は御園珊瑚の作品を、紛うことなきプロの仕事に変えてやりたかった。

アマチュアがアマチュアのまま我が物顔で振る舞えている事に我慢ならなかった。

「結局、ゴミじゃなかった数少ない作品の中の、一番が『クロージング・タイム』でした。私はもうそこで何も書かずにいたほうが疲れずに済んでいたんだと思います。そこから先があると思って、何年も何十年も費やして」

他人の評価など本当にどうでもいいという顔をしていた。

御園珊瑚が国際的社会的に高く評価され続けた後半生の全てに、本人が納得していない。どんな褒め言葉も栄誉も勲章も、御園珊瑚には何の価値もない。一片たりともだ。

「こんな事を言う心算はありませんでした。けれどせっかく訪ねて来ていただいたのですから」

「私は屈しませんよ、そんな脅しには」

だから何だと言うのだ。

書いた本人がその作品について何をどう評価していようと知った事ではなかった。誰がどんな思いで何を伝えたかったのかも同じく価値がない。

「私はあなたの中での最高傑作を使って好きなようにさせてもらいます。死ぬとなれば尚更です。誰かご家族や権利者がいて、私を訴えようとそうします」

それしか出来ない。

私が世間を力ずくで振り向かせるのなら、そのアプローチしかないのだ。

「構いませんよ。あなたの生き方でしょうから。私が何を言ってもそうしたでしょうし」

「じゃあなんであんな事を」

「私が死ぬと知らなかったでしょうから、困るだろうなと思って」

嫌がらせでしかない。

確かに死ぬなどと知っていたら何もかも無視していた。やった者勝ちだ。死者への冒瀆として私はしばらく罵《ののし》られるのに事欠かなかっただろう。いつもなら生死の確認すらロクにしないというのに、わざわざ苦労してここに来た。

アマチュアとプロの持つ互いの意識のせめぎ合いでここに来た。私の中に残っていたものと育てて来たものがぶつかりあって、結果として今、私はここにいる。

その上で全ては嫌がらせだったと言われてしまう。

アマチュアとして御園珊瑚はそれを言う。

私はプロとして、きっと同じ言葉を言う。

全ては嫌がらせであり、我々は形こそ違えど同じ愉快犯だった。

「あなたはきっと、完全なプロなんだと思います。何もかもを利用してより大きな反響を呼び込むためなら、二重にも三重にも相反する矛盾した立場を器用に踏み分けられる人。一貫性がないという事に一貫性を持っている、結果が全てのプロ。対して私は前提だけが全てのアマチュアで、自分が納得するかどうかにしか興味がありません」

「……それが？」

「それだけです。アマチュアがプロに嫌がらせをする理由は単純ですよ。何もかもが丸く収まってるのが気に入らない、何となく癪《しゃく》に障る、本当に、ただそれだけ。だから私は、あなたが訪ねてきたのに乗じて更に嫌がらせをしているだけです」

「……それがあなたの生き方ですか」

「本当にね。楽しいんですよ。それが私の生き方ですから。もうじき死ぬという段階でまたこれが出来るようになるなんて思いもしませんでした」

嫌がらせが全ての動機。

御園珊瑚の創作欲求はそれが全てだ。

だから『クロージング・タイム』で、あの本人も認める最高傑作で、私のように折られねじ曲がる人間がいる。文句の付けようがないほど、その通りで、しかも才能に溢れているという厄介な毒物。

やっぱり私は天才という存在が憎い。

その、真似も理解も出来ない考え方に憧れる。

本来ならとっくに誰かに、世間に潰されて、消え失せてしまって然るべきなのに、世界中に名を轟《とどろ》かせてしまう才能と強運に嫉妬する。その立場になって尚、ただの嫌がらせだと言い放てる度胸を尊敬する。

だからこちらも嫌がらせをしてやりたくなる。

きらびやかな才能に爪を立ててやりたくて仕方がない。

「私はもうじき死にますが、あなたはまだまだ生きるのでしょう？」

「勿論です」

「じゃあその生き方を貫いてください。私の嫌がらせになど屈せずに」

「そんな言われ方をされて、はいと言えるほど、私は素直じゃありませんよ」

「好きなように生きてください。でも、私に褒められて感謝されるようなアプローチがあっても、たまにはいいと思いますけど」

御園珊瑚に褒められて感謝されるような作品造り。

完成した時にはもう死んでいるであろう御園珊瑚に捧げるに足る内容。

もうずっと昔に投げ捨てた、私の創作意欲がくすぐられる。それをやりたいという意欲。

そうありたいという将来像。

私はまだまだ死にはしない。

御園珊瑚は二年後には死ぬ。

私は生き方を模索する。御園珊瑚は死に方を模索する。

「……どう死ぬお心算ですか？　尊厳死？」

「あの『クロージング・タイム』を再出版して死にます」

御園珊瑚は和服の上から、干涸《ひか》らびた手を胸に当てる。その下だけが若返っている胴体を私に意識させる。

瑞々しく若さを取り戻した、不自然な胴体を。

「あの本を私の死体で再構成してもらいます。皮と骨を使って。そのためにわざわざ質のいい肌に戻してもらったんですよ。世界に一冊しかない本になるんです。多少、改稿もしますがそれはその一冊を読まなければ目に出来ません。筆名も捨てて、本名でも記そうかと計画してます」

「……本名？」

「ビントゥイスハーフ・アフママルジャナ・アル・ジャンナ」

長い名前だ。

筆名を名乗ったのは、油断させるためか。社会性が少しはあるのだという仮面。平凡な人間ですよという擬態。その実、御園珊瑚は妥協なくただ他人を隙あらば刺し殺そうとし続けてきた。

「それが私の、最後の嫌がらせで、そして選んだ死に方です」

一冊しかない。

複製も出来ない。

一冊しかないとなれば簡単に読む事も出来ない。素材が素材だ。

紙の本すら滅多になくなった、この世界に対する嫌がらせ。

死に方まで、御園珊瑚はそれを貫く気でいる。

凄まじいプレッシャーに息苦しくなり、アマチュアの残滓に逃れたくなる。こんな人と波長を合わせられたらという子供じみた仲間意識。もっと言えば仲間に入りたいという欲望が湧いて出て尽きる事がない。

だから天才は嫌いなのだ。

そんな心算もなく容易に一撃で他人を挫折させたり舞い上がらせたりする。

本人はただ自分の事しか考えていないだけだというのに。

凡人に過ぎない私はその気まぐれに振り回され続ける。どれだけ努力して自分の地位を積み上げても、御園珊瑚はそもそも私を倒そうなど思いもしない。

眼中にない。

だから精々、目には留まるように生きていけばいい。私は私に出来る事をやるだけだし、今からでも、やれなかった事をやれるようになるのかも知れない。目の前に佇《たたず》んでいる老婆と違って私はまだ生きていく目的があって、将来像がまだ見える。
どう生きるかをまず問われる。
どう死ぬかはその次で、私はまだそれに答える心算はない。

2

ガキの頃、同級生の家に、夜中に火を点けに行った事がある。

何をやっても俺にちょっかいを掛けて来て、俺も俺で他人に相談するのは大嫌いな性格だったからどうしたら止まるのかなと拙いながらに考えて、そうなった。何せ殴り返せば今度は数で来る、密告しようにも、俺も悪いところがあるから両成敗で終わってしまいどうにもならない。

お袋が買い置きしてあるガソリンをちょいとばかり拝借し、ついでに大きめのモンキーレンチも持っていった。家は外からじゃ中々燃えないので、窓ガラスを叩き割って侵入し、内側から火の手を上げてやろうとクソガキにしては考えて実行した。

向こうも俺がさぞかし気に入らないのだろうが、俺だって気に入らない。

こうなるとじわじわボルテージを上げるより、一気に振り切ってしまったほうがいい。

モンキーレンチで窓ガラスを叩き割って侵入した一階の部屋は、その同級生の部屋だった。偶然、そうだった。ガラスの割れる音に泡を食って跳ね起きた相手の脳天を、反射的に思い切りひっぱたいてやろうというところで、家人に取り押さえられて警察を呼ばれた。

結局、俺はガラス一枚を割っただけで殺す事も火を点ける事も出来なかった。

俺はその時、まだ八歳だった。

そんな悪さばかりしていると天国に行けない。

最近、そんな親父の説教をよく思い出す。

親父は青い目をしていて、そして勿論この国の生まれではなかった。語る天国もその国のもので、あまり馴染みがなかったけれど、天国だの理想郷だのは宗派どころか文化や国が違っても、結局似たような形に落ち着く。

どこぞの誰かが、生きていく事は責め苦の一つだと説いたらしい。老いたり病になったり苦しんだりとマイナスがたくさんやってくるのは確かに責め苦だろうし、それでなくとも上手に生きていくのは結構めんどくさい。

だから天国なんてのは、そういう面倒がない。一切無い。食べ物も水も湧き出てエアコンいらずの気候で、そしていつまでもぼけっとしていられる。何なら性欲までサポートしてくれるところもある。親父の紹介してくれる天国には確か、山盛りの処女が特典として付いていた。

そういうところに行きたいのなら、悪さをやめてみんなと仲良くしろ。要するに親父はそういう説教をした。俺はというと、とにかく協調性に欠けるガキだったから四六時中、問題ばかり起こしていた。仕方がない。俺のような人間はすぐに孤立してしまう。孤立したガキなど、それこそ地獄のような目に遭ってしまう。

人間は集団で連携して生きている。

集団に属せず連携を拒否する異物は、出来損ないの人間なのだから、排除するのはきっと当たり前の判断なのだろう。俺は黙って排除されてやる心算はなかったので、必然、極端に走って対抗するという、幼い戦術を強いられる事となる。

例えば俺が殺してやるかと思った同級生は、とにかく鬱陶しいちょっかいばかりかけてきていたし、殴り合いで解決するとも思えなかったし、話し合いが通じる相手でもなかった。もうそれは仕方ない。俺は異物なのだから、そりゃあ相手だって排除するか自滅するように仕向けるに決まっている。

なので家に殴り込んで、しばらく入院するかしてもらいたかった。まあ何なら死んでくれても構わないという雑な計算もあった。これから先もずっとそうやって極端だけを選んで生きていこう、とガキの頃にそう決めたのだが、最初の一発目でしくじった。

で、親父の説教となる。

ふて腐れて聞いていたのだが、それ以来俺は、何かにつけ天国の事を考えるようになった。親父の説教は悪い事をするとバチが当たるとか鬼が来るとか蛇《へび》が出るとかと同レベルなのだが、思い込みの激しいガキが、その思い込みをふと止める切っ掛けぐらいには機能していたし、きっとそうやって宗教というのは広がっていったんだろう。

親父がこの国を出たのは、その一年後で、俺はまだ十年も生きてはいなかった。

「……俺はアホなりに色々考えたよ、親父」

空港でそう言った。親父は偽造パスポートの癖にファーストクラスのラウンジにいた。

偽造だと知ったのは随分後だったが。

「天国とか理想郷とかって、このラウンジみたいなもんだろ、要するに」

フライトを待つまで時間を過ごすこの空間がきっとその縮小版なのだろうと思った。暖かすぎず涼しすぎず、混雑もなく、落ち着いた音楽が微かに流れ耳障りにもならず、酒も食い物も飲み食いし放題で、何と風呂にまで入れる。

何の事はない、国際空港のここに、現世に、もう理想郷は存在する。

親父はいつも無表情で、その時もやっぱり無表情だった。

「……ここに住みたいと思うか、アル・ジャンナ」

俺の名前はイスタマアだし、当の親父がそう名付けた。だけど親父は、渾名のほうが大切になる事もあるとか言って一年前から渾名で呼んでいる。

「住みたくはねえな、こんなとこ。たまに来るならいい」

「じゃあここは天国でも理想郷でもない。少なくともお前にとっては」

「親父は住みたいか？」

「ここに住んだら金が掛かりすぎる。地元で石油でも出るなら別だが」

「親父の地元なんかどこ掘ったって出るだろ」

否定も肯定もされなかった。そして少なくとも、親父は金という対価を払って得られるものを天国や理想郷と呼んだりはしなかった。

「俺の祖先は、こういう場所を天国や理想郷と呼んだ」

「だろ？」

「昔は、地面を掘っても金になる訳じゃなかったしな。それにいくら積んでも手に入らなかった。乾けば水が、飢えれば食べ物が、眠ければいつでもどこでも快適に眠れる、なんてのはそれこそ生きている限りどれだけ出世しようと権力を握ろうと無理なものは無理だった。だからせめて、死んだ後ぐらいそういう場所に行ければいいなと思っていたんだ。俺たちの祖先に限らないだろうが」

誰だって居心地のいい場所が欲しい。

時代は流れて求めるものも変わっていくだろうが、根本的にそれだけは同じだ。だから天国で、理想郷なのだ。とても生きにくい、生きていきにくいと自覚していた俺は、曖昧にうっすらとではあったけれど、気持ちはわかる気がした。

「……まず、どういう世界でどう生きていきたいかを考えるといい。現実はこうだとか自分には無理だとか、そういうのはひとまず置いてな。他人の事も考えなくていい。自分の我が儘を全部形にして並べてみるといい。その先に理想郷がある」

俺の理想なのだから、他人に決めてもらう必要はない。

俺だって横から突《つっ》かれなければ、夜中に人んちを襲撃するような無茶はしない。やりたくてやったのではなく必要に駆られてやっただけだ。では俺がただ一人、無敵の万能感と一切のしがらみをなくしてしまって何が見えるか。

十年も生きていない俺には、何一つわからなかった。

「アル・ジャンナ」

親父が青い目で俺を見ながら渾名で呼んだ。多分、親父がいなくなったら俺をそう呼ぶ人間は一人もいなくなってしまう。お袋はこの国の人間だし、俺に違う名前を付けていた。親父の国では、アル・ジャンナとは天国や理想郷を意味する言葉なのだという。

「もし仮に、ここに住め、と言われたらどうする？」

しばらく俺はぼんやりと、ラウンジを眺めていた。身なりのいい雑多な連中は、外国人が目立った。親父からしてそうなのだが。

「……ここから自分じゃ出て行けない、として？」

「そうだ、ここで育ちここで家族を作って、そしてここで死ぬ」

「まっぴらだね。それこそガラス叩き破るか火でも点けて、ここをジャンナどころかジャハンナムに変えてやるよ、きっと俺は」

ここにいろ、ここで死ねと言われた瞬間、俺はそうしてしまうだろう。

生温い空間が嫌いだというのではなく、ただ何となく、嫌だった。俺の求める条件はたった一つ「俺に干渉しないで欲しい」というだけだった。そのためならここを煉獄《ジャハンナム》に変えたって構いはしない。そういう性格だから、俺の人生はさっそく面倒になっているのだが。

「きっちり面倒を見た心算はないんだが、お前はやっぱり俺の子だな」

「こんな目んたまくれといて、今更言われてもな」

俺は自分の左目を指さす。そこに青い瞳が塡《は》まり込んでいる。

片方だけ。残りは黒い。俺の、この国の人間にしか見えない風体の中でただ一つ、異物が青い瞳となって混ざっている。虹彩異色症という病気で、左右で視力に乱れが出る場合があるというぐらいであとは何の利点も欠点もない。

これの所為で、初見からなんやかやと言われるのが欠点と言えば欠点だが、その辺りは俺の性格が絡む。

「……俺もな、多分、気に入らないと思った場所に押し込められたら、きっとそうする。どれだけ巧く回っていても、そうする。いろんな理屈や大義名分を掲げるとは思うが、それを全部剝ぎ取って何が残るかと言うと、諦めるか、刃向かうかのどっちかだけだ」

「諦めるのは何か癪だな」

「そのほうが得だという事のほうが多い。刃向かうだけ無意味だし他人に迷惑もかかる」

「んな事してたら、親父こそ天国に行けなくなるんじゃねえの？」

「そこは巧くやる。お前も巧くやれ」

巧くやれそうにもない性格なのだが、親父にそう言われては試してみる他ない。

「結局のところ、妥協して諦めて折り合いを付けて立ち止まってしまった場所を理想郷だ天国だと言い張ってしまうか、気に入らないと言って先も見えない道を歩いたまま野垂れ死にするか、そういう選択なんだ、これは。とは言え馬鹿正直にやる事もない」

だから、巧くやれ。

そう言い残して親父はこの国からいなくなってしまった。

お袋を頼むとさえ言わなかった。その理由はあと数年してわかったのだが、お袋も不意にいなくなってしまった。親父の後を追ったらしい。俺が一人で生きていける年齢になるまで付き合った訳だ。その頃には、そのぐらいわかっていた。

そして俺はイブン・アズラック・イスタマア・アル・ジャンナという名前を半ば忘れ、御園洛音《らくね》という無難な名前で、三十過ぎまで平凡に、この国でそれなりに苦労して、面白くもつまらなくもない人生を送るはめになる。

このままうすぼんやりとして死ぬんだろうなと思っていた俺の適当な人生は、聞いた覚えのない妹がアルバドル・フーリーと名乗って現れるまでは、概《おおむ》ねその予想通りに続いていた。

フーリーに初めて会った時、俺は充分におっさんだった。三十代も後半にさしかかり、そして無職そのものだった。どうにも腹の立つ上司がいたので遂に辞めた。出世しかけていたから、同期のライバルたちはあんな事で辞めなくてもいいだろうとせせら笑っているかも知れない。俺もそう思うが、残念ながら俺はクソガキの頃からこうなので仕方ない。まだ丸くなったほうだ。昔の俺なら上司の家に火を点けていた。また失敗したかも知れないが。

ともあれ、だ。退職金は微々たるものだったが、特に趣味も持たない俺は三百万ちょっとの貯金があって、辞めた後、失業保険が切れてからはその数字がそのまま寿命を示しているような錯覚に陥っていた。

また働くかどうかという選択肢で、もういいんじゃねえかなという嫌気が消えない。三百万ちょっとの貯金など、二年もあれば充分溶ける。体は健康そのもので病気一つしないのだが、金がなくなると人間は遠からず死ぬ。まあ路上生活という手もあったが、聞く話、あれはあれで人間関係が相当にめんどくさいらしい。

そりゃそうだ。働いてないのだから金がない。金がないのなら助け合わなきゃならない。そんな真似が出来るようなら、俺も仕事をしたくないとは思わない。

路上にも出られず、職探しも乗り気でなく、貯金残高は減る一方。もう餓死するしかないかと思っていたし、それもいいかなと思う程度に、俺は社会性を失っていた。それなりには人間関係の経験値を積み重ねてきたし、かつて親父が言ったように巧くやっている心算だったけれど、所詮《しょせん》はウワッツラだ。剝がれるとなれば容赦なく剝がれるしあっという間になくなってしまう。

さてどうするか。

二年の間に、ちょいと試した事がある。所謂、単純労働だ。こちとらそれなりに社会人をしてきた訳で、そういう仕事の搾取され具合は何日かやってみるとすぐわかるし、将来性もない。

なのだが、コレが殊《こと》の外、ハマった。みんなが辛そうにうんざりした顔で、ただただ拘束時間が過ぎ去るのを待っているのを尻目に、俺は物言わぬ精密機械と化して作業をこなした。

最初からこれでよかったと気づくのが遅すぎた事を悔やんだくらいだ。

力仕事もやれるし、正社員の理不尽な罵倒も一切気にならなかった。俺はそういうのは、全然平気なのだ。これから死ぬまで、倉庫で無限とも思える食材の山を捌《さば》き続けて小銭をもらっていればいいのだなと、半ば思いさだめてほっとした。

食材倉庫の荷捌きなどやると、誰がどれだけ食うんだと呆れてくる。二十トンコンテナを毎日毎日二十数台分、捌く。食肉などやると、人間は動物を殺しすぎなのではと思ったりするが、クジラや象などはそれこそこのぐらいの量を一日二日で食うと言うし、お互い様だなと思って地球全体の事に思いを馳せたりした。とても楽しい。

楽しさは長く続かなかった。

日雇いの派遣などそれこそ機械どころか歯車程度に扱われるのが当たり前なのだが、それも当然で、日雇いで来る連中は明日も来るかわからないし二度と来ないかも知れない。そんな連中に親身になってアドバイスするより、最低限の仕事と小間使いをさせて「使い潰す」方針になるのは当然でかつ合理的で、責め立てるには論拠が足りない。何せ仕事をしてもらわなければならないのだ。使えるように使うしかない。

使われるほうも使われるほうで、外注のそのまた外注という立場の弱さを自覚してしまうので多少きつく言われても事を荒立ててまで反論する熱意に欠けてしまう。

ところが、だ。俺はこの大抵の人間が持つ「それなりになあなあと」が好きではない。理由は面白くないからだ。どうせやるならゲーム感覚でスコア稼ぎ気分で熱中したい。

そうなるとどうなるか。「他の奴と違ってお前は真面目で見込みがある」などと言われて飲みに誘われたりしてしまう。こっちとしてはそればかりは願い下げだというのに、主任だか職長だかに昇格した後、正社員にもしてやろうなどと言い出す。

俺もバカではない。それはきっと完全な善意で、そして得な話なのだ。

だが俺という困った人間はそれこそが我慢ならないのだ。

そんな訳でさっさと辞めた。他にも警備員だとか建築作業員だとかやってみたが、基本的に仕事というものそれ自体は嫌いではない俺は、つい、過剰に熱中していいように立ち回ってしまう。手を抜ければいいのだが、そんな事をしたら辛いだけなのはわかりきっている。

誰からも干渉されずに歯車的な単純作業に従事している事こそが俺の理想だ。親父だってそこを諦めるか刃向かうかを選べと言っていたし、俺は親父の期待通りに、この歳になってもそれだけは変えていない。

故に無職だ。死を待つだけの無職だ。貯金残高がイコール寿命計測器という有様だ。

そういう時に、俺の住むアパートの前に現れたのがフーリーだった。見た事のないバイクに跨《またが》って、黒いハーフコートにフルフェイスという姿は、俺の住む貧乏アパートにはまるで相応しくなくて、場違いにも程があった。

まだ若い時はバイクばかり乗っていた。だからそれなりに詳しいという自負があったのだが、俺の記憶をいくら掘り返したってそのバイクが何なのかわからなかった。

車体やフレームは基本的に黒いのだが、エンジンだけが鮮やかに赤い。赤く塗装された空冷V型が、リジッドフレームに搭載されている。見た感じでは、結構な大排気量に思える大きさのエンジンブロックだった。

まさか俺に用事とは思っていなかったから、バイクばかり遠巻きに見ていた。

「……何バイクばっかり見てんだ？」

というのがフーリーから最初に聞いた言葉だ。ヘルメットを外すより先に、俺はその喋り方を聞いて驚いた。お袋にそっくりの話し方をする。そして外された後は更に驚いて腰が抜けるかと思った。

俺を見ているフーリーの目は、俺と全く同じ虹彩異色症に罹《かか》っている。そんな奴には会った事がなかった。

「私を見ろ、私を。バイクなんか見てねえでこっちの感想を言え」

「俺のお袋に似てる」

実際、似てはいなかったのだが、声色が全く同じなのだ。

「おめえだって私の親父に似てる。……と言い返してえんだが、育てたほうに似るのかね。兄貴もお袋そっくりだな」

「兄貴？」

「妹だぞ、私。漢字の名前はねえ。アルバドル・フーリー。誰の娘かまでは名乗らなくてもいいよな？」

アルバドル・フーリーという名前は、俺の渾名「アル・ジャンナ」ぐらいには詐欺っぽい、大袈裟な名前だった。満月の天女とでも訳せばいいか。確かにフーリーは丸顔だったが、あっちじゃ細面《ほそおもて》よりも美人とされる。最近はどうだか知らないが、少なくとも歴史的には。

お袋が若返って整形でもしてここにいると言うなら、俺は多分、何も疑わない。社会と巧くやっていけない俺でも家族だけは受け入れる。世の中には家族が嫌いで社会とやっていける人間がいたり、家族も社会も嫌いだけど恋人なら、とか色々好き嫌いはあるだろうが、俺は無条件で「家」というものを信用する。それこそ、親父から受け継いだ生まれつきの性質としか言いようがない。

だからフーリーを信用するのは、間違いなく家族の証拠なんだろう。順序が間違っている気もするが。家族だから信用するんじゃなくて、俺が無条件に信用する相手は家族で間違いないという身勝手な公式。

俺が自意識を持った時には既にいた両親に「似ている」と脳が判断してしまったのだから、もう本能と言っていいだろう。俺はそうそう他人と打ち解けたりはしない。

「……どこから来たの、お前」

「石油が出る辺りから、ちょっと東寄り」

激戦区だ。バルカン半島が火薬庫と言われていた時代から、その火薬は少しずつ東に動いている。今ではユーラシア大陸のど真ん中が最も好戦的で、入国も出国もそうそう自由には出来ない。

「まさか陸路をそのバイクで来たのかよ?」

「来る訳ねーだろ、来られねーよ、こんなベッタベタの低重身であの辺り走れるかよ」

「じゃどうしたんだそれ?」

「んん? この国のエンジンをゲルマンのフレームに載せてラテンのパーツで組んだ」

「枢軸国カスタムかよ」

「あいつら怠けモンだから、本当はラテン抜きのほうがいいんだけどなー。まあエンジンだけ余っちゃってさ」

「なんでエンジンだけ余るんだよ」

「地雷を踏んでサヨーナラとの事。間抜けな話だよな」

「そら間の抜けた話だな」

「うちらのお袋の話だけどな」

笑い話みたいにそう言われてリアクションに困った。

つい黙り込んでしまったフーリーは日に焼けた丸顔を傾げて、俺と同じ色分けの瞳で俺を見て、ずっと返事を待っている。俺は同じように首を傾げてみせる。

「だから死んだんだって、うちらのお袋様」

　俺の母である御園春香《はるか》は、俺をほったらかして自分から火薬庫に赴き、そしてバイクで移動中に地雷を踏んでバラバラになった、とフーリーが改めて詳しく事細かに説明してくれたのだが、俺はそれでもしばらく、何を言われているのか理解出来なかった。


　正直、俺の両親が生きているか死んでいるかなどどうでもいいと言うか、そもそも忘れかけていたのだけれど、いざ「死んだ」と伝えられるとそれなりに動揺する。

　フーリーがこの国にわざわざ来たのは、三つの目的があって、そのうちの一つが、俺に母親の死を伝える事だった。

「……兄貴、今、何して暮らしてんの？」

「何もしてねえ」

「いいのかよそれで」

「よくないけど、まあなんつーか、俺、そろそろ限界なんだよ」

「限界って何がよ？」

「……働きたくないから」

「なんで？　死ぬよ、働かないと。お金無くなって」

「そういう資本主義、俺、嫌いだな」

「資本主義とか共産主義とか何でもいいけど基本、働かないとダメってのは原始時代からの決まり事だと思うんだけどな、私」

労働の義務は常に人類を縛りつけてきた。

何万年同じ事を繰り返してきたのか知らないが、そろそろ変わってもいい頃だ。

何だって神サマは常に連《つる》まなきゃ生きていけないように社会をデザインしたんだと、人類の歴史に憤慨したくなってくる。そういう長い歴史の中にも俺みたいなのはきっといて、そして淘汰されて来たんだろう。俺も今まさに淘汰されかかっている。

と、俺は全裸で思う。横たえた体を、上半身だけ起き上がらせて何となくカッコイイようなポーズを取りながら「働きたくない」と断言している。隣には万年床そのもののせんべい布団に全裸で横たわる、妹のフーリーがいる。俺を困った奴だと思って見上げている。それは好奇心によるものであって蔑《さげす》みとか呆れではない気がした。思い込みかも知れないが。

フーリーの二つめの目的は「妊娠して子供を産む事」だ。

アホかと思ったが、勝手にやれとも思った。思ったのだが、こいつは何を考えてか、疑いようもない実兄である俺にモーションをかけてきた。はねのければそれでいい話なのだが、一日くらいしか俺の自制心は保《も》たなかった。

結局、やってしまった。

それこそ受胎するまでやるしここにいる、と言われた。

金は結構持っているらしい。何ヵ月かは俺を養ってくれそうな額。

働きたくないので餓死するところだったと言っても、フーリーは別に俺をバカにしたりはしなかったし、逆に心配までされた。ここは笑ってくれていいところなのだが。

「……兄貴はやっぱり近代文明に向いてねえんだよ」

「向いてる向いてないの話なのか？」

「まあ一般論としてのアレだけど、土地に根を張って共同体に参加して立ち回って平凡に落ち着いた一生送るっちゅうのが性《しょう》にあってねえんじゃねえの？」

「わかったような事言いやがるな」

「わかってっからな。親父もお袋も私も、その手の人間だから」

そして俺も。

その癖に、突然会った妹と称する人間と普通に話せてセックスまで出来るのだから、俺の能書きもどこまで正しいか怪しいものだ。

「……日本人なんて混成多国籍民族のはずなのになんでそんな纏《まと》まっちゃうかね、しかし」

ぺらぺらと日本語をよく喋る。

それはともかくとして全くお袋の生き写しみたいな話し方で、教わったからにせよここまで似せなくてもいいと俺は思う。というか似すぎだ。外見が全く似ていないだけに違和感が凄まじい。人造人間を通してお袋が俺に語りかけている感じだ。

名前が長いのでキリよくフーリーと呼んでいるが、フーリーの外見はヨーロッパ系そのもので、アフリカ系の生来持つ色の濃さがなく、あくまで日焼けしただけという手加減具合があり、純日本人そのものだったお袋よりは親父の血を強く受け継いでいる。俺はどちらかというとお袋寄りで、よく見れば左右で目の色が違うくらいだったから、この国で生きていくのにそれほど支障はなかった。フーリーみたいに親父の血のほうが濃かったら悪目立ちしすぎて面倒くさかったに違いない。

この目玉だけでも充分過ぎる。左右で色の違う目玉。

俺もフーリーもそういう目をしている。親父もお袋も色が違ったりはしていなかった。二人とも青く、そして黒かった。

俺たちが突然そうなったのだ。

一昨日までは、俺だけだと思っていたのが複数形になった。

「……まだ弟とか妹とか兄とか姉とか現れねえだろうな？」

「知らん。けどまあうちらだけっぽい」

親族間で子供を作る事を忌避するのは近代的な倫理感という気もするし、一方で本能的かつ原始的な防衛意識という気もする。血統書付きの犬猫が生まれつき病弱な事が多くなるのと同じリスクが生じる。

「んで、何でまたわざわざ日本に？」

「母さんが出来れば日本人がいいと」

事故死したという俺たちの母親。

親父がアブー・アル・イスタマアであるように、御園春香もまたウンム・アル・イスタマアという名前となり要するに俺という長男を持っている事を名乗るようになる。家長制が一般的でフーリーの父母である事は名乗らない。あくまで俺の両親でしかない。フーリーが先に生まれていればまた違うのだろうが。いや後から俺が生まれたら俺の名前で上書きされるのだろうか？　その辺りのルールは地方に依るし部族に依るし人に依る。

「なんで日本人限定なんだよ」

「日本人じゃなくてもよかったっぽい。上書きしたかったんじゃねえの、この目玉を」

自分の目を人差し指で示す。

「兄貴と私で二回連続なのが気に入らなかったらしくてよ」

「何が気に入らないんだよ」

「拮抗してる感じがじゃねえかな。黒優勢になって欲しかったらしい」

「勝ち負けじゃねえと思うんだけどな、こういうの」

お袋が負けず嫌いだったのは知っている。

二人産んだら二人とも同じ目玉だったというのに闘争本能をかき立てられたのだろうなと大体の予想はつく。しかしまあ、だったら俺じゃなくてもっと一般的な日本人、もしくはアジア系で選びたい放題だとも思うのだが。

「……いやまあここ来る前に結構うろついた訳よ、このちっさい島国を」

「男漁りか」

「漁ってみたもののどうにもピンと来ないのは、まあお袋が何言おうと私個人の感性な訳だからしゃあねえよなーこればっかりは、カハハ」

頭を掻きながら照れくさそうに言う。一人で笑っている。俺は別に面白くない。

照れくささささえ感じない。

無料の風俗に来たぐらいにしか思っていないので我ながら最低だと思う。

実の妹相手にこんな事をしておいて。

しかもどうも命中するまでやらなくてはならないらしいし、命中した後の責任は一切合切問われないらしいという事で、これから即身仏になって餓死しようと思っていた貯金の足りない無職中年としてはまさに極楽といった状況なんだろうが全く嬉しくない。

別に無下にしているというのではなくて。

喩えて言えば気の合う友達が出来たという感じで、そして肩を組んで記念撮影をするぐらいの感覚で性器を結合させたというだけの話で。そしてフーリーもその程度の感覚で受けとめてくれている。

「兄貴が一番ダントツでピンと来た訳よコレが」

「……それって血縁同士の本能的な同族意識なんじゃねえの？」

「まあいいじゃねえか、ガンガンやっちまえばよ。嫌いじゃねえだろ？　それとも私、兄貴の趣味に合ってねえ？　それだったら申し訳ねえんだけど」

「いやそれが癪な事にな。俺の好みにドンピシャなんだよお前」

それは認めざるを得ない。

俺はこういう女が好きだ。

身長が高くスレンダーかつ筋肉質。日焼けした肌。黒い巻き毛。

こんな理想的な女がセックスしようぜ等と言ってきたらそりゃあ諸手を挙げて応じる。

干支を三周してこんなご褒美が今更やってくるのは幸運そのものなのだろうが、それほどの感動がないのは実の妹相手だという気後れからか、それとも年相応に俺の性的欲求が衰退しているからなのか。

まあ言うのも恥ずかしいんだが夜明けまでやりまくったし射精し続けた。

衰退してねえじゃねえかと突っ込まれても仕方ないが肉体と精神は別物なのだ。

そして日が昇る頃にはさすがに疲れ切って夢うつつになって微睡《まどろ》んでいた。

微睡みの中で俺の妹がまだまだ体力に余裕がある声で俺に語りかける。

「兄貴、本当にもう働く気ねぇの？　真面目に死ぬよ？」

「まあいつ死んでも時間の話だけでどうでもいいだろ」

「死ぬ前に着床させてくれよ」

「俺の精子が元気いいのに期待してもらうしかねぇけど、なんでそんな妊娠してぇんだ？」

「私さあ、親の意図とは関係なしにワクワクしてんだよね」

「何が？」

「私と兄貴の子供どんなんかスッゲエ楽しみで面白い。これがね、この国うろうろして男漁っててさ、感じなかった感覚なんだよね。言葉に出来ねえけどそれこそ直感で。兄貴頼って泊めてもらえ程度に言われてたんだけどさ、会った瞬間うっわあこいつと合体してえって感情がムラムラとな」

それは家族感覚の延長を勘違いしているのだろうか。

血縁同士の、本能的なスマートに採用される馴れ合い。学生時代を終え社会に出て世間を知り様々な人間と出会い、それらは楽しい事だってたくさんあったけれど、時には信じられないほどに厚い透明な壁があって、それを乗り越える苦労が辛かった。

社会に入っていけない。

世間に馴染めない。

努力すれば出来るがその努力に疲れてしまった。

「私なんかそもそも働いた事ねえもんな。少なくとも兄貴みたいな形じゃ」

フーリーは事も無げにそう言っている。

そして多分、この国に生まれ育ったとしたら、フーリーも俺と同じように、ひょっとしたらもっと早い段階でこういう精神状態になっていたかも知れない。働くぐらいなら餓死したほうがマシだという状態に。

それが悪くて駄目な事なのかどうかは他人が決める事なので、俺がどうこう言っても仕方ない。

手を伸ばす。

フーリーの体ではなくて別のほうへ。

マンションのカタログと、それに挟まっていた俺への私信。

「……何それ？」

「マンションの案内。ポストに入ってた」

「そういうの確実に届くってスゲーなこの国」

「まーそういう意味じゃ恵まれてんだろうな。おまえんとこじゃポストにチラシ入ってるとかもねーだろうしな。この国じゃ蛇口ヒネりゃあ水も出るしよ」

「水道くれえ紀元前からあるからな、言っておくけど」

そうは言うものの、親父はいつだったか空港で、蛇口を捻れば水が出るのが昔々の人々が描いた天国であり理想郷だと言った。かつての、俺の血統を遡《さかのぼ》る事千年以上の昔に造られた宗教の数々は、今のこの国のような有様を夢見て為し得ず、死んで後にせめてそういう場所に行けるのだと説き、そして盲信した。

俺は今のこの国、この世が天国や理想郷だとは思わない。

俺は俺の求めるものを探し続けなきゃならなくて、それは死ぬまで得られないかも知れない。どんなものを求めているのかすら言葉に出来ない。砂漠の遊牧民が夢見た理想郷と、現代日本に住む俺が夢見る理想郷は、違っていて当たり前なのだ。

「マンション買う金なんかあんの？」

「ある訳ねえだろ。ただまあ捨てるにゃちょいとばかり気になった」

「何がそんなに興味深かったんだよ？」

「まず買わなくても住めるらしい」

他にも色々あるが、それがまず第一だ。どこにも金額が書いていない。部屋の説明もそこそこに、マンションそのものの説明が殆どのページに割かれている。

タダで住める。そうとしか読み取れないしはっきりそう書いてもある。

「一切の金が掛からずタダで住める」

「なんだそれ」

「俺にもよくわからんのでちょっと興味がある。詐欺にしても手が込んでる」

自給自足、自立自衛、独立独歩、そして何より無料。

アルカディアを名乗るうさん臭い事この上ない物件。

カタログに挟まっていたのは説明会の案内で、手書きで、そして俺の名前がきちんと書いてあった。それが「御園洛音様」だったらそんなに気にはならない。宛名は、俺がこの国で生きていく上で一度たりとも名乗った事のないイブン・アズラック・イスタマアだったから興味も湧こうというものだ。

話ぐらいは聞きに行ってもいい。どうせやる事もなくヒマだったたし、ノンストップで子作りに励めるほど俺の性欲も体力も漲《みなぎ》ってはいなかった。


アルカディアマンション。

その建物は、えらく狭くて貧乏くさい、刑務所みたいな建物で、それだけでも充分におかしかった。

謳い文句は「自立自衛の理想郷」。

そこは俺も共感するというか興味もあるのだが、何にしても金がかかる。人間は一人きりじゃ生きられないのはここ数年で嫌と言うほど確認してある。

例えば電力を太陽光だの風力だので自前で賄って、水食料は育てて養いそして掘るという形で賄う。これが実は詐欺みたいな代物でコストに全く合わない。赤ん坊が初期投資分を取り戻せないうちに年老いて死ぬレベルだ。

そもそも何千年と人間は効率を求めて社会を築いてきてようやっと今の形になったのだから、そこから逸脱しようと思ったらアイデア一発で済む訳がない。簡単に言うと節約を始めるのに金が物凄くかかり、もしくは将来的に財政破綻するという矛盾がある。

要するに働けという話だ。

この国は少なくともそういう仕組みをよしとしている。

そうじゃない国があって欲しかったし、そこの国民でありたかった。

どんな国に行こうとどう分けるかどう助け合うかを変えているだけで、何のことはない単体で独立独歩などあり得ないし、そもそもそんな事が可能なら国などいらないのだ。

それをやると言われてもそりゃあ詐欺を疑う。

詐欺にしたってもう少し考えろとは思うが、極端な嘘のほうがかえって騙しやすいとも聞く。何にせよ面白半分、ヒマ潰し半分ぐらいで説明を聞きにやって来てみた。フーリーも何だか知らんが俺が行くなら、程度のノリでついてきた。

そして俺たちは二人揃って、熊沢という男と顔を合わせた。

熊沢陸道《りくみち》という宗教家みたいな名前の、まさに熊のような体格の男が、この常識外れのプロジェクトにおける出資者らしい。

出資はしているが利益回収を考えていない。

この熊沢という男は自分の国から家賃や管理費といった「税金」を徴収しない方針らしい。

だからまあ、何のためにそんな事をするのかという疑問も当然湧いてくる。

「世界の終わりに備えています」

世界の前に熊沢の財産が終わりそうなのだが、そう言い切るのだから仕方ない。

何かを思い込んだ金持ちの道楽なんだろうか。

「……それ入居にあたって何か義務とか発生するんですか？」

「いえ、基本的には何も」

「ほんっとうに何もしなくていいの？」

「いいです」

そう言ってひげ面で笑う。

「でもきっとヒマですよ、何もしないのは」

「そうでしょうけど」

「ヒマ潰し感覚で何かしら手伝っていただければそれでいいです」

「報酬は発生しない？」

「その代わり義務も発生しません」

自主的なボランティアで賄う心算なのかな、とも思ったけど、ヒマ人が気まぐれで何かを手伝っても到底、補塡《ほてん》として釣り合うはずがない。むしろそんなアテにならない事をされるよりゼロで計上したほうが運営するには楽なはずだった。

「何もないって事はないでしょうって気分なんですが。回らなくなるんじゃないですか？」

つい、そう訊いてしまうが熊沢は言われ馴れてるという顔をする。

「初期投資もメンテナンス費も私が出しますし面倒を見ます」

「……世界の終わりに備えて？」

「ばかばかしいですか？」

「働きたくない四百人が集まるだけですよ」

フーリーは宗教と言ったが、ノアが箱船を造ったから入居者を募集しているというだけの話だ。

働きたくない四百人、と俺は言ったが、もう少しはっきり言うと、その四百人は働きたくても働けない。少なくともこのアルカディアマンションで世界の終末に備えている間は。

何故ならば、だ。

「義務、と言えば一つだけです。入居時に住民のほうに生活保護を申請していただく事」

なぞと言い出す訳だ、この熊沢は。

「……生活保護?」

「はい」

はい、じゃねーよと言いたくなったのを堪えた。

アルカディアマンションの立地はえらい僻地で(ここは話をするためだけに都心に設けられた窓口だ)、そちらに住民票を移せば自治体に話を通すと熊沢は断言した。

僻地に無職が四百人も集まって一斉に生活保護なんか受けたら、その自治体は破産する気がする。しかし通すというのだから、通すんだろう。

熊沢はばかげたどでかいマンションを建設するくらいには金も権力も持っている様子だった。ただ、何の仕事をしているのかは知らない。

世界の終末に備えて無職を集める謎の金持ち。

「……要するに国にたかるんですか」

「世界が終わるまでは」

「世界が終わった時に無職の四百人が生き残ってるってのも難ですが」

熊沢が運転資金を生活保護に求めている以上、無職しかこの箱船には乗れない。そして働く、つまり報酬が発生する作業に従事する訳にもいかない。だからボランティアで、無償で、ヒマで仕方がない時だけ、何かやればそれでいい。何もしなくたって国から金が入る。四百人ともなれば結構な額だろう。

新手の社会保障詐欺にも見えるし、それにしちゃ手が込んでる。

利益が出るどころか、多少のブレーキはかかるだろうが結局熊沢の資産が減る一方だろう。何せ十年二十年の話ではない。

「いずれは国も必要なくなります。今のうちだけ便利に利用させてもらうだけです」

それも甘い見通しだ。

国の社会保障予算など削減される一方としか俺には思えない。役所でのやりとりだけでもそれはわかるし、そして何より自立自衛の概念から矛盾している。ノアが勝手に箱船を造る分には笑い話だろうが、国の金を利用して仕事をする気のない人間ばかりを収容しているなんて言ったら黙っちゃいられない人間が続出するに決まっていた。

世界はそうそう簡単に終わったりしない。

まあ、別に明日終わろうと知った事ではないが。

金持ちが金をばらまきたいと言っているのだから拾わない謂《い》われはない。俺だって積極的に死にたいと思っている訳じゃないのだし。

詐欺か何かにしろ破綻するにせよ、しばらく俺は生きていられる。

アルカディアマンションへの入居を断る理由を探すほうが難しかった。

ペインキラー

音楽が聞こえる。

ウディ・ガスリーの『我が祖国』だ。海を越え山を越えやってきて、この国に住み始めて随分経つけれど、あの曲がコピーされて耳に入ってくるとは思わなかった。それは凡庸な歌なのだが、大袈裟なタイトルと政治的意志が加わってスローガンめいた効力を持つ。

それはきっとウディ・ガスリー一人のもので、後から尻馬に乗った連中のものではない。お前らは自分の言葉や音楽で語るべきなんじゃないかと、ふと思う。

さも昔の楽曲、偉大な先人をリスペクトしてますと言わんばかりの、自己主張ばかりが耳に付くニセモノの音楽でしかない。こんな歌よりチャラチャラした若造がさも流行ってますという感じのリズムに合わせて歌っている代物のほうが俺はよっぽど好きだった。くそみたいな音楽を聞きながら、大雑把にはしょると「死にます」という警告文が書かれたパッケージの封を切った。

一箱千円の毒物だ。

「……なんで今時分、煙草なんか吸ってんです？」

「喫煙所でそれ訊くかよ、お互い様じゃねえか」

「私は昔付き合ってた男の影響です」

「生々しい事言うね、また。俺は多分、不死身だから吸ってんだよ」

「死なないんですか」

「多分。こうやって毒を摂取して丁度よく死ねる、きっと」

正直なところ、俺の理由も夕子《ゆうこ》と大して変わりない。

夕子は昔の彼氏が吸っていて、俺は親父がいつも吸っていた。親父が吸っていたのは自家栽培の草だったから千円もしなかったのだが、今は仕方ない。

外出時にマスク着用まで推奨されるようになった大気汚染下で喫煙とは正しく死にますとしか警告しようがないだろうが、だったら禁止してしまえばいいものを国はそこまで踏み込めない。税金を諦めきれないらしい。

俺はと言うと多少、こうやって毒を入れておかないと本当に永遠に生きてしまうかも知れないので適度に殺すために吸っている。

喫煙所の椅子に座り、横に置いた全面帯のヘルメットを見る。完全密閉式でバッテリー駆動の吸排気システム付き。強化ガラスの面防。基本的に建築現場なんてのは大気汚染など話にならないぐらいの汚染物質で満ちているので、こうでもしないと本当に肺をやられて死ぬ奴が出る。昔は頭に、申し訳程度にプラスチック製の帽子を被っていてもよかったらしい。こんなのはそれこそ限定的にしか使われなかったそうだが、その最先端のヘルメットの額と後頭部に御園陽太《ようた》とステッカーが貼ってある。そんなところは相変わらず原始的だ。やろうと思えば電子認証やら何やらでやれるんだろうがコストを削るという事も忘れていないのがけちくさい。

本名を書くとドン引かれるからいつも俺は御園陽太を名乗る。

昨今の建築現場はかなりカオスな人種のるつぼと化しているが、俺は見た目が多少地黒とは言え完全に日本人だから尚更だ。

帰国子女なのだから日本名を名乗ったっていいだろう。

俺がまだ十代の頃に一人でふらりとこの国に戻ってきて始めたこの仕事は、俺の性に合っていた。物を造るのは楽しいが、一から設計して音頭を取るほどではないという性格の俺にはぴったりだ。

国籍は日本になっている。元からそうだ。

俺の本名は俺の生まれ育った場所では太陽を意味する名前で、耳慣れないし変な響きには違いないので、翻訳してそれっぽく入れ替えた。とても無難な名前に落ち着いて嬉しい。

イブン・キータバルシャムセディン・アル・ジャンナなどといちいち名乗っちゃいられないし覚えてもらえないし意味がない。

御園陽太のほうがシンプルで絶対にいい。

高い煙草に火を点けて灰に変えながら改めてそう思う。

喫煙など貴族の嗜《たしな》みだ。それほどの年収は得られていない癖に。

そんな合間の、毒を嗜む瀟洒な一時が小うるさい音楽に邪魔される。昼休みともなればみんな一斉に作業を止めるから現場自体は静かになる。なるというのにやかましい。

表を囲むデモ隊の音楽だ。サウンドデモというらしい。とにかくやかましく好き勝手に音楽を垂れ流していればいいというのだから、やってる事は選挙カーと何ら変わりはしない。体制側も反体制側も使う手段に変わりはない。

「この機械はファシストを殺す」という英文が書かれた旗が踊っている。大日本政府のお膝元で英語かよ、と言いたくもなる。日本語で言えというのだ。その機械とやらがあの大音量サウンドマシンらしいが、あんなもんで音をまき散らしてもファシストは死なない。

その演奏の、合間合間に時代遅れの拡声器で怒鳴りやがる。

「我……世界……終……備え……ピーガガガー……」

ハウリングを起こして何を言いたいのかこっちにゃさっぱり伝わらない。何かに備えよと言っているらしいが、勝手に自分らだけで備えていりゃあいいじゃねえか。

そんな音楽と能書きが朝っぱらから聞こえてきていたし、こちらの音が止まってしまえばよりクリアになって聞こえてくる。金属の切断音より耳障りだった。

もっとも、以前よりはもう大分聞き慣れて、今ではアジってる奴がベテランか新人かまでわかるようになった。あれはあれで言いたい事を叫んでいればいいという訳ではなく、起承転結のある台本と、リズムと、強調したい単語を意識しないと何を言っているのかさっぱりわからないし後半がぐだぐだになる。

「また来てますね、カラオケ隊」

「歌は聞こえねえけどな」

「カラオケって『空演奏』って意味だって知ってます？」

「知らん。そうなんか」

歌う奴はいない。曲だけがやかましく鳴り響いている。その合間に、音に合わせるという努力すら放棄した、身勝手な主張と警告が本当の雑音となって混ざり込む。

何にせよ平日の昼間から集団で、外でカラオケとは全くヒマな話だ。

俺はここから一応定時までは、肉体労働で汗を流す事になる。

喫煙所の中でデモ隊の声に耳を傾けながら、今日はベテランが扇動しているな、などと思ってしまう。ポイントがわかりやすい。先の大災害の教訓を忘れるな、終末は近いうちやってくるのだから、それに備えよ、国は巨額を投じた無意味な公共事業を止めろ、という話らしい。その金を終末への備えへ回せ、と。

ヒマ潰しに無意味な公共事業とやらの、ここの図面を見せてもらった。大型の現場用タブレットの液晶に映っている図面や発注書を見せてもらうと、毎度愕然とする。デモ隊の声も気にならなくなるぐらい興味深い。何度見ても常識外れな話だ。

「……ホントに老人ホームなの、この現場？」

「一応名目上は」

「施主、国土交通省なのに？」

あまりにも作業回転が速い上にやることなすことがおかしいので、たまに尋ねてみる。何人となく入れ替わる現場管理責任者もよくわかっていない様子だったし、夕子にしたってそれは変わらない。所長に訊いてみる？　などと言われたけどそれは断った。一作業員の好奇心だ。

「内壁、全面鉛ボードの二十一ミリ二層張りとか聞いた事ねえよ」

運んでいる人たちは今にも全身がバラバラになりそうな疲労困憊ぶりを見せながら、鬼の形相で搬入している。気の毒だったが、それを使って組み上げる俺らもこれから気の毒になる。

老人ホームにしてはあまりに巨大だった。グラウンド付きの小学校と隣接する土地を丸ごと買い上げてまず建物を解体し、更地にしてから基礎を打ち直すという徹底ぶり。これだけで兆に届くぐらいの予算が吹き飛ぶ。普通、土地代や基礎の額に比べると、上物の建屋は安く済むが、これだけ凝《こ》るとなると似たような額になりそうだった。

老人ホームだというが、全部個室で造ったとしても何千人と収容できる。

見せてもらった図面によれば、部屋数は一万戸を超えていた。十階建てで一つの階に最低、千戸。全ての家具はビルトインで生活スペースは小さく狭いながらも確保されてはいたが、いくら何でもここに住みたいとは思わない。

「……ホントに刑務所とかじゃなくて？　もしくは何かの研究所とか」

「そうは書いてない」

しかも払いがいい。俺たちは普通、仕事が途切れないように何ヵ所か仕事を掛け持ちして順繰りに回すし、多少、損だなと思う現場も次に繋がるよう仕方なく引き受けてみたりと気を遣う。ここはノンストップで、しかも割高だ。他の現場など知った事かとここだけに専念しようと思えるほどの高賃金。

確かにきついが、きついというだけではこの金額は納得出来ない。みんなついそう思ってしまう。

「……御園さんはいつまでこの仕事する気ですか？」

「何だよ急に」

「いえ、気になったものですから。私らみたいな管理職はいいんですよ。それこそ婆さんになってもやれるし、収入も上がっていくし。私なんかこのままいけば三十代には家、買えますよ。結構な一軒家が」

「俺だって買えなかねえよ、自慢の体磨り潰して引き替えにな」

「人間の体って老化するじゃないですか」

「脳みそだって老化するだろ」

「肉体よりは長持ちします」

「残念ながらな。俺は脳みそ遣って金、稼げねえんだよ」

この国の学歴で言えば、俺は表向き書類上で中卒という最低限の学歴を有しているだけの人間に過ぎない。そんな人間が脳みそで稼ごうなどと無駄もいいところだ。この国は知的な性能を判断するのに実務ではなくまず学歴を評定する。

「大体、もうじき四十だぞ俺。今更他の事やれっかよ」

やる事がなくなる。

やりたくてもやれる事がない。必要がない。そして収入がなくなる。それはどれだけの熟練工であっても付き纏うリスクだ。一流の大工に仕事が途絶え、技術があるにも拘わらずその使い道がなくなり無職同然となる。

だから俺は多能工として一通りの職能を身につけた。

体には自信があった。四八時間をぶっ続けで作業し、三時間程度の仮眠を挟んでまたフル稼働が可能だった。それはそれで賞賛に値するフィジカルなのだろうが、同時に限界でもある。これ以上の伸び代がない。つまりこれ以上の収入は期待出来ない。やり方を変えなければ。

「辛くなったりしませんか」

「辛いしキツいよ」

「じゃあなんでやるんです？」

「辛くてキツい事が性に合ってる」

そしてデモ隊の声に向かって呟いてみせる。

繰り返し叫ばれる、恐らくは啓蒙としての目的意識に満ちた声。

俺を啓蒙出来るというならすればいい。

「奴隷労働。不当搾取。ブラック企業の使い捨て。俺は別にそんなもんが嫌いじゃない。辛くてキツくて不当な低賃金でも俺はそれを嫌だとは思わない。むしろもっと磨り潰せるというならやって欲しいもんだ。俺は、磨り潰されたりしない」

「不死身だからですか？」

「不死身だからな」

夕子は何か言いたそうにしていたが、こちらから振ってやるほど俺も親切じゃない。煙草の味を楽しみたい。何せ高い。とても高くつく浪費なのだ。

「……なんでそんな、自分から進んで獣道選ぶような真似するんですか？」

「道に迷ったらより険しいほうを選べってのは誰が言った格言だったたっけな。そうでもしなけりゃ生きてても楽しくねえからな、俺」

「マゾヒストなんですか？」

「自分から選んでるうちはまだまだマゾヒストじゃねえだろうけどな」

俺に選択肢があるうちは生温《なまぬる》い。

俺の意志など関係なく襲い来る痛みや苦しみを、それでも尚かつ押しのけてやりたい。

そういう願望が俺には少なからずあるのは自覚している。

「こじらせてますね」

「このご時世に煙草吸ってる女に言われたくねえよ」

「昔の男の影響です。ただそれだけ」

「充分過ぎるよ、それだけで」

何のストレスなのか意趣返しなのか知らないが、お前の所為で私はこのご時世にクソ高い煙草を吸って燃やして灰にして健康を害しているといつまでも喚き立てているみたいにしか俺には思えない。そんな女にこじらせているなどと評価されたくないもんだ。

「……御園さんが本当に不死身だとしてですけど」

「おう」

「その不死身の肉体を更に鍛えるってのは可能なんですかね？」

「何言ってんだお前」

「吸血鬼とか知ってます？」

「そら知ってるけど」

「まあ何でもいいんですけど人外の力で凄く強くなっちゃう訳ですよ」

「アニメかマンガか知らねえがそういうのはあるっぽいな」

「よくあるネタな訳ですよ。なーんも努力しないでいきなり人外の肉体になっちゃう系」

「楽しくなさそうだな。イージーに過ぎる」

「世間の人間の大多数は努力とか忍耐とか出来れば避けたいんですよ」

「まあ俺は自分が変わりモンなのは知ってるよ」

「それでですね。私いつも思うんですよ。何の努力もなく契約書にサイン書く程度の労力で常人以上の能力を手に入れるファンタジー世界の住人がですね、そこから更に苦痛を伴う努力をしたらどこまで到達できるのかなって」

「知らんがな、そんな事」

「アニメとかマンガとか見て下さいよ」

「俺は苦行と修行を経て得られる力のほうが好きだね」

「流行りませんよそんなの」

「何が楽しいんだよ、そんなもんで超越して。ズルっこいじゃねえか」

「御園さんの価値観はこの際どうでもいいとして。今の御園さんが既に常識からかけ離れた身体能力を得ているとして、ですよ。そこから更に上を目指す気はないんですか？」

「俺ァもういい歳だ。これ以上伸び代なんかあるかよ」

「それでもその仕事を続けるんですか？　ピラミッド造るのに石運び続けるような仕事」

「言ったろ。限界まで俺はそれをして限界になったらそのまま燃え尽きる」

「それって生き甲斐を探しているんですか？　それとも死に甲斐を？」

またえらく絡む。まあデモ隊の能書きを聞いているよりは楽しい。

どっちかと言えば生き甲斐だ。俺は自分が死ぬ事を想像すら出来ない。フィジカルに関する万能感が全く消えない。やれない事でも頑張れば出来るという精神を常に持っているし、当たり前の事になっている。

そして俺はこうして、国が行う建築事業に携わっている。この怪しさしか漂っていない奇妙な現場に。

俺だけじゃなくみんなそういう怪しさを感じ取っていて、所長ですら確かに変な建物だなと思っている始末だった。だからデモ隊も朝からカラオケに興じている。さぞかし歌い甲斐があるだろう、おかしな公共建築物だ。

例えば基礎部分を見に行くと、国会議事堂だってここまでやってないというほどの耐震構造が施されている。大人が三人で手を繋いで輪を作っても繋ぎきれないほど太いアブソーバー式の柱が何千本と仕込まれている。そこは既にコンクリートで埋め立てられていた。

これだけでも普通の建物じゃない。

だから気になって仕方がない。そりゃゼネコンごとに施工が違ったり、新しいやり方を取り入れたりという事はある。これは違う。

しかも東京ドーム一個分の広さで、十階建て。お陰で作業員詰め所が内外に合わせて百カ所近くある。

室内もおかしかった。全ての部屋に窓がない。窓を確保していない部屋割りを持つ建物は、人が住む建物ではまず見られない。つまりどんなに巨大なマンションでも外壁に沿って部屋を設計するから自然と部屋も広くなり、大きければ大きいほど高級マンションと呼ばれるようになっていく訳だがこれは違う。そんな事を無視して部屋をぎっしりと配置し、最も外側に近い部屋でも、そこは分厚い壁と鉄板と鉛ボードに遮られている。

そんな訳のわからない巨大な建物が、ど田舎の土地を買い上げて造られている。

老人ホームという名目で。

俺は一年前から、出張という形で東京からここに作業に来ていた。近くの民宿で雑魚寝が基本だが、給料がいいから多少払えば個室にも住める。俺はギャンブルも女もやらないし、一人の時間が欲しいタイプだから喜んで個室代を払った。

つまりここは都心じゃない。

何が言いたいかと言うと、わざわざそんなど田舎に、何百人も集まって反対デモを行っている連中は何をそんなに焦っているのかという疑問だった。そりゃ確かに怪しげだけれど、原発や基地を造っている訳じゃないし公営の老人ホームだというなら社会福祉にもなっている気がする。難しい事は知らないが、実際に内装に携わっている俺からしたら、隠れて中に核ミサイルのサイロを建造している訳じゃないのは断言出来る。

要するに、これは完全に外の世界から隔絶した巨大施設というだけだ。

図面を見るのに飽きてデモ隊の声をまた聞く。

新人にやらせているのがわかる。何を言っているのか声が割れていて聞き取れない。

「……あいつらの生き甲斐のほうが俺はよっぽどわかんねえけどな。あんな訳わかんない事叫んで。こんな田舎まで来て」

「生き甲斐というか、アレはもう義務と不安のはけ口ですよ」

「仕事もしねえで?」

「仕事すら手につかない。もう何もしてられないぐらい落ち着かない。最近はそういう人がどんどん増えてる。ウチの会社も私がどんどん出世するくらい人手が足りてない」

「……何せドカーン来たからなー、ドカーン」

「あれ見て動揺しない人間なんかいませんよ」

正直なところ、俺はあのニュースを見て何とも思わなかった。

すっげえ事になったなとは思った。国内外で大騒ぎになったけれど、別に俺の住んでる場所でドカーンってなった訳じゃないし、滅多に見られないものをネット越しに見られた程度の感想しか抱かなかった。

少なくとも仕事もしないで放り投げて何か叫ばなければなんて思わなかった。

俺の義務と使命は建ててくれと頼まれた建物を完成させる事だけだ。国の政治を建て直せるほど俺は偉くもないしその技術もない。

「……仕事とかどうしてたんだろ、あの人ら？」

「多分、生活保護」

「国の金で養ってもらって国に文句言ってんのか」

「その自由を担保してあげてんですよ、この国は」

「煙草も高くなる訳だな、そりゃ。いくらもらってんの？」

「家族のいない独り身なら、月に十数万だったはず。御園さんなら一週間で稼げる額。私なら半月ちょっと。丁度いい額ですよ。多すぎず少なすぎず」

自分の事じゃなく生活保護システムに対するコメントらしい。

回り回って、収入の平均値を取れば働いている分だけ損な気もする。でも俺も夕子も、そうでなくてもまだかなり多くの人間が働く事をまず選択する。それはいろんな理由があったり拘りがあったりするんだろう。

働かずに保護される人間になりたくないと思わせるだけの要因も明確にある。

例を挙げれば、だ。

「……働かない代わりに腕輪だろ。あんなの着けたくないよ、俺」

生活保護受給者は支給される腕輪を着ける義務がある。腕がないなら足でもいいし何なら首にぶら下げてもいいんだが、とにかくそういう身分証を着けなきゃならない。そういうシステムになってもう随分経つが、当初はあのデモ隊の勢いで反対運動が起きたらしい。

結局のところ、受け入れられたのは、便利だったからだ。

保護下にいなくても装着したくなるほど多機能で、邪魔くさいとも思わないほど軽量化されてもいる。あのデモ隊の連中も、よくよく見れば、みんなあの腕輪をしているに違いなかった。

仕事もしないで国から小銭を貰い、徒党を組んで国に喚き立てる。

俺が払っている決して安くはない税金があいつらに還元されている。

博打で負け続けている時に、すぐ隣の奴が勝ち続けているような居心地の悪さ。賭けないで直接こいつに金を渡したほうが早いんじゃないかという徒労感。

俺には理解出来ない生き方だった。

基本、俺は集団行動に馴染めないタイプだ。みんなでぞろぞろ並んで叫ぶのは却ってストレスが溜まる。

人にはそれぞれ似合った生き方というのがある。それしか出来ないししたくないという生き方。それで生きていけるのなら何だっていいのだろうし、いくら貰ったいくらくれるという数字でほいほい変えられるほど俺のフットワークは軽くない。

「正直、私もかなり揺れてます」

「……仕事しないであの群れに入っちゃうの？」

「それでもいいんじゃないかなって」

「なんで？」

「きっと死ぬまであしていられますよ。それって魅力的じゃないですか？　出世もないけど降格もないし、目的ははっきりしてるし生活は安定してるし。ずっと博打してるような労働より全然いいなって思う時があって」

「目的？　そんなもんがあんの、ああいう連中に？」

「ありますよ目的ぐらい。目的と言えば私、実は漫画家になりたかったんですが」

「へえ。ま、意外でもないけど」

現場の警告ポスターや水道の付近にやたら上手な絵を見かけると前から思っていた。

夕子の手描きらしい。見た事のあるようなないような、絶妙なさじ加減のオリジナリティを持ったラクガキが一つあるだけでも、味気なくフォントをいじって組み替えただけの警告文より気持ちが楽になる。

「取りあえず働かないと生きていけないから就職したし、そっちはいつの間にか消えてなくなっちゃいましたけど。ああいう環境で目指すのもアリなんじゃないかなあとか、たまにふっと思いますよ」

「そりゃな、逃避だ、逃避。仕事の最中にしんどいなあって時に思い浮かべるラーメンが凄く旨そうに思えるのと同じだよ」

「そういうものですかね」

「なんで漫画家目指すのやめたの？　やっぱ所詮は趣味だった訳？」

「んー、どっちなのかなって一時期、真剣に考えたら、まあ趣味だなって思ったから遠ざかった。でもねたまに、最低限の生活さえ面倒見てもらえるんならずっと目指しててもよかったかなって思う時はある」

引き際など考えなくていい。打ち込むだけ打ち込んで気が済んだら、他の事をやったっていい。働かないならそれはそれで、最低限度とはいえ国が生活だけは面倒を見てくれる。そのシステムが結果として国をよくしているのかどうかは知らない。

俺が知っているのは、働かないからヒマで仕方のない連中が加わってデモ隊の規模が半世紀前より遥かに大きくなっているらしい、という事だけだった。創作活動でなくとも、とにかく自分のやりたい事に打ち込む奴が増えたという話は聞かない。

仕事も手に付かないぐらい無意味にそわそわしているなら、趣味だってやっていられないんだろう。とにかく落ち着きたい。話はそれからだ。だから地均《じなら》しをしたくて、環境に安心したくて国に叫ぶ。

俺にはやっぱり理解出来ない。

「御園さんは多能工じゃないですか、汎用性のある」

「そうだけど」

「でも限定職の職人はあぶれる可能性が高いじゃないですか。新築がなくなって内装修理だけになったら仕事が無くなる人たちとか。他を探さなきゃ、次はあるのかなって。それって、とてもそわそわすると思いませんか？」

「考え過ぎじゃねえか」

仕事が無くなるかも知れない、と考えた事はなかった。

とにかく何でもいいからやれる事はやろうと開き直っていた。仮に現場じゃなくてもいい。俺には幸い、借金というものがない。趣味というほどのものもない。酒は寝る前に呑むのが癖になっている程度で、人づきあいもそれほどない。女は二十歳の時に結婚して二年で揉めて離婚して以来、面倒くささばかり気になって手を出す意欲が削がれる。

いつまでそんな仕事を続けるのかと女に言われた。

何となく発端はそれだった。バカにされた気がした。気遣って言ってくれていたのだと今ならわかるが、その一方で本当にバカにしていたのかも知れない。つまり、不安だったのだ、あいつは。

体を壊したらどうするのか、仕事が途切れたらどうするのか、将来的に金銭の心配はないのか、この仕事に就いている奴の嫁になどなったらそういう心配と不安は尽きない。補償がないし保険もない。安月給でも会社組織に入るか、現場なら現場で監督業に鞍替えするか職人の会社を立ち上げて自分は手配に回るか。

そういう動きを俺は一切見せなかった。何の不安もなかった。

簡単に言うと収入面での話だが、俺が日本一頼れる職人になったとしても稼げる額には自ずと限界がある。俺は一人しかいないし、一日は二四時間だし一ヵ月は多くて三十一日。一職人でいる限り、寝ずに働いてでも得られる金は日割りで計算されてしまう。月に六十万、それも毎月上下するから年収で五百万。

そんなところか。

だがそれがずっと続く訳じゃない。俺が仮に一千万、二千万を一年で稼いできたとしても俺の嫁は納得しなかっただろう。次はどうするの、ここから先は大丈夫なの、と繰り返すのはもう目に浮かぶ。

別れたのは、俺にとってもあいつにとっても正解だった。嫌いになった訳じゃないのが心苦しいという程度だ。

自分の面倒だけ見ていられればそれでいい。

俺は楽天的過ぎるのだろうか。

「そう言えば何ですけど」

ヘルメットを装着しようとしていた俺に夕子が話しかけてくる。

「今更気づいたんですけど、御園さんって左右で目の色違うんですね」

「遺伝でね。俺の親も兄弟姉妹もみーんなこのザマだ」

虹彩異色症。青と黒で塗り分けられた左右の瞳。

親兄弟以外でそれを見た事は無い。

そしてこの目を持つ者は通名の他に長ったらしい真名がある。

全面帯のヘルメットを被ってしまうと相手の顔も目の色もわからなくなってしまう。俺はただの御園陽太になる。

俺には御園陽太と識別されるステッカーが貼ってあり、そして夕子のそれには熊沢夕子という名前が書かれた識別表が、原始的にベタ付けされているというだけの事でしかなかった。

無個性そのもの。性別すら見分けにくい。

まるでロボットだ。現場内ではそれでいい。一個の歯車であればそれでいいのだ。

結局、俺は基礎打ちから竣工まではここにいられなかった。

仕事にあぶれた訳じゃない。

何があったかを言うのも癪だが言わなきゃ話も進まない。

怪我をした。

大怪我をした。

現場の中で瀕死の重傷を負った。労災そのものだ。隠しようにも隠しきれない、問答無用の大事故だ。ちょっとした怪我なら無視する。結構な怪我でもどうにかする。

何故、そこまでして労災を隠すかという話を説明しよう。

金の話だけじゃないと思うし、突き詰めてしまえば金の話だけなのかも知れないが。俺にとってもみんなにとってもそうじゃない。なんでなかった事にするかと言うと、なかった事にしたほうが誰にとっても幸せだからだ。

治療費と慰謝料を積んでもらうとしよう。

そんなものは建築会社や大手ゼネコンにとっては小遣いみたいな額でしかない。むしろ税金対策に払ってしまったほうが都合のいいというだけの金でしかない。

一方で事故には対策が求められる。改善を要求される。

この場合の最善の対応策とは何か。

事故を起こしたそのものである張本人を二度と現場作業に従事させない事が最も簡単でかつ効果的である事は間違いない。会社にとっては二束三文のはした金をくれてやっておまえは二度と、少なくともウチが仕切ってる現場には入れねえよとしてしまう事が最善の対応策となる。

だから隠す。なかった事にする。多少の怪我は自分で面倒を見る。それが結果として全員にとっての幸福になり世界は事も無しという結論に達する。

労災隠しは悪い事なのだろう。

だが隠せるものならそうしたほうがいい場合が多い。

俺の場合は隠しきれなかったというだけだ。俺の人生もこれから酷い有様になってしまう事が予想される無残な事故だ。

何しろ背骨が折れて内臓が破損した。

ここまでやったら誤魔化すも隠すもクソもない。

安全作業を標榜する建築現場に救急車がやって来る。それは俺ら職人にとって死刑執行人に引きずられていくのと大差がない。小銭と引き替えに首を打ち落とされるのと同じ事なのだ。

俺のミスじゃなかった。きちんと手順も守っていた。

単に揚重作業に年甲斐もなく従事していたおっさんが、一人じゃ持てもしない重い材料を無理に持たされて階段で担ぎの揚重をさせられていて、バランスを崩して真下で作業していた俺に資材ごと落ちて来ただけだ。

不死身を自任し主張していた俺が、たかだか資材一つの落下で不死身が聞いて呆れるほどに容易く叩き壊される。

この現場も、俺が動けていたあいだに随分変わったし作業は確実に進んだ。

次から次へと職人も管理も監督も、所長すら入れ替わる数年間、ずっと俺はここで、職種を変えながら作業を続けていた。何万人がこの現場に関わったのかわからない。俺は一人でやっていたし、ウワッツラで人づきあいもこなせていたし、特にさぼりたいとも思わなかった。

そうやって順調に進めてきた結果が、俺には何の不備もミスもない巻き込まれ型の労災事故だ。運が悪いとしか言いようがない。運にだけは逆らえない。博打で自分の期待した当たりがそうそう引き当てられないのと同じだ。

ベッドの上に横たわっている。

俺の貯金は減らない。全て面倒を見てもらえる。しかも施主である国の金で。

首から下は指一本動かせない。

傲慢にも不死身を自称していた俺がなんて有様だ。

生活保護に甘んじて喚き散らしていた連中と同じではないか。

「竣工しましたよ」

見舞いに来てくれた夕子がそう教えてくれた。

「……んで何だったんだあの建物は、実際のところ」

「老人ホームです」

説明してくれた。

外からの隔絶が徹底しているというだけで、中は確かに集合住宅。本来なら外にあるべき公園や店まで中に封じ込んである。巨大な立方体には窓もなく、目を凝らせば換気口が見える程度の凹凸しかない。

莫大な広さの屋上には太陽光発電と風力発電の施設があり、そのぐらいなら昨今珍しくもないのだけれど、地下区画に変電所が丸ごと入っていると言い出した時にはさすがにびびった。当然、外からの電力供給も受けている。一万人が収容される施設だ。太陽と風だけじゃ微弱に過ぎる。

あそこから数キロくらいのところにダムがあり、そこから地下ケーブルで変電所に引っ張っている。当然、電気管理施設も建物の中にある。

でも個室ばかりではなく大部屋もあるし、明らかに家族向けの部屋もあったから、老人ホームと呼ぶのもおかしな話だなとは思った。

全部終わったと聞かされて詳細を改めて考えてみると、要するに街一つをコンクリートと鉄板と鉛で覆い尽くして立方体にした、という代物に近い。

それを何と呼べばいいのかわからなかったから、老人ホームと言うならそれはそれで構わない。

「俺も入る事になっちまうかな」

「そんな歳じゃないでしょう」

「歳なんか関係あるか。その辺の爺様より役立たずだ」

竣工の日までデモ隊は騒いでいたらしい。

叫ぶ内容は数年がかりでじわじわ変わっていった。

彼らもこの施設が何なのかさっぱりわからなかったのか、取りあえず老人ホームという事で落ち着いたようで、ここに入所出来るのは公務員や政治家が優先されるとの主張を繰り返している。

まあ、アホかとは思う。

何を好き好んで、金も権力も持っている連中が、あんな窓もない部屋に住まなきゃならないのか。俺なら絶対に嫌だった。言いがかりもはなはだしい。

違う主張もちらほらと耳にする。

ここは現代の隔離施設だという主張。差別だ差別だと繰り返している。そっちのほうが俺は納得するが、収容所とか隔離施設とか言う割には内部が充実しすぎていた。俺の不満は窓がないという事だけだった。

窓は重要な気がする。

扉よりも重要ではないだろうか。

引きこもるにしたって窓ぐらい開けたくなるだろう。ここにはちゃんと窓がある。

今、癪だなと思うのは営業だけだった。あのちまちました挨拶が全部無駄になった。

数年で効率よくあそこで稼がせてもらったのはいいが、その数年間、よそで仕事をしていない。一つ所で働かずにいろんな現場を回るというのは、それだけで営業にも繋がっている。そこで知り合った人に頼まれたり、頼んだり。

ここで知り合った人たちにも名刺は渡しておいたが、不意の事故により結果として、そういう地道な努力が全て無意味になってしまった。

動けない人間が建築現場で何が出来るというのだ。

完成した建物から、最寄りのバス停で一時間に一本しかないバスを待ち、監督と雑談をしていたら遅くなって乗り逃し監督らはまだ仕事があるから、帰りの車に乗せて下さいとも言い出しにくく、そして俺にはやる事がもう残っていない。

何だかそんなくだらない事が名残惜しい記憶として蘇る。

そんな俺の日常は無残にも砕け散った。

不死身が聞いて呆れる。

人間が人間である限りタフさをいくら誇ったところで大した代物じゃない。上限は自然界の中でも低めで下限に至っては奈落の底の底まで行ってもまだ足りない脆弱な生き物でしかなかった。他ならぬこの俺自身からして。

この病室には窓がある。

あの建物に押し込められるよりはよっぽどマシだ。

青空なんか滅多に見られないが、ごく希に見えるそれはどんなに精細なモニタで見るより気分がいい。たとえ、こうして指一本自力では動かせなくても。

そして遠方には黒い巨大な立方体が見える。

近所の病院に搬送されたから、見える。それがむしろ残酷な仕打ちに感じた。

「……あの建物ってさあ、禁煙？」

「まだ煙草吸う気なんですか？」

「ここ入って一ヵ月目で吸いたくなくなった」

強制的な薬物投与で俺は喫煙習慣を奪われた。全く吸いたくない。自由意志を奪われたようで気に入らなかったが、どのみち首から下の動きも奪われているんだから今更だ。パッケージの封を切って引き抜き、口に銜《くわ》えて火を点けて、指で挟んだ煙草が灰になるのを眺める。それら全てが喫煙趣味と呼べる。ニコチン中毒ならそれこそ薬物投与で済ませればいいし、煙を吸いたければ火でも燃やせばいい。

「部屋内なら自由ですし、公共スペースにも喫煙所はあります」

「いたれりつくせりだね、そりゃ」

「でも喫煙習慣なんか消してから入居する人が殆どだと思いますけど」

「いつでも消せるからかえって吸う奴が増えたりしないのかね。半世紀前とは違うんだから。あっさり止められる。肺まで清浄化してくれるとなりゃ気兼ねなく吸うもんだと思うんだが」

「そんな理由で吸ってたんですか、御園さん」

「違うよ」

「私もです」

どんな理由にせよ自傷癖というのはあって、本人にとってはそれは大切な事で、他人に矯正されなきゃならない謂われはない。死にたい奴には死なせておけばいいのだ。気が済むまでそうする権利を道徳やモラルで奪わないで欲しい。

何もかも余計なお世話だ。

容易い禁煙も、無料の介護も治療も、あんな巨大な建物も。いつまでそんな仕事をするのかと諭される事も。こんな体になっても、生かしておいてくれる事も。

「……この病室は禁煙かな」

「表示はないですけど常識として」

「煙草あるか？」

「あるけどあげません」

「けちくせえな、おい」

「私にけちくさいと言いますか」

失言だった。俺の労災を最大限に補償させるよう動いてくれたのは夕子だ。多分、俺はこのまま何もしなくても一生、死ぬまで横になっていられる。見込みのないリハビリでもやって過ごせばいい。五十になって六十になって、指先が微かに動いたの動かなかっただのを楽しみにして生きていればいい。

そしていずれは、ここじゃなくて違う施設に運ばれる。きっとあの、俺が造っていたおかしな黒い立方体の中に。腕か足か、それとも首か知らないが輪っかをつけられ国の金で生きていく。

「……つまんねえな」

「満足しませんか」

「しないね。俺は自分の手で煙草を吸いたいし、物を運びたいし、作業に従事したい。薄汚れた空気の中で毒物吸って、それでもまだ死なないってのを楽しみたい。こんな有様ならとっとと殺してくれ。俺が頼みたいのはむしろ安楽死のほうだな」

俺がそれを考えるとは思わなかった。

随分前から安楽死は合法化されていたはずだ。

適用年齢がまだ先だった気がするが、それまで横になっているのもあほらしいし金の無駄だ。

「死にたいんですか、御園さんは」

「そういう訳じゃねえが、潰れて曲がった脊椎《せきつい》抱えててもな。首から下が全部無駄だ」

「死にたい、って口に出して言ってみてください」

「はあ?」

「死にたい、って、早く。言ってみてください。私に」

言ってやろうかと思ったが言葉にならなかった。

殺してくれ、なら言えた。それは他人が俺にしてくれる事で、頼み事だからだ。死にたい、の一言がどうしても口から出て来ない。多分、俺が生まれてから一度も口にしたことのない言葉だったから、どう発音していいのかわからなかったんだろう。

「……死にたかねえよ」

「安心しました。御園さんが死にたくないと言うのでしたら、私もそれなりの事をご紹介できます」

「脳だけで生きていくのも御免だがな」

「そっちではなく、違うほうを」

「違うほうなんてあるのか。リハビリなんか無駄ってはっきり言われたぞ」

「そりゃまあ、その脊髄を再生するのは無理です」

「じゃあどうすんだ」

「取り替えます」

夕子の顔は真顔だった。冗談を言っている顔じゃなかった。

真顔のまま続ける。

「生体部品に取り替えます。人工の脊髄、人工の臓器に。制御用に全身にチップを埋め込みます。勿論、これは政府主導の特別プログラムなので管理下に置かれますが、腕輪がお嫌いな様子ですし外からは何も変わりません」

「……だからそれ現場管理の仕事かっつうんだよ」

「私、現場だけじゃありませんから、管理してるの」

まだ真顔だ。

煙草を取り出して銜えた。俺にはくれないらしい。煙を吐いて病室を白く霞ませる。非常識な奴だ。懐かしい悪臭がした。間違えようもない毒の匂い。

「人間社会の管理職に就いている一人です、私は。御園さんに代わってもらおうと思ったのに、その事故じゃ全部台無しです。だからせめて自分の仕事を真面目にやろうと思うので、協力して下さい。ちなみに手術の成功率は三割くらいです。七割死にます」

何を言っているのかさっぱりわからなかった。

煙草が吸えて羨ましいとだけ思った。

多分ただそれだけで、俺はその申し出を了承した。七割死ぬとか言う申し出を。

俺は道に迷った時は、より険しそうな道を選ぶ事にしているのだ。


俺はやっぱり不死身なわけで、その成功率三割の手術とやらから生還した。

生還してからはリハビリが待っていた。リハビリというより、新しく学習させていく、と言った感じに近い。モノは人造品とはいえ新品なのだ。慣らし運転をさせなきゃならない。機械と言うほど金属製品は使われていないらしいし、死んで焼かれたら一緒に燃えてしまうような素材らしいが、とにかく俺の全身にはそういうモノが埋め込まれそして付け替えられている。

まず皮膚感覚が戻り手足の先まで自覚出来るようになり、それから内臓器官、筋肉、とじわりじわりと自覚出来る場所が増えていき、やがて繋がっていき自分の首から下を理解し操れるようになっていく。

ある程度の臨床は終わっているが、手術そのものがまだ実験段階という技術。

再生医療の最先端。最先端は最末端でもあり最底辺でもある。

俺はそういうのには馴れている。楽しくて仕方なかった。指が動き手足が繋がり寝返りをうてる。自力でそれらを獲得していく。やせ衰えた筋肉を電気刺激も使って強引に鍛え直していく。枯渇した成長ホルモンを外から注入し抑制剤を飲みまた励む。薄くだが確実に積み重なっていく。

あのまま横になって何もせず、脳だけで遊んでいたほうが寿命は長かったに違いなかった。寿命と引き替えに得る身体機能の回復に他ならなかった。それが俺はとても楽しい。

全身から汗を噴き出させるような激痛が楽しくてたまらない。

俺は俺の脳でこの全身を制御し管理する。痛みは信号として必要で、不快だろうと辛かろうと投げ捨てる心算はない。自然には動かないし時間をかけたって動かない。せっかく成功した人間もこの痛みに耐えかねて脱落するという。

結局、俺みたいなのが自発的に志願するより他にこういう実験は検証しようがない。

そして俺みたいな人間をずっと夕子は探していたらしい。

探すのも面倒になって俺にその仕事を代わってもらおうかと思っていた矢先に、こうなったそうだ。身勝手な話だが有り難い話でもある。

そして夕子が実際のところ、政府機関のなんでどうなのかを探る気もなかった。

よくしてくれている。向こうに都合がいいなら尚のことだ。俺にとってこれは何よりも都合がいい。

「……痛くないんですか？」

　夕子が一度だけ訊いてきた。

「痛いに決まってる」

「それなのにやるんですか？　痛みの先に何か報酬を求めて？　ここを我慢すれば先に何かあると信じて？」

「痛みそのものが大嫌いで、大嫌いな中に身を置いている俺が大好きだね」

「マゾヒストなんですか？」

「どうとでも好きに呼べばいいけど、俺は痛いのが嬉しい、なんて言う心算はない。そんな奴は頭がどうかしている」

　それきり呆れたのか何も言わなかった。

　俺のリハビリは常軌を逸した頻度で行われた。他人の目を盗んででも俺は体に負荷をかけ続けた。わざわざ痛めつけ続けた。無様な動きを繰り返し滑稽な失敗を続け屈辱の中に身を置き続けた。これが好きなはずがない。好きならずっと治らないままでいる。俺は更にその先へと行きたいだけだ。

　自立歩行が何とか可能になる頃には四十半ばを過ぎていた。

　まだまともな社会生活には戻れない。何となく身の回りの事を自力でやれるようになった、という程度だ。それでも煙草は漸く、満足に吸えるようになっていた。一日のメニューをこなして疲れ切った体で毒を入れると肺が濁っていき、身体能力が目減りする背徳感に背筋がぞくぞくする。

汚染された空気が軽い嵐になって外をぐるぐると回っている。

窓から見える景色が濁っている。

濁った先に黒い立方体が、まだ見えている。

夕子はあそこの管理で派遣されて来たはずなのに、今じゃ俺個人の管理をしている。それでどういう金が出るのかわからない。あの建物がどういう目的で建てられたのか、建築当時に全くわからなかったのと同じだ。そして今の俺も、これが何の目的での人体実験なのかなど考えない。俺はただまともに動けるようになりたいだけだ。

「……ありゃ結局なんだったんだ？」

夕子に訊いてみる。

夕子も相変わらず煙草を吸っていた。まるで俺に合わせるみたいに。

「名目通りの老人ホームと、ついでに重度身体障害者用の施設です」

「じゃあデモ隊は見当外れだったって事か」

「まあ、何を言っても信用されないんですから仕方ありません」

「政府は嘘を吐くものだ、と思い込ませたほうが悪い」

「いちいち説明して回るのも何ですからね」

「あんなの福祉、そのものじゃねえか。ヘタしたら俺も入るしあいつらもいずれ入る」

「騒ぐのは自由ですし、まず疑ってみるのもいい事だと思いますよ、私は」

窓のないマンション。

蜂の巣とはよく言うが、あれは周囲の地面ごと地上にせり上がってきたアリの巣に近い。そしてアリの巣のほうがまだ開放的だ。

あの中に老人と重度身体障害者を放り込むのか。

福祉なんだか隔離なんだか差別なんだかわかりゃしないし、人に依って言葉が変わる扱いなんだろう。俺の環境だって人に依っては死にたくなるような拷問だろうし、いちいち一人ずつ全員に納得してもらうのも面倒くさいし、第一無駄だ。

事故を起こすまで現場の、いろんな作業に携わっていたが、確かにみんなそわそわしていた。これ以上何かが起きて、これ以上世の中が変わって、それについていけずに振り落とされるのではないかという根拠のない不安。

杞憂そのもの。

あの現場に限らず社会全体が、いくら杞憂だと言い聞かせても、でも、だって、と自分から不安材料をまき散らして勝手に心配して落ち着かなくなっている多動症みたいな連中ばかりになっていた。

俺はただ働くだけで毎日過ごしていたし、人間関係もウワッツラだったからか、その落ち着かない感じは伝染しなかったけど、少しずつそれが広まっていったし、それから逃げるように人員が交代していったし、酷いのになると新規入場の時点でもう多動症みたいになってるのまで現れた。

俺は全く不安にならない。最初からそうだった。

図太いと言うより感覚が薄い。ただ働いていればそれでいいし、体を隅々まで動かせていた事が、今となっては奇跡的に思える。

「さすがにデモ隊はもう来ないか」

「他に行ってると思います」

「……他？」

「あの施設、八軒目の竣工が終わってますけど……ご存じなかったんですか？」

「こんな訳のわからない建物があと七つもあんのかよ？」

「更にこれから造るそうです。色々と形を変えたり、広くしたり、地下にしたり。……日本中で話題ですよ、報道とかで」

「ニュースは流して見てるしドラマも飛ばし見だしな、俺」

「ネットは？」

「繋いでない」

「でしょうね」

「朝から晩までリハビリテーションのシンプルな毎日だからな」

とは言うものの、こんなものが国中でバンバン造られているとは思わなかった。まだ建て続ける様子だという。

「取りあえず十軒、今年中には竣工だそうです」

「全部、老人ホームとかそんなの？」

「多分そろそろ他のも収容すると思います」

「他っちゅうと？」

「まず独居老人、ホームレス、無職、働きたくない人、順々に」

「あの腕輪付けてデモしてた連中、遂に衣食住まるごと国に面倒見てもらうのか」

「それはどうなんだって事で盛んに議論が行われてますが、まあ、今の政府ならやっちゃうと思いますけどね。奇跡の塊みたいな革命政党が与党ですから。誰もあの時、こんな長期政権になるとは思ってなかったって話ですけど」

小難しい話になってきた。生活保護受給者や独居老人、無職というのは俺の事ではないのか。このままでは否応なしにあの箱の中に入ることになる。窓もない部屋に。

俺はもう日も沈みかけた嵐の中に聳《そび》える立方体に目を凝らす。

こんなものが国中にあと九つ。更に増える。あそこは一万人の収容が出来る老人ホームだ。単純計算なら十万人か。しかも国営。

気持ちが悪いというのはよくわかる。中で作業に携わっていれば尚更だ。あの、窓のない隔絶された無数の部屋。

握力を確かめる。

これじゃとても働けない。そもそも散歩一つまともに出来ないし、階段も上り下り出来ない。このままリハビリを続けて回復したとして、まともになるまで何年かかるのか。

俺は歳を取る。

誰だって歳を取る。

加齢に応じて弱っていく。そこの線だけは越えられない。要するにどうにかぎりぎり平凡な老人になれるかどうか、なれたら御の字という事だ。

「そのままならあと数年以内には平凡な生活を送れますよ、御園さんは」

「わかってんだろ、それじゃいやだっての」

「我が儘ばかり仰いますね」

「役に立ってんだろ、俺の生体データとかっての」

「実に。多分、再生医療の分野にとっては安い買い物だったと思います」

「じゃあもうちょっとくらいイロ付けてくれたっていいじゃねえか」

短くなった煙草を、勝手に持ち込んだ灰皿で消した。もう誰も文句を言わなくなった。

この病室はまるで俺の私室みたいになっている。出て行く時の支払いは国がする。きっと改装工事に金はかかるだろうが、俺の手足さえまともに動くなら俺が一人で請け負ってもいい。

動くのなら。

新しい煙草を銜える。ライターを擦って、火を点け損なう。

一度しくじるともうダメだ。何度も着火を試せるほどの握力はもう残っていない。

空打ちのフリント音だけが虚しく響き煙草が唾液で湿り始める。

「……私が火をお点けするんじゃダメですか？」

「ダメだね」

「煙草をやめるというのは？」

「もっとダメだ。わかってんだろ、長い付き合いだ」

「勿論、わかってます」

「じゃあ何とかしてくれ。より辛くて痛い方法でいい」

夕子の溜息が聞こえた。

「……じゃあ次は御園さんの手足を千切りましょうか、指先から順々に」

やっぱり真顔だった。

俺は少しだけビビったたし、この女が可愛いと初めて思った。

不格好な鉄パイプのギプス。

モーターと配線が露骨に見えている。まるで子供が作った武器みたいだ。

それがサイバネティクスアーム（及びフット、纏めて言うならウェア）とやらの量産タイプだという。科学者の探求心は無駄の塊で構成されているような気がした。

夕子は本当に俺の手足を遠慮無く引き千切った。

指先からつま先から順々に。

俺がいいとなるとより大きく派手に、俺の手足を切り落とし、その代わりにこういう不細工な手足を継ぎはぎしていく。いいと言ってしまう俺も俺だが、やってしまう夕子も夕子だ。まあ、実際に夕子が俺の手足を鉈《なた》や斧《おの》で切り飛ばしている訳じゃないから、言ってるだけで済んでいるのだろうが。

いつか夕子が言っていた。

とにかく人間じゃない力を手に入れたものが更に鍛えたらどうなるのか。これはその問いに対する答えでもある。内蔵せずに上から被せた金属部品は、負荷に応じて肥大し適応し強靭になる。金属の癖に成長する。勿論、摩耗もする。

生きている金属。

呼吸し飲み食いして成長する無機物。それが電気と、ギアクランクとピストンで更に力を増大させ、俺の脳からの指令を生体チップ越しに殆ど認識出来ないぐらいの遅延を伴って反映させる。何となくたまに一瞬、引っかかったような感じがする、という程度の違和感。

「御園さんの生体チップが追いついてないんです」

そんな風に夕子は弁明した。全く弁明に聞こえない口調だったが。

完全に面白がっていた。

「オーバーライドにも限界がありますから。結論から言うとハードが旧式です」

夕子は訥々《とつとつ》とそう告げた。

俺の寿命を宣告された気分になった。

それは即ち生体チップの寿命だ。

俺の全身に埋め込まれた、十個以上の生体チップには外部ウェアの統率には向いていない。俺の損傷した脊髄の代わりに手足を稼働させていた代物が、ここにきてまだ新しい事をさせられて些かへたばったらしい。そんなところまで人間くさい。聞いてなかった追加の仕事はテンションが下がる。

「代わりの生体チップに取り替えるとかは？」

「初期型の埋め込みタイプですからね。最新のは交換を前提にしていますが」

「じゃあ最新のにしてくれよ」

「今のは脳幹にチップを埋め込んで制御しています。つまり、御園さんの脳に手を突っ込むことになります。それは年齢的に些か……」

「手遅れ？」

「危険なだけです」

「それでもやってもらえない？」

「もういい歳じゃないですか」

「俺はまだ動いていたいんだよ」

動かなくなった自分を受け入れがたかった。

そうなった自分がどう生きていけばいいのかわからず、結局、新しい趣味も夢も生まれないままだ。

一生寝て暮らしていても、喋れたし、意識もあったし、ケアも完璧だった。そのまま保護されて暮らす事も俺は出来た。労災補償としては破格だ。だけど俺はそれに我慢ならなかった。

あの時、あのままの状態が続いていたら狂人になっていただろうと思う。自殺だけは考えた事はなかった。そんな事をしてもすぐ看護師が駆けつけただけだったろうけれど、可能か不可能かとかではなくまず死のうとだけは夢にも考えなかった。

基本的にポジティブに出来ているのかも知れない。

誰も死に方を教えてくれなかっただけかも知れない。

とにかく俺は叫び続けたし、そういう俺が疎ましかったのかかなりの薬物を処方された
が、俺の脳みそは全ての鎮静剤と鎮痛剤に打ち勝って痛ましく訴え続けていた。

もういい歳だと言うならその通りだ。

もう俺が現場に出なくてもいいんじゃないかと言われれば、正しくその通りだ。

正論だ。

その正論が我慢ならない。他人にどれだけ補償してもらおうと妥協は妥協だ。正しさは
俺の中にしかない。そこに手を突っ込んでくる「正論」など言う奴は殺してでも黙らせて
やりたい。

俺に必要なのは、他人の正しさじゃない。

「体に埋め込んだ分は、チップも含めて脊髄から内臓からもう取り替えが利きません。こ
ればかりは御園さんがどれだけ不死身でも無理です。諦めて下さい」

「まあこれだけでも充分っちゃ充分だけどな」

「不格好ですけど外付けの分にはどんどん改良出来ます」

「……ちなみに高いの、これ？」

「ロールス・ロイス・シルヴァーゴースト・ミレニアムⅡが三台買えます」

「俺が一生かけても稼げない額だなそりゃ」

最新戦闘機の一機ぐらいは買えそうな額だった。

金の事を抜きにすれば有り難い。

立てる走れるどころの騒ぎじゃない。

俺は二十代の時よりもパフォーマンスを発揮できる有様になっていた。

「……で？　御園さんはその有様で何がしたいんです？」

「奴隷みたいな肉体労働がしたい」

「その装備、最先端技術の塊なんですけど」

「しゃあねえだろ、そうじゃなきゃ戦争にでも送り込め」

「御園さんのそのマゾヒスト精神ってどこから来るんですか？」

「知らねえよ、んな事ァ。俺は楽しいんだよこれが。生きてる実感がする。……大体、漫画家になりてえなんてのも俺から言わせたら何が楽しいんだよそんなの、って感じだしお互い様だろうよ」

「その話はしないでもらえますか」

恥ずかしいらしい。

ざまあみろだ。たまにはやり返してやりたい。

もうすっかり諦めて今の仕事をすると決めて、夕子はもう何年にもなる。そうやってやりたいことも定まらずにふらふらしているから、昔の話を蒸し返されて恥ずかしくなったりするのだ。俺など何一つ変わらないし変わってもいない。

そう思ってニヤついていたら、夕子が俺を上から目線で見下ろしてくる。

そんな程度の反抗など屁でもないというけろりとした顔をして。

「……まあ、漫画家にはもうなれませんし無理なんですけどね。私は一応、『絵を描ける』という才能だけはありましてね。御園さんが家を建てられるみたいに。なんとその無駄な才能を発揮できるかもわかりません」

「……どっかのクソ漫画家が原稿落とした穴埋めでも頼まれたのか？」

「んー、まあ似たようなモノなんですが。絵の続きを描いてくれとの事で。……これがまあヘッタクソ極まりない絵でしてね。油絵なんですけど。素人が油絵て。笑わせてくれるモノでしてね。誰かが描きかけの絵が、私に回ってきて、おまえ画才あるだろみたいに言われて押しつけられて。そりゃあ、描けますよ、似せてパクってコピーして。元漫画家志望舐めんなよって感じで」

「……滅茶苦茶、嬉しそうだな」

「嬉しい？　嬉しくないですよめんどくせえだけですよそんなの」

「いやお前凄く顔がにやついてる」

「ひっぱたかれたいんですか？」

そうやって我に返ったように真顔に戻る。なんだかんだ言ったって、無駄に積み重ねたなど思っていた「特技」、精々、呑み会でラクガキでもしてウケが取れる程度だなと妥協していた「特技」が他人に求められるのはそりゃ楽しいだろう。

「……どんな絵よ？」

「髑髏をですね。二人の青年が見てる、そんな絵。元は名画ですよ」

「髑髏？　つか名画？　それの贋作を造れって？」

「何なんでしょうね。まあ私は好き勝手にやりますけど」

髑髏を見守っている二人の青年。想像してみたが、どんな絵で、どんな意味が込められているのか、俺には想像がつかない。そもそも、絵画を鑑賞するような趣味とは無縁の人生だった。それが何だろうとどうだっていい。俺は俺に出来る事をやるだけだし、俺は一人ぼっちだろうと横に誰かが寄り添っていようと、ボケっと髑髏を眺める趣味はない。

そういう訳で俺は何の躊躇いもなく最先端を最底辺に遣わせてもらう。

外付け式のサイバネティクスウェアは五十近い俺をアスリートとして再生する。

ギプスかコスプレかわからん不細工な衣装を派手に装着して現場に行った。久しぶりに嗅ぐ独特の粉末臭。石と鉄と木が粉砕され砂と粉が空気に混ざる独特の匂い。場違い極まりないおかしなおっさんとして俺はそこにいる。

みんな俺を苦笑いで見ていたが、すぐに表情は変わった。

石膏ボード四枚約六十キロ以上を、その右手で掴んで上へ引っ張り上げてみせたからだ。

掴み上げるという行為は持ち上げるよりきつい。四枚ともなると厚みは十センチを超える。それを難なく上げてみせるというのは純粋に腕だけの力という事になる。現役でもこれを片手でやれる人間は少ない。

外付けで覆っているにも拘わらず皮膚感覚もある。

これは本当に皮膚感覚が戻ってきたのではなく、電気信号で脳を騙しているだけらしい。すっかり細くなった俺の腕が、こんな体力自慢の若造がやるような事をやっている刺激としては違和感があった。キツさが足りない。そこに痛みがなく実感がない。

右腕も左腕も、両足も体幹も首も、全てが全盛期以上のパワーと滑らかさを両立してやっていける。

作業の一日目が終わる頃には立ち回りも思い出した。

一斉にいろんな職種が動く。自分のことだけやっていると迷惑が掛かる。周囲への気遣いと邪魔にならない動き方。みんな思い出した。

この不細工な有様で遂に、俺はあの事故を数字の上では帳消しにしプラスにさえした。

「どうでしたか」

「どうってもなあ」

夕子に訊かれて、無意識に握力を確かめる。それなりの握力がそこにある。でもそれは、俺の内側から出たものじゃない。

俺はそれを待ち望んでいたはずなのに、これじゃないという違和感ばかり感じた。

痛みがない。

苦痛がそこに存在しない。

細いままで筋肉痛も覚えず、機械化された全身に指示を送っているだけのような錯覚。

それは人間の体なんて元からそう出来ているのだろうけれど、やはりこうして派手にごつくサイバネティックなんとかなんてものを身に纏うとどうにも反則をしている気後れがある。

苦痛があり、そして解放されやがて痛みも癒える。

俺が欲しかったのはそういう当たり前の肉体だった。

加齢が俺の限界値を下げ続ける事は仕方ない。俺は今や、加齢と身体能力のバランスが覚束なく、そして納得いかなくなってしまっていた。

きちんと仕事が出来ているはずなのに周囲の目は同情的だった。しかしこれを付けるのを止めてしまえば、俺は歩くのも一苦労という人間になってしまう。それでもいいじゃないかとさえ言われて、それを言われる事が苦痛で、酷く苦しかった。

俺は肉体の苦痛は受け入れるが精神的な苦痛には我慢がならない。

意地になって一軒家の増築を請け負い、俺一人でやってみせた。

それでもみんなの目線はどこか同情的で痛々しくて、その差別とも言える視線はぬぐい去られる事はなかった。

そこまでしてこの仕事を続けて何がしたいんだと言われている気がした。俺はただ体を動かせるという事を実感したいだけだ。そしてこの不細工な補助器具は、思ったほどには俺にその実感を与えてはくれなかった。

俺は間違っているのだろうか。

そこまでして苦労がしたいというのは、それほどまでに過ちなのだろうか。こういう人生がいいと思って生きた事に初めて疑問を感じて足がふと止まる。夕子がそうだったみたいに。

この歳になって人生に迷うとは恥ずかしい限りだ。

ひょっとしたら、俺も労災に遭わず、一年間を寝て暮らした挙げ句、一生そのままですと宣告された経験がなければ、ここまで拘らなかったかも知れない。とにかく動き続けていたかった。どんな手を使ってでも俺は、部屋の中にじっとしていたくなかった。いつからそうなのかなど考えていたって仕方がない。

俺はそうやって五十を越えていた。

もう肉体労働という作業においてその年齢は、通常水準から見ても違和感があった。全身に金属のサイバネティクスウェアを纏って、現場仕事を続ける。そこには何の肉体的疲労もない。この金属は俺の体が出す老廃物を食う。現場から出る老廃物も食う。建築現場で与えられる負荷と摩耗を自力で食って回復し成長させ、最適化させていく。そのデータが俺の中から随時送信されモニタリングされていく。

仕事は若い奴以上にこなせている。単純作業になればなるほど顕著だ。複雑な作業も問題なくこなせる。つまり数字上、何も問題なく滞りもない。

ところがその仕事もどんどん減っていく。

職人がみるみる辞めていくか、もしくは政府に公務員として採用されていく。そしてあの箱を作り続け、人工衛星を作り続け、軌道エレベーター事業にすら携わるようになっていく。俺は地味にまだ残るビルのメンテナンスや一戸建てを、目を血走らせながら探し続け、無様な装備を身に纏って現場になるべく出るようにしていた。

これしかないのだ。

俺は俺のやりたいように、それが労働の対価として不釣り合いな報酬だったとしてもやれるだけはやり続ける。

もっとマシな人生など俺にはなかった。

ヘタをしたらずっとベッドに横になっていた。

それがこうして動けて、働けている。それがどんなに無様でも喜ばしい。

喜ばしいに決まっている。

喜ばしくない訳がない。

そう自分に言い聞かせているのに気づいても、気づかないフリをする。内蔵した生体チップは交換出来ない癖に、外付けの分にはどんどんと新品が提供されてくる。俺はよっぽどいい実験体らしい。無骨な金属パイプの組み合わせがみるみるスマートになり、細くなりやがてタイツを身に纏っているのと変わりない姿となって、身につけたまま寝られるぐらいに進化する頃には六十が目の前に迫っていた。

都内にいる人間が劇的に減った。

通勤ラッシュなど生じなくなった。この国の生産性は酷く落ち込んでいたけれど、保守点検や改築、修繕工事は尽きる事がなかった。金属の服を着た俺と同じような姿の人間も、現場でよく見るようになった。

市販されたり、公的に採用されたりするようになったたらしい。

自分で買った、という人間は少なかった。大手は順次支給しているらしい。安全靴やヘルメット、安全帯というような感覚で、こういった危険作業（労災を喰らった俺が言うのも何だがそんなもの危険でも何でもない）を行う時は装備するように、というお触れもぼちぼち出ているらしい。

全員が一定のパワーを保証されるから、現場の回転効率は格段に上がる。物を移動するためだけに十人呼んでいたところを一人でやれるようになった。もう肉体労働という言葉すら似つかわしくない。パワーショベルやフォークリフトの運転に近いんだろう。そもそも、物を運ぶだけの仕事で十人もの人間が集まらなくなっていたから、数少ない職能を持つ人間数人でやりくりするためにもこの金属で出来た服は必要だった。

怪我も減った。精々擦り傷やかすり傷程度で、かつての俺のように脊椎を損傷するような大事故は年に一件あるかないかになった。例の箱で、まだエレベーターを入れていないエレベーターシャフトの最上階からうっかり落ちたという人間はさすがに死んだのだが、この金属のスーツは脳からの指令が無くてもえんえん、壊れた各部を起動させ、立ち続けようと藻掻いていたらしい。

ちょっとしたホラーだ。

その有様もそうだが、自分の意志も肉体ももう関係がなくなってきている。

この金属製のサイバネティクスウェアに乗っ取られている。

凄惨な死体が勝手に藻掻いている絵よりもそちらが俺には恐ろしい。

全面帯のヘルメットなど被ってしまえば最早、個人差も年齢もわからない。唯一、細かな造作などには、その人間が積み重ねてきた技術と経験が反映されていた。

俺は脊椎さえヤっていなければ、こんな服など着たくなかった。それでこの歳までまだ現場作業員を続けていたかどうかはわからないが。

既に全国で五千万人を突破した生活保護受給者を養うために税金がバカ高くなっていて、働くのがもう面倒くさいと言って辞める人間がある時期から加速度的に増加していった。本末転倒だ。そして俺の体もまた、本末転倒そのものだった。

外を出歩けるというだけで、車椅子に乗っているのと変わらない。俺は足で歩きたい、手で持ちたい、と言いながら機械に全てを任せている。そして大半を国に持って行かれる給料を稼ぎ続けている。

働くのと働かないのと。

どっちが得か、と言われると金銭的には微妙な案配だった。

かつてはあり得なかった収入の伸びが発生している。現場だけ出ている職人が一年中フル稼働していれば一千万を越えるのも珍しくなかった。

生活保護受給者は独り身で受給額が十数万、というのは変わっていなかった。働いている連中は額面だけで、働いているほうが得なのでは、と思っていたから続いていた。けれど、俺はもうとっくの昔に、そのおかしな有様に気づいていた。

十数万、何もしなくてもらえて、住む場所まで提供されてというなら、それはもう小遣いと変わらない。国中の人間を片っ端から引きこもりにして生活の面倒を見て小遣いまで与えている。そっちにいるほうが絶対に得だ。

そう言えばサウンドデモのカラオケ軍団もすっかり見なくなった。

箱は不安な人間全てを収容した。分け隔て無く。何のプレミア感も特権意識も与えず。それは老人や身体障害者、精神疾患者といった弱者から順に収容され、そして働けない人間、ただ不安な人間、そして遂に単に何もしたくない人間までを無個性に呑み込んでいく。金持ちだからいい部屋に、とかそういう区分けは一切無かった。財産は殆ど全て没収されるという。それなのに入りたがる人間まで出て来た。

つまり、デモ隊が間違っていたのだ。

市民の声、弱者の訴え、底辺からの叫びが全てはっきりと間違っていて、国が全面的に正しかった。

本当に弱者救済のための施設であり事業だった。弱者を下から順に収容した結果、新たに弱者層が上から落ちてくるというだけの話で、政府はそれをも受け入れた。

俺は今、自分がどこの層に属しているのかさえわからなくなっている。

社会のピラミッドはてっぺんだけを残していたし、空中庭園は限りなく地面近くまで降下している。社会構造に発生する痛みを順に消していった結果、そうなった。

あのデモ隊が掲げていたスローガンをたまに思い出す。「この機械はファシストを殺す」という勇ましい文言を思い出しては苦笑する。俺はファシストではないが、機械に殺された何かなのだ、きっと。

大事なものを殺されて失ってしまった。

肉体的な痛みがなくなった俺は精神を傷つけ始める。

サイバネティクスウェアは最早完全に「脱ぐ」という概念がなくなった。たまに顔に水を浴びせるぐらいでフロに入った事になる。人手も必要なく、俺自身でそう出来る。それも機械にやらせているだけの話なのだが。元から麻痺した体だ。感覚は疑似電気信号なのだから、いくらでも無視していられる。

仕事は細かく小さく残り続けていたし、それを俺は必死になって拾い集めた。

事業主そのものが少なくなり、仕事を見つける事すら困難になっていた。

そしてかつては思いもしなかった大金を稼ぎ高額の税金を納める。

サイバネティクスウェアだけは新型が何年か置きに俺に提供される。国が俺を特別扱いしてくれる。俺が仕事を何とか見つけられるのも、国の差配ではないかという疑心も強くなっていった。

手足が動かなくなった人が日常生活に復帰しました、などというレベルではない。

俺は俺を限りなく追い込み続けるから、データを取るのには絶好の被験体なのだ。それは構わないが、必死になって探した仕事まで国の思惑通りだとしたら、ますます仕事をするのが虚しくなってくる。

俺という人間が摩耗していくのは仕方ない。

好きでやっている事だ。

だが全て掌の上というのは些か癪ではないか。

この辛さから逃れる方法は簡単で、首から下が麻痺した状態であの箱に入ってしまえばいい。恐らくあの箱の中には、俺が無意味に嫌うほどの不自由さはない。何もしなくていい。のんびりとしていればいい。

だけどあの部屋には窓がない。

何故、窓を付けなかったのか。あれさえあれば、俺はもうちょっと素直に、この痛みに飽きたと言って快適さを受け入れていただろうに。モニタでは俺はダメなのだ。そんな便利な鎮痛剤は求めていない。残りの人生を寝て暮らすのなら、俺にはそっけなく退屈な窓からの眺めという痛みを伴った実感が必要だった。

「……なあ、夕子」

仕事から帰り、俺が自力で稼いだ金で、自前で家賃を払って確保した部屋でそれを言う。夕子はたまにここに来る。数年前に結婚したという話だったけれど、相変わらず姓は熊沢だ。

「なんであの箱には窓がない？」

ここにはあった。二重サッシの密封型。曇っちゃいるが外は見える。

肉眼でそれを見られる。

これはとても大切な事のように思える。

「必要ないからです、大多数の人にとっては、既に」

「ネットか。バーチャルか。脳を騙しているだけの電気信号か」

俺と同じだ。何も変わりはしない。

「見分けなんか普通の人にはもうつきませんよ」

「そういうのってプライドとか拘りの部類だと思うんだがな」

「……そういう人も少なくなりました」

「……そういや訊いた事なかったけど」

「なんですか？」

「お前どんな相手と結婚したの？」

「十歳くらい年下の文系青年です」

「俺とは真逆か」

「道に迷ったらより効率よく楽な道を模索します。何にも心配せずに済みます。御園さんみたいにこっちに心配をかけさせてくれません」

「で？　その歳になってみて、どっちを選びたかった、お前は」

「今更それを訊くんですか？」

「訊きたいね」

夕子が溜息を吐く。

近寄って、俺に顔を近づける。煙草の匂いがする呼気が混ざり合う。

「せめて十年前にそれを訊いてください」

「気づかなかったもんでね」

「いい歳しないと気づけない訳ですか」

「お前だっていい歳だ」

「だからですよ。この歳で不倫とかみっともないったらありゃしない。そんなだから嫁さんに逃げられたんですよ」

「そういう訳でも無い」

「じゃあなんですか」

「俺に必要だったのは身勝手に俺に試練を与え続けるサディストだ」

「漸く自分がマゾヒストなのを認めてくれるんですか」

「お前がそう認めるならそうしてもいい」

「私は変態性欲はありません。むしろ慎ましやかです」

「じゃあ俺は失恋したわけだ、この歳で」

「そうでもありませんよ」

そうして夕子はサディストそのものの笑みを浮かべる。

俺を喜ばせる表情をしてみせる。

それがとても心地よい。

よりきつい選択を。より厳しい道を指し示して欲しい。

夕子にはそれが出来る。中々、それが出来る奴はいない。

「死ぬまでお付き合いしますよ、恋愛抜きで。どうせ御園さんのほうが先に死にます」

「遠慮無く磨り潰してくれ」

それもまた、恋愛成就のような気がしないでもない。

3

俺とフーリーが住む部屋は他より少しだけ大きかった。引っ越すに当たっての手荷物は鞄一つで事足りて、入らなかった物は捨てた。

「……要するにあの熊沢って人、革命なしに国造りがしたいんかね」

フーリーがベッドでゴロゴロしながらそう言っている。セミダブルサイズのそのベッドは、折り曲げてソファにする事も出来る。狭い部屋を広く使ってもらおうという配慮が至るところにある。クローゼットも埋め込み式だったし、テーブルも壁に収納できる。

無い物その一。キッチン。食事は食堂で食べる。どんだけ何回食っても無料。

無い物その二。フロ。こちらも各階にある共同浴場を使う。

一応、そういう効率化は頑張っている様子だった。

国造りと言われればそうかも知れないが、刑務所に近い。

なんでそう思うのかというと「無い物その三」に由来する。

窓がない。

敷地面積に対して目標収容人員数四百を達成するには全ての部屋に窓は付けられない。窓を諦めれば飛躍的に部屋数と収容人員数を増やせる。それは俺は刑務所としての発想だと思うが、同時にこの建築物がノアの箱船である事も忘れてはならない。

各種動物をつがいで収容した箱船は、その各種動物の動物小屋に窓を拵《こしら》えただろうか。

俺はそんな事してなかったと思う。

あいつは(ノアの事)動物を動物扱いして収容したと思うし、動物以外は家族しか箱船に乗せなかった。箱船の空調はどうなっていたのか大変気に掛かる。ちなみにこのマンションは空調がいい感じで機能していて窓など必要ない。

窓というのは外気を取り込むための物でありまた精神的に外と繋がるための物であるのだろうけれど、同時にセキュリティホールでもあり無いで済むなら無いほうがいいに決まっている。

大災害に備えるというならますます削っていくだろう。

そんな訳でこのマンションは公共通路ですら壁で覆われ外界との接点がない。まるで無菌室のように外界を拒絶し、そして外界に適応できなかった、俺みたいなのがみるみる集まってくる。

それがどういう状況かを我が妹アルバドル・フーリーはこう語る。

「……国民が働かなくてもいい国を革命なしで造ろうってか。油田でも持ってんのかね、あのおっさん。まあ油田があってもキツいけどね国造り」

「そりゃそうだ。アブラがそのまま現金になる訳じゃねえし。大体、現金ってのがそもそも国の信用ってもんが後ろに……」

言葉が遮られた。

フーリーは話をするのに飽きたらしい。

俺の日常に新たに加わった作業。実妹との子作りに背徳感があるのかというと一切無い。知らない相手で、知らないままだ。それは風俗店でコスプレをしてもらうよりも現実味がない。

毎日毎日毎日毎日、俺は実妹相手にふしだらな事を繰り返す。

相手もそれを望んでいる。

お袋そっくりの声で喘がれるのにも随分馴れた。

そんな毎日を繰り返す。部屋に閉じこもりっきりではいられない。腹が減れば食堂に行くしやる事をやり尽くした後にはシャワーだって浴びたいしフロにも入りたい。そしてそれらは共同で、俺たちは俺たち以外にこのアルカディアマンションに入居している連中を見かけるようになる。

それはつまり、理想郷、もしくは天国と言い換えてもいいと思うが、その理想を持て余すという連中だった。

「……フーリーお前さ、芥川龍之介の『芋粥』って読んだ事ある？」

「は？　いも？　おかゆ？」

「知る訳ねえか。アラビアンナイトにも似たようなのあるぞ。要するに過ぎたるは及ばざるがごとしってやつな」

芋粥の話をするまでもなく、望んだ物が望んだだけ手に入るという状況を、普通の人間は持て余してしまう。何をしていいかわからず最終的にどこか壊れてしまう。

例えば通路をぶらぶらと全裸で歩く女。

ずっと見てたらフーリーに首を絞められた。意外にも嫉妬心はあるらしい。

もしくは明らかに我らが大日本政府が法的に許容していない植物を燃やして陶然としている奴。無法地帯も甚《はなは》だしい。

だけどそんなのはまだ序の口なのだ。

無法地帯を楽しめるのも最初だけで、理想郷が理想であるが故に逆にそれを理想じゃないと否定してしまわなければ生きていくためのフックが得られないという矛盾した複雑なめんどくせえ精神状態に陥る。

俺は陥らない。

フーリーも陥らない。

要するに俺たち兄妹はここを理想郷だなどとハナから思っていない。

政府批判を繰り返している奴と知り合った。そいつは外にも出ず、批判している政府が無料で整備してくれたインターネット網を使って政府の悪口を言い続け平和と差別のない社会を望み続けているのだが、ここアルカディアマンションには差別もなくそれこそ平和なのだが、自ら突然その理想郷に差別を生み出し平和を乱し殴り合いを始め口角泡を飛ばして罵り始める。

俺はそこに至って初めて確信を得る。

人間は不満や不平等、差別をいけない事だと糾弾するが、その糾弾こそが生きていくためのギアなのだ。何ら摩擦のない世界に戸惑うのだ。

何かと戦っているというギスギスとささくれた精神状態こそが逆に釣り合いをもたらしそして結果として安定する。

俺に言わせれば無駄に無駄をぶつけて相殺するという無益な生き方だ。

うすらぼけっと恵まれた環境を享受していればいいものを、恵まれすぎると狂う。

何人か自殺する奴が出始め、乱交と薬物が当たり前になり、そして大半が自殺願望を抱え始める。もう死ぬぐらいしか人生の刺激が得られないというところまで追い込まれる。

それがこのプロジェクトの欠点かと言うとそうでもない。無償のボランティア作業があ

ることが出来る。ヒマ潰しに従事する事は理想郷における気持ちよいストレスとして、娯楽として働く

俺は殊更に働く気はなかったが（何もしなくていいと言われているのだし）興味のある作業は見つけた。

バイクや車の整備だ。最先端技術の塊ではなくクラシックマシン。これは趣味ではなく実用を念頭に置いた作業だ。工場として開放されているフロアで車やバイクを組み立てる。旧式の車体で始動させるのに手動での作業が必要というレベルの代物。何故そんな物を用意しているかと言えば、世界滅亡に繋がる大災害時にEMPなる電子機器を根刮《ねこそ》ぎ焼き尽くす現象が発生した場合に備えてのことらしい。

例えば核爆弾が成層圏で炸裂するという事態が発生した場合、電磁パルスによって電子機器が破壊される。手動操作で基本的にバッテリーレスの車体はその時こそ活躍の場を得られるが、今この大日本政府の環境においてはそれこそ趣味の範囲内に落ち着いてしまう無駄な備えだった。

そんな大災害が本当に起きるかどうかはともかく、俺はそのクラシックなマシンをいじるのが好きだった。フーリーが乗って来た、チョップされまくって何が何だかわからないオートバイもここで徹底的に好きなだけビルドアップさせた。

俺だけじゃなくみんな怠惰な生活に飽きるとそういう事を始めた。

知識や技術のある者は作物を育てたり調理をしたり、医師に助手としてついたり、発電機を管理したり膨大な経理業務を引き受けたりした。特になんの技術も経験もないという人間でさえ公共スペースをきれいに掃除し始めたりした。あれほど嫌っていた労働を、一銭にもならないのに日がな一日続けたりしていた。

何もしない奴からまず自殺した。

ここに嫌気が差して出て行く者もいたけれど、またすぐ帰ってきた。

俺はバイクを仕上げるのに夢中になっていたが、走らせる場所がなかった。これを走らせるときだけ外に出ようかと思い、そうさせてくれないかと熊沢に言いに行ったのだが、その時に何の気なしに「二番目のアルカディア」の話が出た。

「そちらは一万人を収容しようと思う」

本格的に国みたいになっていた。

一万人と言えば地方の小さな市町村と言ったっていい。しかも今の四百人ですら勝手に増えている。フーリーはまだだが、ぼちぼち妊娠して生まれたという子供らも出て来ている。生まれた時からこの楽園にいる子供はどんな風に育つのだろうか。

「そちらこそが本命なんだ」

「……と、言いますと？」

「このマンションは先行投資の実験に過ぎない。次のアルカディアは人間が何世代も増えて、減る、という事を繰り返して完結するようにしたい。人口が増大し世代が変わる、そういう当たり前の事を内部でくりかえしていく形だ」

声をかけて集めるのではなく、その施設自体が成長し肥大し衰退し老いてまた再生する。しかし一万人もの人間を収容する施設などそうそう造れるだろうか。四百人ですら俺に言わせれば破綻が遠くに見えている。例えば熊沢が死んだら誰が引き継ぐのか。国はいつまでこんな壮大な詐欺に限りなく近い案件を許容してくれるのか。

「子供が大切なんです。ここで生まれここで育ちここで老いていくという世代が」

マッドサイエンティストの目には見えなかった。

何かを頑《かたく》なに信じていて、その信念に狂気という気楽さがない。理性で制御し続けられる信念は狂気から来る思い込みよりもしんどくて、そして中々折れない。熊沢は本気で集団実験のような真似を、巨額を投じて繰り返している。

経理を見たら目を回す。何度か帳簿付けを手伝ったが、明らかに赤字だ。思いつきでどれだけ熱心に仕事をされても、どんなに無駄を省いても、全ての面で赤字申告が付き纏う。四百人分の保護手当などでは回らない。

「俺がもう少し悪党だったら、熊沢さん」

そう言いたくもなる。

「いいところだけ吸ってここから逃げますよ。それこそ、このバイクででも」

「それでも構いませんが、どこに逃げますか？」

「わかりませんけどね」

元々、アテがないからここに来たのだ。金庫の金をいくらかくすねたところで、わざわざ外で暮らす意味はない。

時折、不安になるだけだ。こんなに楽に生きていける場所があっていいのかという疑問。それは熊沢の信念に比べたら、比べるのも恥ずかしい狂気の類《たぐい》だ。

生まれた時からここにいてここで育てば、そんな不安もなくなるかも知れない。だからきっと熊沢は、世代交代を望んでいる。

自分が見届けられる事など叶わない、何百年とかかる実験だ。

「熊沢さんは何百年ぐらい生きる心算ですか」

「あと何十年も生きれば死ぬでしょうな」

「その次は？」

「別の者が引き継ぎます」

「あなたの息子や娘さんが？」

「そうかも知れませんし、違うかも知れません。いずれは、この施設を監督する人間がこの施設の中から選ばれるようになって欲しいですが」

「そりゃだめだ。住民の中で戦争が起きる」

統治を丸投げできるから平和や平等が維持出来る。どうせなら全てを機械的に処理するコンピューターでもてっぺんに据えればいい。言ってしまえばくじ引きでいい。ギャンブルマシンを一つ設置し、そいつの出目で何もかも決定してしまえばいい。

俺の提案はただの思いつきだったのだが、熊沢は割と真剣に話を聞いていた。

「四百人でも揉め事は起きます」

「そりゃ極端な話、二人いりゃ喧嘩は始まるからな」

「しかし我々は世界の終末に備えています。いざという時はこの内部で決してしまわなければなりません」

「じゃあくじ引きだ。味気ないなら演出でもつけりゃあいい」

「演出?」

「パチンコとかした事ない?」

「一度も」

そりゃまたきまじめな話だ。何百枚に一枚混ざっている当たりを引き当てるのに、毎回金がいるという博打だ。普通の人間は納得しないし全く楽しくない。それがちょいとした演出効果を加えるだけで勝手に納得する。

「抽選結果に全く関係ないキャラを画面に映してさ、それが決めてるって事にすりゃいいんじゃねえの? あれってさ、抽選用と演出用でそれぞれ別に動いてんのよ。それなのに連動してると思い込んでバカが死ぬ程熱中して首吊ったりする博打なの。……あー、何なら、ここで死んだ人の顔と声で適当に何万通りくらいかパターン用意してやりゃいいよ。その裏では無慈悲に抽選行われてんの。どうよこれ」

「宗教ですね、それこそ」

パチンコ台を喩えに出して宗教と言われるとは思わなかった。

「笑える指摘だ。でも俺は嫌いじゃねえよそういう物の見方」

「検討してみます」

「そんな事より、外走ってきていいのかってほうを検討してもらいたいんだけど」

それは許可など必要ない自由だったらしい。

別に外出するなとは言われていない。

「ついでにどうですか？　配送の仕事など？」

「配送？　何を？」

「ここで造った物を売る仕事です。あくまで私の個人商店ですが」

「何を売るんですか」

「保存食品とちょっとしたサバイバルツール、そういった非常用の備えを。その点に関しては我々は一歩も二歩も先を行っていますからそれなりに売れるのでは」

そんなに売れるもんじゃないだろうとは思ったが、布教活動みたいなものだろうか。

宗教のパンフレットを配るような。

ともあれ出世しないというなら俺は別に断る理由もない。

窓のない部屋にばかりいるというのも味気ないと思い始めていたから丁度良かった。


俺はトラックにばかり乗っている。フーリーのバイクはどう頑張ったって乗りにくい。あれを乗りこなすだけの技術は俺にはない。シャフトドライブに僅かながらサスペンション機能があるから、本気のリジッドよりかは乗りやすいのだろうが、それにしたってきつい。この国は直線が何百キロも続くようなインフラは整備されていない。あんな振動の多いバイクに乗っていたら着床してても外れるのではないかと思うが、フーリーは楽しそうなので放っておいている。

注文は定期的にあったけれど、収益と呼べるほどの売り上げはない。目玉商品は殆どアイデアグッズに近いサバイバル用品のほうではなく、保存食料だった。これさえ一つ食べれば一日分の栄養素とカロリーを全て賄えるという何らかの法律に抵触しそうな食べ物。開封しなければ百年は保存可能という、クレームが来る頃には担当者はみんな死んでいるに違いないこの商品は、俺も試しに食べてみたが、確かに一日分という気がした。

朝食べると寝るまで空腹感が襲ってこない。

空腹中枢を麻痺させる薬物でも入っているんじゃないかと疑いたくなった。

俺は元から食に対する拘りがない。固形物を嚙むのが面倒なので、いずれ液状にでもして欲しい。そんなのは嫌だと皆は思うかも知れないが何事も馴れだ。

配達の仕事をしているのは俺だけで、しばらくずっと外にいる、という事も多くなった。クレジットカードは渡されているが、商品である保存食を食べて車内で寝れば金は掛からない。ガソリン代ぐらいだ。

たまにフーリーが同行する。ヒマだからとセックスしたいからという理由で同行する。そうすると、他にも乗せてくれと言い始める人間が現れる。そんなに多くはなかったけれど、まだ外の世界と接点がある人間はいて、あのど田舎にあるアルカディアマンションから移動するには俺を頼るのがいいと思ったらしい。ルートによっては片道だけ送るという事になるのだが、それでもいいという人間もいるし、何とか凌《しの》ぐから帰りに寄って欲しいという人間もいた。

配達の他に、各所からの回収もある。

どうしても内側だけでは作り得ない物は無数にあって、他所《よそ》から調達しなければならない。何だかんだ言ってもアルカディアマンションは全く独立独歩でもないし自立自衛も果たせていない。少しずつその理想に向かっていて、その間、どうにか誤魔化して経営を続けている破綻寸前の国だ。

都心に配達する時に乗せてくれと言ってきたのは、俺と同い年の男だった。革命運動家だそうだ。情熱の全てを益体もない政府批判に傾注し、その予算は国から出ているという矛盾。

それはまあいい。国の保護下にいる人間であろうと、国を批判する自由は保障されている。そんな事はどうだっていい。

佐々《さ さ》弘晶《ひろあき》。

名乗られるより先に、俺にはこいつの名前がわかっていた。向こうは全く気づかないのか、俺を「イスタマアさん」などと呑気に呼んでいる。佐々弘晶の癖に。

俺は子供の頃、こいつといがみ合い、そしてこいつの家に火を点けようとさえしたのに。

確か中学校以来会っていない。俺には、左右で色が違う目玉という特徴さえあるのにこいつは、佐々弘晶は何も気づいていない。こっちが少し緊張するくらいだ。あれほど合わず、殺し合いにすら発展しそうになった相手と俺が、こうして同じ場所にいるとは。

佐々弘晶は革命運動家を名乗るまでに成長している。時の流れを感じる。俺はあまり変わったという実感がないが、他人から見たらそれなりに変わっているのかも知れない。

俺が、お前があれほど嫌った御園洛音だと教えてやりたくなる。

それを言ってしまうと殺し合いになるんだろうか。こうして久しぶりに会った俺の宿敵は、宿敵という感じは全くしなくて、国のやる事なす事に文句を言っているヒマ人にしか見えなかった。

あれほど激しく、人の家を燃やそうと思うまでの憎悪があったにも拘わらず、三十年近い時の流れはそれすら容易く稀釈する。

佐々弘晶は、これ見よがしにアコースティックギターを担いでいた。話のとっかかりとしてはよい。無言で無視していると余計なプレッシャーが押し寄せてくる。何か話をしたという実績を作ってから無視したい。

「……バンドマン？」

「ブルースマン」

何かの拘りがあるのかそう言われた。おんぼろのギターにはステッカーが貼ってある。

「This Machine Kills Fascists」

そう書いてある。

会話をしたという実績に甘え、俺は無言でトラックを走らせる。

そこ、に突っ込んでいいのかどうか迷った。迷ったが黙っているのも空気が重い。

「……そのステッカー、何？」

「ウディ・ガスリーも知らないのかよ」

知るか。

乗せてやっているのにバカ扱いか。

大体、何がブルースマンだ気取りやがって死ね。

口に出かけた言葉を呑み込む。人をムカつかせるのか、俺が勝手にムカついているのかは知らない。知らないが、あまり俺という個人を前に出したくない。余計なトラブルは御免だ。

なので違う話題を振った。

「都会へは何しに？」

「大規模デモがあるから参加する」

「……何に反対するの、ちなみに？」

「この国は貧富の差が激しすぎる。富裕層優遇措置だ。弱者切り捨てで軍事力偏重の傾向になっている。クソ政府のクソ政策の全てを庶民の声で批判して打倒する」

たとえ被扶養者でも成人していれば政治に参加する権利はある。そう考えると地方都市の四百人は結構な票数だ。それを取りまとめている熊沢は、国に何かしら圧力をかけているか便宜を図ってもらっている可能性が高い。

次は一万人規模を集めるというから尚のことだ。

議員の一人や二人楽勝で地方議会に送り込める。

デモも結構な話だが、そういうやり方もある。もっともそれは、豊富な資金があってこその話なのだが。

「……音楽で食っていきたかったの？」

「その気はないよ。今もない。商売で音出すのは性に合わない」

そりゃピュアな話でよいことだ。

恥ずかしげもなくブルースマンを称するこいつの音がどれほどの代物かは知らないが。放っておけば勝手にその、何かを殺す機械であるらしいギターを奏でて歌い始めるだろう。願わくは俺を不愉快にさせるような代物でなければ有り難い。

「あんたアラブ系の血が入ってるんだってな」

そう言われるとびくりとする。イスタマアを名乗っているのだから、世間（小さく閉ざされたあの建物を世間と呼んでいいのかは知らないが）的には、俺は血が入っているどころかアラブ人にしては日本人みたいだと言われる事が多い。

「それ有名になっちゃってんのか」

「あんたの嫁さんが言いふらしてるよ」

俺よりフーリーは色んな人間と接している。俺は例えば機械いじりであるとか帳簿をつけるであるとかを始めると一心不乱に打ち込むクセがある。フーリーなんかはそこまで集中しないで遊び回っている時間が多い。武道場で格闘技を教えたりしているらしくて、結構人気もあった。

嫁さん、という言われ方にほっとする。

妹だとはさすがに言いふらしてないらしい。

あの爛《ただ》れきったアルカディアマンションとは言え近親相姦が許されるとは思えないし、俺はどちらかというとモラリストの側にいたい。

「俺がアラブ人だと何か問題でも？」

「いや、そう見えなかったから」

ガキの頃にそれを知っていたら、こいつは俺への執拗な嫌がらせを止めただろうか。関係ないに違いなかった。俺に、徹底的に、他人との関わりを嫌だと思わせる原因になったのがこいつなのだ。

あれは要するに、ソリが合わない人間がいるというよくある話に過ぎない。普通は、俺かこいつかどっちかが妥協する。俺たちは揃って妥協しなかったし殺し合いに発展しそうになった。そういう二人が、結局こうして同じ場所にいる。過保護な国の接待を享受しながら暮らしている。

「……デモとかってあれ効果あるの？」

「なくてもこれしか俺たちにはやれないし、きっと効果はある」

「万年野党を第一党に据えちゃったりするの？」

「そうする事で何かが変わる。無血革命だ」

革命なのかなとも思うが言わせておこう。

精々、日本のガイ・フォークスと呼ばれるように頑張って欲しい。フランソワ・ダミアンを経由する革命思想の系譜に連なる著名な人物に、なれるものならなってみせて欲しい。

しかしこうして生活保護の身になってわかるが、確かに弱者切り捨てという政策は感じていた。具体的に言うと税金が多すぎる。高いというより、多い。いろんな物に細かくちまちまとした税金がくっついてくる。

消費税率が二桁になったのは随分前だし、それ以降もなんやかやと税金が加わって、何かすればするほど金が必要になってくる。代わりに、インターネットは無料になった。こういうのをパンとサーカスとでも言うのだろうか。

食事と娯楽を提供していれば国民は政治的関心を失っていくという例の慣用句。

アルカディアマンションはその意味では、充分にパンとサーカスを供給していた。

「俺はこのマンションは一つの、あるべき国の姿だと思う」

「破綻しそうだけどな」

「富裕層にはそれを破綻させない義務がある。それを国に義務化させてああいう場所を国中に造るべきだと思う」

少なくとも佐々弘晶は、それが言い訳や建前であったとしても個ではなく集団、国というものをよりよい方向に向けようという努力をしている。俺なんかよりよっぽど立派な話だろう。

「……ところでウディ・ガスリーを知らないのはそんなに恥ずかしい事か？」

「知っておくべきアーティストの一人だ」

「どんな曲歌ってんだ」

「やってやろうか一曲」

「是非」

「じゃあ有名どころで『我が祖国』でも」

思ったより軽快なメロディーだった。

歌はヘタではなかったし、真似している感じが強すぎて苦笑を堪えるのに俺は必死だった。枯れてもいない奴が枯れた風を演出するのに必死だと伝わってしまうと途端に滑稽になる。

こんなクラシックなカントリー調など物真似感が強すぎる。

次は今時の曲でもリクエストしてみよう。売れに売れているポピュラーソング。

意外にそういうのを器用に弾けて歌えるタイプに違いなかった。

ラヴィン・ユー

吸血鬼は他人の家に入るのに、家人の許可が要るらしい。

私が教えてもらった、本当なのかどうなのかわからない雑学の一つ。

両親から離れて一人暮らしを始めたのは十四の時。望めばそれは叶えられ、別に年齢制限がある決まりでもない。親と二度と会えない訳でも無い。ただ広めの子供部屋を与えられたという程度の事に過ぎない。

そこで生きてそこで死ぬというだけの八畳間。どう生きたいかもどう死にたいかも、何が欲しくて何がしたいのかも、十四の時の私には何のビジョンもなくて、ただ単にさっさと一人暮らしをしたいというそれだけだった。子供部屋が欲しかっただけだ。

部屋の調度は、好みに応じて、そしてお金に応じていつでも変えられる。私の銀行口座には毎月、十四万円の小遣いが国から振り込まれる。それをどう使おうと自由で、ちょっと高い調度品でも、二、三ヵ月我慢すれば買えるし、それほど欲しいと思う物もなかった。毎日毎日インターネットで、漫画やアニメや映画を買っているぐらいで、それにしたって半分も消費しない。

モニタにはそうして買った映像作品が映し出せるけれど、どうせなら網膜に直接投射したほうが臨場感と没入感が得られる。モニタに流しているのは基本的に、環境音楽や環境映像で、それをみんな「窓」と呼んだ。

窓に映すのは、芸術作品であるとか、風景であるとかが一般的で、私もそうしている。世界各地の定点カメラが映し出すライブ映像。それは検閲も何もなくて、本当にそのままの生中継を映し出してくれる。

他国の駅を見れば人でいっぱいだし、町にも人が歩き、遊んでいる。

この国の人間だけが、こうして箱の中に閉じこもっている。強度の大気汚染と度重なる災害が、私たちをこの箱から外へ出す事を許さず、そしてそれらから守ってもくれている。

シェルターマンション三‐二二八。

私の住む箱の名前だ。

死ぬまでに何をして暇を潰すか。私が考えていればいいのは、それだけだ。

部屋の扉は二枚ある。外通路に繋がる扉と、エレベーターに繋がる扉。どちらもその気になれば、一生、使わずに済む。箱どころかこの部屋の中で老いて死んでいける。その扉を向こう側から、呼び鈴で鳴らされるのは、多い時で一日に二、三回。無い時は一週間もそれは鳴らない。

訪問客だ。ヒマ過ぎて他人の部屋を、用もなく訪れる人たちがいる。一人きりだったり、何人かで群れていたりする。同い年同士であったり、老若男女さまざまであったり、色々だ。死ぬまでヒマで仕方が無くて、そういう遊びに没頭する人たちもいる。私も何度かやってみたけれど、あまり面白くなかった。

面白い事がなかった訳じゃない。

エレベーターの中で聞かされた事をまだ覚えている。

たとえば、吸血鬼は招きがなければ入れないらしいとか、そういう雑学。

「……御園さん？　御園茉莉《まつり》さん、入れてくれませんか？」

ヘッドセット越しにそう呼びかけられても私は入室を許可しなかった。するとすぐに引き下がっていなくなってしまう。私に用事があるんじゃなくて、彼らは訪問そのものを楽しんでいる。来客を楽しんでいる人たちもいて、そうした人たちは調度類やもてなしの品を整え用意するだけでお金の使い道が出来、そしてヒマ潰しになる。

私は、この部屋に客を呼ぶ準備をしていない。何の娯楽もないしもてなす食べ物もない。第一散らかってるし、人に会う服も着ていない。基本、全裸で過ごす。何もかも楽だからだ。

別に彼らを吸血鬼扱いして入れない訳ではない。

そんな雑学は、知識そのものよりも「誰かに直接聞かされた」事のほうが大事だと思っている。相手の事より訪問そのものを楽しんでいる彼らの気持ちもわからないじゃない。手段や過程を楽しむのであって結果や目的は割とどうでもいい。

そういう気持ちはわかる。わかるから相手にしない。

子供の頃に一緒に出かけた人は、そうじゃなかった。確固たる目的を持っていた。

我が家のモニタに映しっぱなしになっている、バグダッド国際空港。朽ちたままの廃墟となった空港には、巨大な空飛ぶ絨毯《じゅうたん》のエンブレムがまだ読み取れる程度には残っていた。内戦でそうなったまま、まだ修復されていないらしい。人などいないそんな土地にも、定点カメラだけはまだ生き延びている。お気に入りの風景だった。どの国もそれなりに大変なのだと思わせてくれる。

何週間かに一度、たまたま通りかかった人が映ったりする。そういうのを見ると何だか得した気分になる。そのためだけに映しっぱなしにしているようなものだった。ささやかな、私の娯楽がそれだ。

この国には意外に、そういう野放図な廃墟は残されていない。小綺麗に保管された文化遺産を除けば、箱の外は殆ど整地され撤去され、何もない殺風景さが広がり、たまに映り込むのは移動中の公務員だけだったりする。全身を防護服に包んだ、これまた無個性な連中。それすら、殆どの場合、卵に車輪を付けただけのような装甲車の中へ消えてしまう。

だから国内のカメラから中継させても面白くはない。

国内の風景で面白いと思ったのは、一度だけだ。

昔、何が面白いのか「訪問」の遊びに参加していて段々つまらなくなって、一人で他人の部屋をノックしまくっていた時の事だ。何年前か忘れたけど、十歳になるかならないかという時期だと思う。今、思うと正気じゃない。どんな相手がいるかもわからないのにそんな真似をしていたとは。

そういう中で引き当てたのが、ハイアートという男だ。私より、一回りくらい年上だったと思う。当時二十を越えていたようには見えなかった。

やけに興奮した顔で応対されたので、私ももうこれまでかなと覚悟したくらいだ。

「凄いものを見つけた」

とハイアートはその時、私に向かってそう言った。

「見るか、凄いもの？」

「凄いものなら是非」

そんな風にしてのこのこ部屋に招き寄せられてしまった。何が凄いのかわからないのに。

でもそんな風に興奮している人を私は初めて見た。どちらかというとみんな、平穏で、知的でおとなしげで、そうでなければ極端に殺気だって暴力的。そういう人しか知らなかったから、単純に感情が自然に高ぶっている人、とまともに目を合わせたのは初めてだったかも知れない。

　私と同じ色の目をしていた。本当はそれが気になっていたのに、聞きそびれてしまった。今の私と似たような散らかり具合の部屋は、ハイアートも誰かを招いてもてなす準備などしていなかったのだとわかる。

　私は偶然、その時、そのタイミングで一人で訪ねていって、そしてハイアートも偶然、その瞬間に呼び鈴を鳴らされたのだ。

　ハイアートの部屋にも、大きなモニタが壁に据えてあった。そこに、曲がりくねって引かれている山間の道路が映し出されている。中継ではなく録画状態になっていた。止めて見るほど変化のある景色じゃない。

「……箱根の山ん中だよ」

「箱根？」

　地名は知識として知っていたけれど、どこにあるのかはよくわからない。というか実感がない。そもそもそんな実感なんて必要ない。そんなものは生きていく上でまるで必要なかった。

　見ろ、これ見ろ、とハイアートはモニタの風景を拡大する。お茶の一杯、お菓子の一つも出やしないし、どこに座っていいのかも指示されなかった。私たちが訪問し、招き入れられた時は、そういう応対が今まで当たり前で、でなければ門前払いされた。そういう形式はどうでもよくて、ハイアートは誰かにそれを見せたかっただけなのだ。目的しかそこにはなかった。

百倍以上拡大させても、画像は鮮明なままモニタに残っている。誰が使うのかもわからない、人っ子一人他にはいない箱根のワインディングロード、曲がりくねった上に急斜面というその道を、二輪車がやや傾いた状態でモニタにピン留めされたように映し出されていた。

「バイクだよ、旧式の。マジで信じられねえ」

「……公務員の人じゃなくて?」

「あいつらは単独で移動したりしないし、この薄手の装備じゃそもそも外に出ない」

確かに跨っている人は薄着だった。それは大気汚染に対して薄着という話で、私が見る限り鎧武者みたいなその格好とデニムは、充分に重装備だった。ハイアートは画面を食い入るように見ている。

「フレームはリジッドで、エンジンはV型二気筒の内燃機関なんてのに、公務員が乗るか? 絶対に違う」

「……わからないけど、そうなの?」

「よくこんなフレームで倒し込めるな、ホイールは前後十八かこれ。一本出しの左アップマフラーに、フロントのフォークも細っこいなこれ……後輪シャフト駆動……？　シャフトドライブだろこれ映ってるの、どう見ても、なあ？」

同意を求められても何を言っているのかわからないし、そもそも私の同意など必要なくハイアートは興奮しきっていた。

これが凄いものなのかどうか、人を招き入れておいてもてなしもせずに入り込むほどのものなのかどうか、私にはちっとも理解出来なかった。画面上のオートバイに跨った人は男みたいだったけれど、フルフェイスのヘルメットをしていたから顔まではわからない。

どうしていいか困ってしまって、私はモニタから目を逸らして部屋を眺める。壁際に、オートバイの模型がたくさん飾ってあった。好きなんだろうというのは、それでわかったけれど、たまたまそれがモニタに映った事の何が凄いのかは伝わって来ない。

「外を走ってる奴がいる。あんな装備で、外を。防護服なんて邪魔くさいモンじゃなくて、あいつは転倒する事にだけ備えている」

「……外に出たら死ぬって言われてるけど」

「すぐ死ぬ訳じゃない。長生き出来ないだけだ」

それは何度も言われている。防護服なしで外に出たってすぐには死なない。そんな簡単な事さえ私たちにはぴんと来ない。そもそも生きている事自体がどこか曖昧でぼやけている。それなりの場所に、それなりの存在に、私たちは自由気ままに、マイペースでやれて、そして勝手に死ねる。

その時はそこまで思ってなかった。

ハイアートという一回りは年上であろうこの男を「バカなのかな」と思っただけだ。

「外は走れない、って何度も言われてよ、俺は」

「……中なら走れる？」

「このマンションにはサーキットはねえ。あるほうが少ないし、そっちに移住出来るような才能も権限も機会もねえ」

どんな理想郷であろうとそういう存在は生まれてしまう。ハイアートがその犠牲者で、そしてこの理想郷がどれだけ頑張ってもそこまではフォローしてやれない。

簡単な方法は、ハイアートが違う望みを持つ事だ。

この理想郷の中で叶うであろう、そういう夢。例えばこの三－二二八には見事なスタジアムがある。野球選手でも志す方向に変えればいい。

それが出来れば苦労はない。

こんな、モニタにたまたま映っただけの映像に興奮する事もない。もっと落ち着いて冷静に人生を楽しめる。それが出来ないし我慢ならない人間がいるという事に私が気づくのは、もう少し後の話だ。

その時は本当にバカな人なんだなとしか思っていなかった。

「……この人はなんで外を走り回っているのかな？」

「そんなのどうだっていい」

「だろうけど、目的地があるから移動してる訳でしょ？」

寿命が削り取られていく中を移動しているのだ。目的地があるに違いなかった。それともただの趣味なのだろうか。自殺願望でもあるとか。だったらさっさと死ねばいいのにとも思う。この国で、この理想郷を謳うマンション内に於ては、死ぬ事すら大幅に自由とされている。私たちのような子供はともかく、大人ならば。少なくとも子を一人でも作っていればまず間違いなく認可される。

死にたいと思った一時間後には、部屋に安楽死部隊が訪れて、死ぬのみならず部屋の掃除までしっかりやってくれる。望めばネットに死にますという予告を打ってお悔やみの中で幸せに死ねる。

安楽死部隊を部屋に招き入れればそれでいい。死はそれで訪れる。

このマンションのいいところは、自分が招かない者はほぼやって来ないという事だ。招き入れてしまった自分の責任だと割り切れる事だ。そして仮に取り返しのつかない事態を招き入れてしまったとしても、取り消せる。安楽死はどうか知らないけど。

「……ネットで調べてみれば、誰か何か知ってるかも」

「かもな。でも俺は敢えて訊かない」

「なんで？　気になってんでしょ、これの事」

「しばらく俺一人で、直接、人から話を聞いて探っていきたい」

「直接？　電話じゃなくて、直接？」

「当たり前だろ、こんな面白い話、ネットに流して薄めたんじゃ勿体ねえよ」

興奮して、私の両肩を摑んで持ち上げるようにして、顔を近づけながらハイアートはそう言った。

「お前だってそうだ。こうして訪ねて来たから見せた。直で。直接だ！　わかんねえか、この濃い感じが。ネットの通信網がどれだけ図太くなったって、こんなもん伝わらねえよ、そうだろう？　違うか？　これは俺一人のもんなんだよ、俺の！」

ぽかんと口を開けて、私は興奮したハイアートの顔を間近から見上げていた。

こんなに取り乱すほど高揚している人間は本当に貴重なのだ。回線越しになると、いや、実際に会ってみてさえも、ここまで開けっぴろげな人は珍しい。どこかでみんな演技をしている。取り繕おうとしている。失敗した時のセーフティネットは欠かさず張り巡らしている。

要するに素で話す人間なんてそうそう、見ないのだ。

ここにいた。しかも初めて会った、自分より年下に間違いない私相手に、本気で。

そして我に返ったように、私を離して、床に落とす。私の事などどうでもよくなったみたいに、いそいそと身支度を調え始める。ちゃんとした服に。私の目の前で。

無視されているのがわかって少し苛ついてきて無駄に食い下がった。

「……どうしたの急に？」

「出かける。訪問しまくる」

「どこに？」

「知ってそうな奴に手当たり次第。取りあえずはここの管理人だ。熊沢の野郎、俺に何回もバイクに乗るのは諦めろとかヌカしやがって。これはどうなってんだって直で聞き出してやる」

そう言い残して、私がまだ部屋の中にいるにも拘わらず返事すら待たずに、ハイアートは部屋の奥、二枚目の扉に向かって歩いていき、呼び出しスイッチを押した。そこは共用廊下じゃなくて、各部屋ごとに設置されているエレベーターの扉だ。

エレベーターでの訪問もよくある。こちらが認めなければ、やはり扉は開かない。

共用廊下でしか勝手に開いたりはしない。ましてや管理人の部屋など。

「事前に会いに行きますって言っておかないと、追い返されるかも」

「どうせ管理人にアポ取ったってどんだけ待たされるかわかんねえしよ。待ってられねえよ。それに追い返されたら別の奴に訊くだけだ。工具イジってそうな奴なら何かしら知ってるだろうし、何人か『公務員』もいるはずだ。片っ端から聞きに行く。直接」

じゃあな、と言ってやってきたエレベーターに乗り込んでしまったので、取り残されるのがとても悔しかったので、私はその中に一緒に入り込んでいた。ハイアートが、さっきまで話していた相手だという事も忘れたみたいにきょとんとしている。

「……何だよ、直通だぞこれ、帰るんならあっちから」

「無視を、するな」

「してないだろ」

「してる。確実に、さっきから。人を部屋に上げておいて」

「じゃあどうすりゃいいんだよ？」

「私にも、わかるように、ちゃんと説明を、しろ！　一から、順番に！」

そこまで言うほど興味があった訳じゃない。単に、目の前にいるというのに軽んじられた事が苛立たしかっただけだ。こんなに他人に苛ついたのは、生まれて初めてかも知れなかった。会うからには、話すからには、何かしら利になるように立ち回るのが当たり前だというのに、このハイアートという男は、勝手に喋って勝手に盛り上がって、そしてさっさといなくなろうとした。

戸別訪問を何だと思っているのだ。だったら招き入れなければいいではないか。

そういう不満が一気に爆発した。つまり私は文字通り若くて子供で、自分という存在がこうまで蔑《ないがし》ろにされるのに我慢ならなかった。

本当に、それだけの動機で一緒にエレベーターに乗った。

するするとエレベーターが動いていき、だだっ広い貨物内に二人きりで取り残されている。ハイアートはどこから説明したらいいものか、考えあぐねていた。

「……んで、名前は、お前。俺はハイアート。フルネームは長いからこれだけで」

「御園茉莉」

やっと自己紹介が出来た。普通、ここから始まるものではないのか。

そして変な名前なのはなんでですか、外国の方なんですかとか、同じ変わった色の目をしてますね、偶然ですねとかそういう話を積み重ねていくものなのではないのか。少なくとも私は、そういう会話しか知らない。

ハイアートがそこから述べ始めたのは、一切理解出来ない、オートバイについての解説ばかりだった。

ここでうんざりしたら負けだと思って、逆に質問攻めにしてやった。ハイアートのほうが露骨に、先にうんざりした顔になった。物凄い面倒くさいという顔を隠しもせずに浮かべていた。この対人関係における緊張感の無さと言ったら、もう。

「……何なんだよ、お前。勝手に乗り込んできて」

「エレベーターは公共物でしょうが」

「だろうけどよ。お前、吸血鬼だって招かれなきゃ入ってこねえぞ、普通」

「……何それ」

その豆知識を得たのは、それが最初だった。

突然の訪問だというのに、管理人の熊沢七生《ななお》は案外あっさりと受け入れてくれた。

正直、追い返されたらどうしようと思っていた。直通エレベーターの動きは気持ちが悪くなる。縦だけじゃなくて横にも動くから振り回される感じがどうしても馴れない。乗りたくないとは言わないが、少し休憩していたい。

私が休憩している間に、好きなだけ何でも話せばいいのだ。ここは座るソファもあるし、飲み物とお菓子だってちゃんと出る。壁には手描きの絵まで飾られている。CGでもモニタでもない、カンバスにちゃんと描いた油絵なんか珍しい。

でも熊沢は私と話す余裕はなかった。ずうっとハイアートの質問攻めだ。

ここに来るまで、エレベーターにしては相当長い時間、中にいた。縦の動きだけをする共用部のエレベーターと違って、こちらは直通の代わりに「待ち時間」や「渋滞」が発生する。いい加減、私もそこそこオートバイに詳しくなってきたほどだ。とは言え我ながら聞きかじりとしか思えないから、こっちから一方的に喋るならともかく質疑応答が加わるとちょっとキツい。ネット越しになら検索しながらでもやれるけれど、面と向かっては中々、やれない。

ハイアートはそれでやっていける。大したものだ。バカなのかな、という印象はかなり薄くなっていて、とてもいろんな物事を知っていて、詳しくて、ハッタリやウワッツラじゃない、というのは幼心にも伝わって来た。

お陰で、放置されていても、熊沢とハイアートの会話を聞いているだけでかなり楽しめる。二人とも中々、物を知っていて、私にはわからない単語がたくさん出てきた。

私たちの脳みその中には、生まれた時から生体チップが埋め込まれている。

それが成長時に、ある程度、私たちの希望に添うように偏向させる役目を担う。スポーツ選手なら筋力や敏捷性といった身体能力に偏向するし、学者や作家になりたいなら一日中机に座って本を読んでいられる集中力や記憶力なんかが伸びる。一概に言えない。何故なら、気が利いている事に「職業」に合わせてそれなりに全体値が伸びるからだ。

ハイアートはオートレーサーを希望したらしい。両親の趣味で、レースの動画ばかり見せられていたからという単純な動機で、私は確か六歳の時に、ジャンルも指定せずに「学者」と答えた気がする。忘れた。どうせ十二歳の時にもう一度訊かれるし、後からだって書き換えは効く。書き換えが多くなると、歳を取る度に伸びしろが少なくなるという話だったけれど、ぶっちゃけて言えば私は、それほど明確な夢や希望なんて何もなかった。

このマンションに住む多くの住人がそうだ。何となくぼんやり生きている。ハイアートのように明確かつ執着するほどの夢も希望も抱いてはいない。

私の両親だってそうだったし、ハイアートの両親だってそうだろう。

そんなきつい事をしなくても、目に付く娯楽に飛びついては投げ捨て、また別の物を少し囓ってを繰り返していたほうが楽に違いないし、このマンションにいる限りそうやって生きられるし、そうやったまま死ねる。

そう言えば私の曾祖母は御園珊瑚という名前なのだけど、物凄く有名な女流作家だったらしい。彼女の書いた本を私も何冊か読んだのだけど全く好きになれなかった(映画版は面白かった)。とは言えそうやってこのマンションにいながら突出した存在になれるのは、とても例外的な事なのだ。

二世代は、普通の黒い瞳ばかりが続いたらしい。

隔世遺伝とかいうらしく、私が久しぶりに、左右で色の違う瞳に生まれて来た。御園珊瑚がそうだったからといって、私に過剰に期待されても困る。別に私は特別変わった存在になろうなんて思っていなかった。

きっとだから、私はさっさと両親と離れて一人暮らしをしたかったんだろう。

過剰に期待してもいいし、娘に期待するのが楽しいというならそれでいいけど、両親のマズイところは、明確なビジョンが何もないのにプレッシャーをかけてくるところだった。

これがもう少し、たとえば医者なら医者で名医になれとか、曾祖母の御園珊瑚みたいになれとか形を伴っているなら我慢できるのだけれど、いつまでも曖昧なままなのだ。息苦しくて仕方がない。

恨むべきは曾祖母と、この両目の色だ。

ハイアートも同じ目の色をしていたけれど、そういうプレッシャーはあったんだろうか。訊いてみればよかったとたまに思う。でも多分、自分からオートバイに対して熱心になったんだろう。話してみた限り、本当に好きなんだなという熱意が伝わってきていた。

その熱意に、管理人の熊沢が辟易《へきえき》し始めている。私と同じように。

本気の熱意は他人を辟易させ、疎んじられるのだなと今ここで客観視してそう悟った。

適当に力を抜いていたほうが生きやすい。

ハイアートはわざわざ自分が録画した定点カメラの映像をメモリで持ち込んでいた。再生させては似たような事を繰り返す。

曰く「外を走っている奴がいる」「俺も走らせろ」だ。

熊沢の返事は毎回調子が違ったけれど、言いたい事はよくわかった。

曰く「それは何か生産的な事なのですか」「健康を害して寿命を縮めるに足りるのですか」だ。

やりたい事は何でもサポートしてやるし、やれる範囲で応援もする。それはでも、このマンションの中でやれる事ならという話だ。このマンションにはサーキットがない。まさか廊下を走れとも言えないし、廊下なんか走ったってハイアートは嬉しくも何ともないに違いない。

今にして思えば、このマンションが理想郷である理由はたった一つで、住民の保護というただ一点を想定して設計されているからだ。中にいる限りは自殺行為に手を貸しもするが、外に出るというならそれ相応の理由を求める。求めなければこのマンションは大義を失ってしまう。

「……我々が何故、住民を全員丸ごと死ぬまで面倒を見ているかと言えば、そうしなければこの国がなくなるからです。ただそれだけの理由です。死ぬのも構いませんし、死なれるのも仕方ありませんが、あなたのように若い方の死に、こちらから積極的に手を貸す理由は無いのです」

そう言いたくなる熊沢の気持ちは、当時はよくわからなかった。

むしろ、過剰な癖に形の伴わない期待ばかりかけてきた両親にダブって、ハイアートの肩を持ちたくなってきていた。無茶をする自由を認めないで何が自由だ。理想郷を名乗るのなら無茶も許容するべきだ。

ハイアートの主張を要約すると、そうなる。

それは完全に、親子の会話だった。無謀な夢に向かって飛びたがる子供と、それを諫《いさ》める親の構図だ。今ならともかく、当時は熊沢のようには達観出来なかったけれど、何となく熊沢に終始ムカつくようにはなっていた。

言っている事は、間違いなくハイアートに分《ぶ》が悪い。

ハイアートの主張は寿命なんかどうでもいいから外をオートバイで走らせろという我が儘に過ぎない。何の得があるの、どんな生産性が伴うのと言われれば、何もないとしか答えようがないのだ。

余人の期待や関係性からなる、帳簿上の損得を無視してただ走りたい。

そのハイアートの欲求は、両親からの期待というプレッシャーに晒され続けていた私にとっては、とても輝いて見えた。一緒になって興奮するぐらいに、格好よく見えた。迂闊《うかつ》にも、見えてしまったのだ。

こういう初恋はマズいと思う。その後一生の性癖にまで影響する。

だからといって止められるものでもない。そうだ、その通りだ、こんな人見た事無い、初めて見た、凄い、格好いい。実に呆れるほど単純な理由で、私はハイアートに恋い焦がれた。私はそういう相手が好きなのだと自分を教育してしまった。

多分こうやって人間は、勝手に自分を調教してしまったりするのだろうけれど、その時には同時に回答と結論という、とても心地よいものが頭の内側に生じてしまう。身を滅ぼすと自覚していてもそうしてしまう麻薬のような感情。

私はこの人が好きなのだと決めつけてしまえる事はとても心地よい。

それがたとえ誰かの目には間違っていると思えても。私がそう思うんだから私の勝手ではないかと言い返してしまえる。

ともあれ私は、好き勝手に我が儘だけでまくし立てるハイアートに見惚れていた。顔の出来だけで言うなら、一山いくらといったハイアートより、熊沢七生のほうが出来はいいと思う。そう思うと次には、人間は外見じゃないのだという新しい価値観が構築されていく。全てが「ハイアートを好きになった」という一時の暴走にも似た根拠の薄弱な理想に向けて整えられていく。

「……とにかく言いたい事は一つだ。やっている人間がいる以上、俺にもやらせろ。こいつは仕事で走ってる訳じゃないだろうし、仮に仕事だってんなら、俺も同じ仕事に就いてやる。で、何なんだ、これは？」

「さんざまくし立てておいて何なんだ、と言われても困りますが。私見でよければ」

「俺が求めてるのは公的な見解じゃなくてお前自身が判断した事だよ。それが間違ってようと何だろうと知るか」

「気持ちはわかりますよ、それがそもそも、このシェルターの存在理由ですから」

「……ああん？」

「細々と説明はしませんが、あなたのように、ここまで住む場所を、理想郷や天国と自称したところで憚り無いという状態にしても、それでもまだあぶれてしまう人はいます。それがこのマンションの経営に何らかの利益があるというなら、まだ黙認もしますし後押しも躊躇いません。しかしあなたのそれはタダの我が儘だ」

「それが私見か、お前の」

「そう言ってしまってもいいですが、これから先の話をする前振りでもあります」

そして熊沢は、モニタに拡大されたオートバイを、モニタ上で直に指先で突いた。

「これ、ですが。ログをさっきから検索しているんですが、存在してません」

「お前らが設置した定点カメラに映ってんじゃねえかばっちりと」

「確かに存在していますが、これは一般に『いない人』として扱われます」

「……どういうこったよ、そりゃ？」

「生体チップがないんです。つまり政府が国民として認識出来ない。だからどこを走ろうが文句も言えない。たまに目撃例がありますが、実体はともかくファースト・アローズと言えば聞き覚えがあるんじゃないですか？」

熊沢の口から出たその単語は、確かに馴染み深い単語だった。

悪の組織とでも言えばわかりやすいか。ここだけじゃなく、国内全てのシェルターマンションが制作し国内外に配信する創作物で、ほぼ間違いなく悪役として配置される便利な概念がファースト・アローズだ。

マンションに所属せず、汚染された土地に立て籠もって原始的な生活をし、盗み、殺し、破壊し、政府をいつか倒そうと目論んでいる。少し派手にするなら独自のドローン兵器を開発したり、自分たちを改造したり、ミュータント化したりする。

わかりやすい悪人は身近じゃなくなった、というのが需要の始まりらしい。マンション外の行き来はほぼなく、マンション内では常に繋がり見られている、という事で、よっぽど精神でも病まなければ派手な犯罪は起こらない。

だからとにかくファースト・アローズという、利用しやすい悪、外に居続ける概念を付け加える事で、創作はしやすくなり、尚かつ説明もいらない。登場した瞬間からそれは敵であり、どう倒されていくかを見守っていればいい。

それはでも、フィクションの話だ。

実際に生体チップもなしで、外を走り回って政府を倒そうとしている人たちなんているとは思えない。

「……ここに映っている、バイクに乗って走っているのはそういう類の人間です。いるんですよ、数千人前後ですかね。減少したり増加したりしてるみたいですが、百年以上、集団を保っていられただけでも私には驚きです」

「マジで人体改造したり政府転覆狙ってたりしてんの、その人達？」

「本気で政府転覆など狙ったらまず簡単に潰されますよ。今のところ、彼らは宿無し戸籍無しという現代の路上生活者ぐらいの意味しかありません。あと、人体改造については多分、我々のほうが派手にやっています」

外に出たら寿命が急速に縮むという時世で路上生活とは、物好きな話だ。

ファースト・アローズという架空の創作物が先行しているというだけの話で、調べればいくらでもその手の情報は入るらしい。どうでもいいから誰も気にしていないだけで。例えば名前の由来。この国にあるシェルターの番号が全て「三」から始まる。それがまだ「一」だった頃の住人がファースト・アローズの始まりらしい。

かつてあった「アルカディア計画」が今ここに至るまでに生み落とし捨てられた部分。

「……国はあいつらを救おうとか思ってねえの？」

「思ってますよ。申し出てくれればシェルターにいつだって収容します。でも、滅多にそんな人は現れませんね。要するに彼らは、我々が用意した理想郷にも行きたくないし、箱船に乗りたくもない、そういう規格外の人たちなんです」

「みんながみんな、満足するような環境は整えられないってか」

「そういう事です」

ハイアートの目には、その時確かな強い意志が見えた。思いつきじゃなく心底そうしたいという意志。

「……じゃあ逆に、ここから出てあいつらに加わるってのは？」

「それは無理です。脳内に埋め込まれた生体チップは取り除けません。外を徘徊していればいずれ、身体保護法に抵触して逮捕される事になります。何せ四六時中、モニタリングしている。残寿命さえ容易く測定可能なほどに。だから捕まえるのは容易い。そういう人間は決してファースト・アローズにはなれない」

天国の門は一方通行で、気づいた時にはそこにいて、やっぱり地獄がよかったなどと言ってみたってもう戻れない。

熊沢は、話の行き着く先として、ハイアートがそう言い出すのも予想していたみたいだった。たまにいるという。ここにどうしても馴染めなくて、死んでしまってもいいから外で暮らしたいという人たちが、時には泣きながら嘆願してくるらしい。

これほど手厚い保護下にあっても、そうしたいという人たちは出てくる。

人間の求める理想郷は人それぞれで、そして全部を満足させられない。

「……この計画で、国民に期待する事があるとすれば『健康を出来る限り保ち生きる事』です。それすら義務ではありませんがね」

「別に死にたい訳じゃねえよ。俺はバイクに乗って走ってみたいって言ってるだけだ」

「それでは『公務員』になるというのは？　移動手段の一つにありますよ、オートバイは」

「集団で規律正しく、電動バイクに乗れってのか？　クリーンな。冗談じゃねえよ、ありゃ一人で下品に、地球に厳しくかっ飛ぶ代物だ。俺を、サーキットのあるマンションに移す方法はねえの？」

「何か実績があれば、特例として。例えばあなたの手柄でこのシェルターマンションに大幅な黒字収益をもたらす事や、一分野で目覚ましい業績を挙げる事。もしくは移らずに、このマンションにサーキットを造ってしまう事くらいです」

「……造ろうとしたらどれくらいかかる？」

「あなたの望む速度域で走れるサーキットを造ろうとしたら、一生かかって造れるかどうか。そしてこれは一番大事な話ですが、あなたの死後、誰もそこを利用しなくなったら、いつか取り壊されて違う物に成り代わります。ハイアート。あなたの希望や夢は、その死後も多くの人間に必要とされるものですか？」

さすがにハイアートが言葉に詰まった。私は単純にそれを酷い話だと思った。

他の事なら、他人がどうこうなんて関係ないのに、少し変わった事を始めようとしたからってそんな言われ方をされてしまう。そりゃあオートバイで一人で走りたいなんて我が儘かも知れないけれど、でもハイアートは、それをしたい、と思ったのだ。こんなに強く希望しているのに、結局は多数決で決められてしまう。

ハイアートは何とか反論を口にしようとしていたけれど、これ以上は本当の駄々になってしまうと自分でわかっていたみたいだった。無理なものは、無理なのだ。ましてやそれが無ければ生きていけない事でもないとなれば。ハイアート自身、それは悟ってしまっている。

違う事をやったって人生は楽しく暮らしていける。

みんなみたいに、そこに既にあるものに目を留め、目に付いたものを少し囓りながら、のんびり生きていけばいい。凡庸に、楽に生きていけばいい。そうするならば、このマンションは途端に楽園に変化する。

凡人の群れが手招きして、ハイアートをそこに招き入れようとする。

ハイアートはその招きから逃げるみたいに、黙ってエレベーターに乗り込んで、帰ってしまった。私は紅茶を飲みかけだったし、唐突すぎたしで、立ち上がって付いていく余裕すらなかった。ぼんやりと、部屋から出て行くハイアートを見送っただけだ。

手招きこそしなかったものの、私だってきっと凡人だろう。

曾祖母が凄くて、でもただそれだけで、人と違うのは目玉の色くらいだ。

熊沢の溜息が聞こえる。私と目が合って、おざなりに「お代わりは?」などと言われたから断った。ハイアートの熾烈《しれつ》な要求にくっついてきておいて、こんな風にもてなしに興じているだけの私が、何だかとてもちっぽけに思えた。

気まずくなって視線を逸らすと、壁に掛かった絵が見える。

森の入り口みたいなところで、二人の青年が頭蓋骨を眺めている。変な絵だった。

「何ですか、この絵」

「私もよく知らん。シェルターマンションの管理人は、この絵を完成に近づけるという義務があるらしい。私は絵心がないから、こうして飾ってしまっているけれど、未完成らしい」

どこが足りないのか、私にはー見してわからない。熊沢にもわかっていないみたいだった。こうして飾ってみても、何かが足りないとは思えない。ただ直感でだけ、何の根拠も無しに一つだけ言うのなら、今更どれだけ絵筆をふるおうとも何も変わらないんじゃないか、という感想になる。

そしてこれはこれで、それなりにいい絵のように見えた。

それからもたまにハイアートには会いに行った。

何なら毎日行ったってよかったのだけど、ハイアートはオートバイのシミュレーターに乗っているか、プラモデルを作っているか、あるいはマンション中を彷徨い歩いているかだったから、あんまり私は必要なさそうだった。入れ違いで出かけてしまい、私一人がハイアートの部屋にぽつんと残される事だって何度もあった。

ハイアートの部屋に転がっているプラモデルなど眺めながら、ハイアートにあれほどの熱意がなかったら、もっと仲良く出来たのに、という矛盾した思いを抱いてしまう。ハイアートは、例の画像で見たオートバイを何とか再現しようと試行錯誤している最中らしくて、分解しては組み直したり、パーツを剝ぎ取ったりしている。散乱したプラモデルを見ているだけでも溜息が出た。ハイアートの造るオートバイはみんな一人乗りで、後ろに他の誰かを乗せられるようには出来ていなかった。

きっと私を乗せてもくれないんだろう。

違うオートバイで横に並ぶぐらいしか出来ないし、私には、そこまでの熱意は到底、抱けなかった。後ろに乗せてくれるだけでいいのだ。でもそれはきっと、ハイアートがうんざりするほど晒されて嚙み潰してきた、周囲の凡人が考える事と同じなんだろう。

ハイアートはきっと、私を請《しょう》じ入れてくれないに違いなかった。

招かれなければ入れないのだ。

それがわかってしまうと、あまり訪ねる気分にもならなくなって、足が遠のいたりする。すると両親が「何かしたい事は出来た？」「茉莉なら何でもやれる」みたいな事を邪気もなく言ってきたりして、気が滅入って、ハイアートに用もないのに話しかけに行ったりしてしまう。

両親に間違いなく、邪気も悪気もへったくれもないのはわかっている。単に両親の趣味が、私の成長を見ている事なのだ。ただそれがたまに酷く鬱陶しくて、私は物凄く適当に何もしないで怠惰に生きるから放っといてくれ、と破裂しそうになる。

大体、本当に見ているだけだから始末が悪い。私が何かしたくなったとして、それをサポートするのは国家で、そして努力するのは私だ。両親は何もしない。何故なら、私の両親もやはり凡人だからだ。たまたま、曾祖母が名作家だったからと言って、そして私の目の色が左右で違っていたからといって期待されても、私だって凡人なのだ。ハイアートのような変わり者になれはしないし、ああいう突出の仕方を私の両親が受け入れたかはわからない。

たまにエレベーターで一人きりで、目的もなく移動したりする。エレベーターの床に座り込んでいると、色んな人たちが乗ってきて、勝手に騒いで、そしていなくなる。私を誘ってくれたりもする。老若男女、誰もがみんな楽しそうだった。臆することなく他人の家に入れるし、分け隔て無く誰もを誘い、そして一日を適当に過ごして帰って寝る。私の乗っているエレベーターに、招いてもいないのにずけずけと入って来る。入って来るなんてとても言えない。エレベーターは公共物だ。だったら部屋に閉じこもっていればいい。これは私のただの我が儘で、そして他人に言うのも憚られる恥ずかしい勝手な言い分に過ぎなかった。

結局、私は凡人である事に我慢ならなくなった癖に、突出した熱意すら持てなかった。熱に浮かされたまま、何年も過ごした。さっさと一人暮らしも始めてしまった。十二の時の問診で将来の夢を問われて、何を思ったか我ながら恥ずかしいのだけど、突然「女優」とか言い出した。

何か突出しなきゃという気持ちばかりが先行した。一年後には取り消した。取り消して何を言うかと思えば作家になりたいとか言い始めて、さすがにそれは半年後にはまた違うものにした。

無理に急いで決めなくてもいいのですよ、などと言われる始末だ。

無理をするのも急ぐのも、あんなに嫌いだったのに。両親に急《せ》かされる事にあんなに苛ついていたのに。今の私は何者かになりたくて、目標もないのに急いでいた。辿り着くべき場所も見えないのに足踏みばかり繰り返して、気持ちばかりが前へ行く。

一度だけ、ハイアートにシミュレーターに連れていってもらった事がある。あの一度で私は、これは無理だと実感した。とてもじゃないけど、私はオートバイなんて乗れない。走ろうとすると何故かつんのめってエンジンが止まる。走り出せばどこかに突っ込む。カーブなんかまともに曲がれた例《ため》しがない。仮にこのマンションにサーキットがあったって、私は満足に走れない。どこか最初のコーナーで突っ込んで死ぬ。環境なんか関係ない。

私はハイアートと並んで同じ景色を見る事は出来ない。

そう思ったから勝手に焦って、こんな醜態を晒しまくった。恥ずかしくて他人に言えない有様になっていた。当然、ハイアートにも言ってない。そもそもこの男は、他人に将来の夢なんて一切、尋ねないのだ。

言う事といえば自分が夢中になっている事だけ。

あのオートバイは一九八〇年代に限定生産されたという七四九CCの日本製空冷エンジンを積んでいて、フレームはドイツ製だのなんだのと。私たちが生まれる二世紀以上前に、とっくの昔に生産されなくなった物を、執念深く記録を探って突き止めている。プラモデルも随分、映像に近い物になっていた。

「俺の趣味も入ってるんだけどな、これ。クルーザータイプで曲がれるっての考えるのスッゲエ楽しい。フロント二一インチだったら詰んでたよ間違いなく。車高が低いだろ、だから角度が稼げねえんだよそもそも、フロントをハブステアにしてくれりゃーなー」

何だかわからない事をハイアートは楽しげに話す。私が理解してないのも気にせずに話し続ける。ハイアートが楽しいなら、何一つわからなくたって私はそれでいい。楽しそうなこの人を見ていられれば、それでいい。

私はずっと聞き続けていて、ハイアートは話し続けている。

お互いにそれで満足しているのだから、これでいいに決まっている。

たとえ私が、時々、上の空で聞き流していたって、視線はずっとハイアートに据えられている。話を聞きながら、突然抱きついたりしたらびっくりするかな、とかそういう事を考えながら。やったりはしない。きっとこの人は、それで喋るのを止めてしまうだろうから。

招き入れてくれなければ、私は一歩だってこの人の中に踏み込んだりしない。いつか招き入れてくれる事を期待して、ずっと私はハイアートの傍にいる。

私は結局、それからもだらだら生きていて、思いつきで生体チップを偏向させるのにも疲れてきて、要するに凡人である事を受け入れ始めていた。ハイアートはその間もずっと試行錯誤を繰り返す。

ハイアートが目指しているのは、ゼロモータースへの就職だった。取りあえずそこから始めたらしい。ゼロモータースはかつてあったという四大メーカーといくつかの大手小売りから始められた国営企業で、基本的には「文化財保持」を名目としている。つまりかつてあったオートバイを保存するのが企業理念で、新開発であるとかレース参戦であるとか、そういう事は想定されていない。これが海外企業、例えばロールス・ロイス社などはまだ意欲的な車体を、国営企業になりながらもごく希に開発したりする。ゼロモータースにそこまでの自由はない。

とは言え、他にオートバイに接する機会がないとあって、ハイアートはいつか熊沢に言われた通りに「公務員」になるための道を模索している。

公務員は、国に奉仕し国民のために働く、まさに変わり者の集まりだ。基本的に無収入。一切の金銭的な報酬が発生しないどころか、ただ食って寝て趣味を続けるだけの大多数の国民が、そのままでいられるように必死になって勤労の義務を果たす。

そんな仕事をする奴がいる訳がない、というのは諸外国で普通に暮らす人間の考え方だ。実際は、少なくない数がそういう奉仕活動に従事してしまう。国民の一割ぐらいになるという。一割が額に汗して、残り九割がのほほんと暮らす理想郷を、無償で繁栄させ続けている。なんでそんな真似をするかと言えば、この理想郷に飽きたから、という答えが返ってくるだろう。

公務員ともなれば、どれだけ貢献しようとプラスにもマイナスにもならない。月々の小遣い銭みたいな給付が受けられなくなるだけ、損だ。損だが、金など関係ないという連中が公務員となる。食事と寝る場所と衣服の確保という本当の最低保障だけでいいという変わり者たちだ。

とにかく何か仕事がしたい。働いてなければおかしくなってしまう。そういう人たちの受け皿として、この国の数少ない労働者階級は成立している。かつては下層や末端と呼ばれて使役されたような層が、今や、この国を維持するのに欠かせない要因となっているのだ。

だから、公務員は採用が厳しい。なりたいからなります、で片付けられないみたいだった。この国を縁の下から支える人たちなのだから、半端な気持ちで採用されても困るというのはわかるのだけれど。

そこにハイアートは挑もうとしていた。この国で就職出来るかどうかを一喜一憂する贅沢な娯楽を享受出来るのは、公務員を志す人間だけがわかる楽しさだ。それでも、ハイアートは採用されなかったらどうしようと辛そうにしていたし、そういうハイアートを見ているのは私だって辛かった。

今、思い返せば、それはちっとも辛くなかったのだけれど。

私は、その当時の心境がどうであれ、客観的に鑑《かんが》みて、ハイアートに「不採用」が突きつけられるのを心のどこかで待ち望んでいたと思う。さも、表向きは辛いあなたを見るのが辛いみたいな顔をしておいて。

無自覚に残酷になっていたのは、きっと腹いせだったんだろう。こんなに好きだと思っているのに、一向に招かれない事への鬱憤晴らしに他ならなかった。ちっとも私の事なんか気にしないで、自分の趣味に没頭して、それでも私を友達だとは思ってくれていて、その癖に友達の範囲内から、一歩もこちらに近寄ってはくれないハイアートに対する、ささやかで密《ひそ》やかな嫌がらせ。

そんな事をしていたから、きっと罰が下ったかどうかしてしまったのだ。

ハイアートはうまい事、ゼロモータースに「採用」されてしまった。そして採用された事自体を、ハイアートは別に喜んでいる風でもなかった。採否が判明するまでは、あんなに辛そうにしていた癖に。

「ここでチャンスを待つ。文化財保護ったってバイクだ。走らせてナンボだからな。走らせる機会はあるだろうし、それならメカニック偏向の連中より、レーサー偏向の俺のほうがずっと可能性はある」

「……よかったね」

そんな他愛もない一言で済ませてしまい、冷静かつ冷淡を装っていたけれど、当時の私はその言葉に不愉快さを、私は全然面白いと思わないという不満を十二分に込めてしまっていた。そしてそこまでしたって何ら応えないのがハイアートという男なのだ。

惚れる相手を間違えた。

そして同時に、このぐらいの相手でなければと強がりも言う。

容易さと難解さを同時に求め、ぐるぐるとその二つが猫の目のように入れ替わる。容易くあって欲しいと思った次の瞬間には、もっともっと難解で手強《てごわ》くあって欲しいと願ってしまう。

随分と自分を過大に見積もったものだった。

私はこの時期、ハイアートの周囲に他に女性がいなかったというそれだけの理由で、たったそれだけの薄弱な根拠で、このまま粘っていればきっといつかは、ハイアートは私を選んでそれ相応に扱ってくれるのだと信じて疑わないでいた。そう、こうしてただすぐ近くで見ていて話を聞いていればいつかは。ハイアートのような異端児も軌道を修正して私の傍に来てくれるのだと、そういう未来を信じて疑わなかった。

私はずっと招いて請じていたけれど、ハイアートはそれにすら気づかず。

ハイアートは一度だって私を誘いもしなければ招きもしなかった。

初めて会ったあの日に。私は招かれもしないのに、ハイアートの乗るエレベーターに飛び込んで行った。その行動力を二度と再び発揮できないまま徒《いたずら》に時間は過ぎていく。それを発揮するべきなのだという確証がぼやけたまま時間は流れていく。

あの日あの時に、私は確証があったからエレベーターに乗り込んだ訳ではないのに。

その向こう見ずさが、別の確かなもの、私がハイアートの事が好きになっているという違えようがない確証によって阻まれてしまっている。こんな風になってしまっているのに、ずかずかと入り込めるはずがない。こんな風だからこそ、今こそ、私はハイアートに招き寄せられ請じ入れられたいと願っているのだ。そこを無視してはいけない。結果も目的もどうだっていい。過程と形式だけがすべて。

私は結局、凡人に過ぎない。

そしてハイアートはいつまでも、凡人に戻ってはくれなかった。戻れそうな時間すら空きはしなかった。それはきっと本人にとっては幸せで、私にとってだけ不幸で、そして私という存在は最終的に、ハイアートに何ら影響を持ちはしない。ただの友達から一歩も私は踏み込んでいけなかった。

何かすべきだっただろうか？　何かしらのアプローチを思い切って仕掛けるべきだった

と誰もが笑ってしたり顔で言うかも知れない。そんな事は他人事だから言えるのだ。失敗したって自分の事じゃないならいくらだってそう言える。

私は過去の私が何もしなかった事を責めはしない。しないけれど、やっぱり過去の自分なんてものはどこか他人のようにしか思えなくて、そうなるとやるだけやっちまえばよかったんだよ、とも思ってしまうが、もうどうしようもない。

「海外に赴任出来るってよ」

私の気持ちも知らずに気づかずに、ハイアートはそれはそれは嬉しそうな顔で私にそう言った。私はその時、十六歳かそこらになっていた。数年間、近くにぴったりと貼り付いて、益体もないオートバイの話に耳を傾けてくれていた女に対して、言う事がそれかとキレそうになった。

こいつは本物だと思った。本物だからこそ私の「好き」が加速してしまう。相手難儀な事、この上ない。みんなこんな風にして異性と付き合っているんだろうか。相手の我が儘と好き勝手な人生に辛抱強く付き合っているんだろうか。その相手が夢や希望を果たせずに、すごすごと自分の元へと逃げ帰って来る事を期待しているんだろうか。

冗談じゃない。私はそんな人を好きになったりしない。

自分が凡人じゃないのだと確信できるたった一つの縁がこれだ。

「違う国に行ければ、外で好きなだけ走り回れる」

「……凄いね、それはまた」

「凄いなんてもんじゃない。幸運にもほどがあるっつうんだよ」

無邪気に目を輝かせてハイアートはそう呟く。私の事なんて考えてもいない。ちょっと恨めしい。ちょっとぐらい恨んだっていいんじゃないかと思う。ちょっとだ。あなたの幸運には、こんなに好きになっている私の存在は入っていないのかという、本当にちょっとした恨み言を、言わせて欲しかっただけだ。それだけでいい。当の本人にも聞こえていない、胸中の繰り言で私はいい。

この思いは私一人のもので、相手がハイアートであろうと分け合って稀釈させたくない。私一人が知っていればもうそれでいい。

今この国で、海外に行ける事は希有《けう》な事だ。国からどころかマンションからさえ出られない。たまにあるスポーツの交流戦ですら国内の話だ。海の向こう、国境を越えた先はネットで触れられるだけに過ぎない。そこに、ハイアートは行ける。ファースト・アローズのように法から逸脱するのではなく実に真っ当なやり方で行けてしまう。

海外に行ったからと言って、すぐハイアートの望んだような事が出来るとは限らない。限らないけれど、ここでこうしてマンションの中に蹲《うずくま》って、エレベーターの中で行き先もわからずに膝を抱えて、入り込んでくる人たちに舌打ちを繰り返すよりはよっぽど有意義に違いない。

何よりもハイアートが喜んでいるのだから私も一緒に喜ぶべきだった。

他に何が出来ただろうか。それ以上に正しくてやるべき事などあったというなら教えて欲しい。抱いてとでも言えばよかったのか。そんな、私自身何の経験もない事を上から目線で申し出て、請じ入れればよかったと言うなら、今から考えたって、それは難易度が高すぎる。

結局、私がシェルターマンションのこれだけの環境で、何者にもなれなかったように。オートバイの一つも満足に乗りこなせなかったのと同じように。

私はハイアートに、自分が望んだアプローチなど何一つも仕掛けられなかった。私が聞いて欲しいと思った言葉の一言も、一言半句さえもハイアートに、あの人に伝えられないままだった。

ハイアートの赴任先はバグダッドだった。

私は、ただ一言「オートバイに乗れたらいいね」とだけ伝えた。

彼は、あの人は、私が間違いなく好きだった人は無情にも、残酷にも、一人この国に残される私に「お前もいつか来いよ」なんて言った。後ろに乗せてやるから、なんて優しい言葉を初めて口にして、でもそれが私に気を遣ったんじゃなくて、本心からノリでそう口にしたのだといつものように悟っていて、またいつものように堪らなく嬉しかった。

それが私の、十代に経験した初恋の一部始終だ。

ハイアートはドバイの高速道路でテストライディングの最中に、国宝級のオートバイと共にコーナーに突っ込んで死んだ。実にあっけなくこの世からいなくなった。本人が望む形で身勝手に我が儘にこの世からいなくなった。

その一報を受け取った時、私には既に夫がいて娘がいて、ハイアートに初めて会った日から、忘れもしないその日から、あのエレベーターで二人過ごした時から十五年以上が過ぎ去ってしまっていた。

ハイアートが死んだのは、マシンの性能を無視したからだった。その速度では絶対に曲がれないという速度で突っ込み、マシンが先に悲鳴を上げて、そのままハイアートを道連れにした。

もっとちゃんとした足回りのマシンなら曲がれていたはずだ。何にでも、分相応な速度域というのはある。ハイアートの求め続けた孤高のその速度域は、招かれたからといってほいほいと入っていい場所ではなかったし、そもそも招かれたのかどうかも怪しい。

私はというと、自転車に毛が生えたような速度域でならオートバイを操れる。それを知ったのは最近のことだった。ハイアートのシミュレーターの、レベルが高すぎたのだ。操れなくて当然だったのに、私は、オートバイとはそういう物だと思い込んでしまっていた。

どのみち、散歩気分で乗るオートバイでは、ハイアートには並べないし、同じ風景だって見られなかっただろうけれど。

私は今、公務員として働いている。日本電力の実務員だ。最初はシェルターマンションの保守点検から始まり、そして他のシェルターマンションを回り始め、発電所にも出向するようになった。いつも移動は、大型の、卵に車輪のついたような装甲車で、集団で行う。全身を防護服で覆ってしまえば、顔形どころか性別すら見分けがつかなくなってしまう。

人がシェルターマンションに集中管理されて住んでいるとあって、原子力から始まり、火力水力風力、太陽光、と環境に気を遣うことなく全開で回せる。そうしなければとても追いつかない。発生するゴミは全部纏めて船で輸送し、軌道エレベーターから太陽という巨大な焼却炉にぽんぽん放り込んでいるという話だった。

この国の持つ役割の一つが、放射性廃棄物の一時保管だというのも知った。軌道エレベーター待ちの廃棄物が、この国で行列を作っている。それで外貨を稼いでいる。数少ない収入の一つ。この国が国の体裁を整え続けるために選んだ矛盾の一つがそれだ。

普通に生活していれば気にしなくていい雑学でもある。マンションに引きこもって、だらだらと生きていれば、この国がどういう有様なのかなど気にしなくていいはずだった。

私には、あの凡庸な生活に収まる事は耐えられなくなっていた。

一度、ハイアートの熱気に魅了された後は、どうしようもない。かといって突出も出来ない。だからわざわざ無料奉仕の労働者である公務員になると選択した。なろうと思ってもなれない、選抜の厳しい職業を目指した。

ハイアートのように売り物のない私は、尚更、難しかった。

結婚して、娘を産んだ。家族のいる人間、子を持つ人間は合格しやすい。仮に死んでも代わりの人間は用意したと受け取られ、そういう悪意満載の理由で採用されやすい。

断っておくと、私は夫も娘も間違いなく愛している。それは私が住む「速度域」で得られた相手だった。ハイアートの速度域にどれだけ憧れようと、私はあんな場所では生きられない。凡庸さを選んだのは、別に妥協ではないし、公務員試験をパスするために利用したのでもない。

正直、ハイアートの事は頭の中で別の棚を造って、そこに固く封印していた。でもハイアートが死んだと知って、もう一度、あの非凡な世界に触れてみたくなっただけだ。私を手招きして請じ入れてくれた凡庸な世界から、また手の届かない、触れる事さえ出来ない、招かれてもいない場所に飛び込んでみたくなった。

そして私は一人でオートバイに乗っている。工夫をすれば、この国から出なくても、一人でオートバイを運転する事は可能だった。発電施設の点検が終わってみんなで移動した後、自分の仕事を一つ、し忘れるだけでいい。戻って片付けてきます、という口実があれば、一人でオートバイで戻れる。みんなもう馴れていて、私が言うより先に、車の中にオートバイをわざわざ乗せてきてくれたりする。

電動モーターのオートバイはそれなりにトルクもスピードも出るのだけれど、私が操れる程度の代物でしかなかった。オートジャイロが付いていて、転倒しようと思ったって中々、出来ない。音も静かで、タイヤが路面を噛む音以外は殆どしない。

それに防護服をきっちり纏って跨るのだ。いくら一人で走れると言ったって、ハイアートが望んだのはこれじゃなかっただろう。

私も、これを望んでいた訳じゃなかったけれど、代用品みたいなものだ。

ハイアートは別れ際に、やっと私を招いてくれた。後ろに乗せてやるからいつか来い、なんて言っておいて、私が辿り着く前に死んでしまった。それは仕方のない事だったけれど、何となく癪だ。あの人の後ろにしがみついて見れた景色がどんなものだったのか、想像するのに何かしらの材料が欲しい。

たった一人でオートバイに乗って、発電施設に、ちょっとした忘れ物を取りに行く。

その程度の非凡さが、ようやく、私が得られた場所だ。誰にも邪魔されず踏み入られる事もない、私だけの場所だ。誰かが一緒に来るなんて言い出したら、きっと私は猛烈にそれを拒絶するだろう。お前を招いた心算はないと激怒するかも知れない。幸い、そう申し出られた事は一度もなかったから、平穏でいられた。

道を外れた場所にオートバイを停めて、夜の夜中にそこで横になる。

防護服は一切、脱がなくていい。防護服そのものが簡易シェルターみたいなものだ。食べ物も飲み物も出てくる。筋力をサポートしてくれて重みも殆ど感じない。体を清潔に保ち、そして排泄物も処理してくれる。横になれば拘束も緩み、このまま眠れる。

夜空を見ながら横になって一晩、一人で過ごす。

夫と娘に、全面帯の裏側にあるモニタ経由でおやすみを言い、上司に一晩かかると報告する。みんな私の趣味を理解してくれているから、咎められたりしなかった。きっと何一つ理解してないのだろうけれど、理解などしなくてもただ頷いてくれる。

誰の役にも立たない非凡さはちっぽけだったけれど、生きていく上で少しだけ楽しみが増える。横になって通信を遮断して、完全に透過させた全面帯のガラス越しに夜空を見る。この国が、宇宙から見ると真っ黒に見えるという噂が本当なのか怪しくなるほど、星がとてもよく見えていた。

ひょっとして、防護服を脱いでも影響なんかないんじゃないかと疑うほどに。

何度も試しているのに、思いつくとまた実行してしまう。防護服の関節を外して、上半身の背中を割る。中から羽化したみたいに、生身の上半身を外気に晒す。何をしているんだと突っ込まれても言い訳が出来ない。どうせ誰も見ていないだろう。

外気に触れる度に、滑った生暖かい、ざらついた異物混じりの感覚が肌に刺さる。しばらくそうしていると咽《む》せてくる。生体チップのアラームは鳴りっぱなしになる。どう見えたとしたって、間違いなくこの国は汚染されていて、防護服無しでいると確実に寿命が削られてしまう。

自傷行為に似たそれを、私は悪い遊びとして覚えてしまった。

防護服を脱ぎ捨てて、全裸でオートバイに跨ってみるという遊びだ。さすがに走らせはしないし、咳が酷くなったらさっさとまた防護服の中へと退散する。これは何かの代償行為なのかと思ってみたりするが、答えを出さないまま楽しんでいた。

誰にも踏み込む事を許さない、招き入れる事などしない私だけの場所。

裸でオートバイに跨っている。汚染されきった外で。招かれたって誰も来ないと思う。そう思える場所を私はけなげに、寿命を削り落としてまで手に入れる。ハイアートがきっと見ていたであろう景色が見えると期待して。

そしてその日その夜、そうしていたら遠くから音が聞こえた。

その音は見る間に近づいて来て大きくなり、裸でいる私の身を竦《すく》ませる。私の目の前を通り過ぎていくオートバイは、赤い空冷エンジンを載せたリジッドフレーム。コーナー外で一人遊びをしていた私の傍を、滑らせ気味の見事なコーナーリングで駆け抜けて、そして私の事など一顧だにせず走り去っていく。

束の間、私の場所に招かれもせず侵入してきた相手は、こんなところには何の用事もないという風に駆け去ってしまう。かつてハイアートをあれほど夢中にさせた相手が、私の恋敵が、背中も追えない速度で消え去ってしまう。

咽せるのも忘れて、私はぼんやりと見送ってしまっていた。

幻ではない。

私の人工網膜には、生で見た今の映像が収められている。それを再生するより先に、素手で握っていたハンドルの感触が強く突き刺さってきた。股間に収めた金属とプラスチック樹脂の塊を意識させた。

追いかける。一瞬だけそう思って、その思いはすぐに霧散する。

あれを追える訳がない。まるで鳥だ。生息する場所が私とは違うのだ。人間がどんなに頑張ったって飛べないように、私もあのオートバイの影さえ踏めない。それでもハイアートなら、ひょっとしたら追いつけたかも知れない。

私には無理だ。この非力なマシンで、しかも全裸で。やるだけ無駄だ。

自嘲の笑みが咳《せき》に掻き消される。私は防護服に戻って、中へと入り、また横になった。

網膜に記録した映像を何度も再生させる。ハイアートよりも近くで、それを見れた。生で見れた。

ささやかな達成感を握りしめる。そしてそれだけでよしとする。ハイアートが聞いたら羨ましがるだろうという経験を得て、そこまでとする。

私はあのオートバイに招かれてはいない。存在すら気にかけてはもらえない。

あれは間違いなく、招かれなければ入ってはならない場所なのだ。

どれだけ好きで恋い焦がれても、勝手に入り込む真似をしなくなった程度に私は大人になっていたし、それが少し寂しくもある。歳と共にやりたい事の幅は狭くなり選べなくなってしまう。

それが身の丈だ。分相応だ。

だけどでも、あのオートバイを追いかけて裸のままで電動バイクで追いかけて制御しきれない速度域でしくじって死ぬというなら、それもいいのかも知れなかった。考えるだけならいくらでもそう言い切れる。

あほらしい。死んだ男に殉じてどうする。夫も娘もいるというのに。

それに当のハイアートにバカにされそうで、そう考えていたら、腹いせに死ぬのも悪くないとか思い始めていて。

招かれない場所にはなるべく入らないほうがいい。

私のようになりたくないなら。

4

フーリーが孕《はら》んだ。

二つめの目的を達成した事になる。

孕んだのだが出て行かないのは三つめの目的があるからだろう。それにアルカディアマンションは出産には便宜を最大限図ってくれるので、わざわざ他所《よそ》に行く事もない。生まれた男子は見事に左右で目の色が違っていた。俺とフーリーと同じ色分けが為されていた。

「これもう二、三人は産まないと納得いかねーな」

今や母となりウンムの名を名乗るべき女となったフーリーはそう決意していた。

俺は俺で、三人でも五人でもいいが生まれた子供の目の色が違っていたら浮気を疑うだろうなと思っていた。その後の五人もやはり同じ目の色で、浮気していたかどうかは知らないが、ともあれ俺の子である事は間違いなさそうだった。

子供の名前より先に決めたのは、アル・ジャンナを俺の渾名ではなく氏族名にすべきなんじゃないかという提案に対する答えだった。

勝手にしろという事で一瞬で解決した。

名前などどうでもいいのだが氏族名となると俺が初代という事になる。俺がいわゆるシャイクと称し、俺はシャイク・アル・ジャンナとなりイブン・アズラックは継がれない事となる。

氏族名だけは何世代も継げる。

それは俺を放置した両親に対するささやかな抵抗という気がして気に入った提案だった。

俺は御園洛音であり。

そしてイブン・アズラックでありシャイク・アル・ジャンナでありイスタマアであり。

アブー・ザイードでもある。

フーリーの国籍は偽造したのか正式に造ったのか知らないが御園家に「嫁入り」しており、日本国籍になっていた。本来なら妹なのだがどうやってそんな書類を造ったのか訊いても教えてくれなかった。

つまり別れればまた国籍も戻せる。

その時に長男を連れていくかどうかはまた後で考えるとして、ともあれ日本国籍に入れた。名前も仮にザイードという無難な名前にしたが、それもそのうち自我にでも目覚めたら勝手にどうにかすればいい。

日本名で言うなら御園一郎《いちろう》とでもなる無難な名前だった。

また一年してフーリーは、スイッチが入ったように妊娠したし今度は同じ目の色をした長女を出産したから、こちらはザイナブと名付けた。

部屋が手狭になってくる。

もう少し大きな部屋は空いていないかと熊沢に打診してみたのだが、その辺りでもっと大がかりな引っ越しを提案された。

立て続けの出産で忙しく気にもしていなかったのだが、ちょっとした騒ぎになっていた。

つまり「アルカディアマンション第二」の存在である。

二つめが竣工したらしく、そこに移るかここに残るかという派閥が形成されつつある。

アルカディアマンション第二とは言うが、似たような建物をもう一軒建設したという話ではない。ここを踏まえてより機能を向上させた、一万人の収容を見越した建物とあって、一気にこちらに対する閉塞感が生まれたらしい。

新しい物好きはどこにでもいるし、思っている以上に多いし、無職で無気力だろうとそれは関係ない。

好きに移れる訳ではない、というのがまた拍車をかけた。

結婚していること、子供がいること、手に職を持っていること、とかく今の今まで好きにやれと言われていたから好きにやっていた連中にはお呼びが掛からず、何の収益にもならないのに技術を学び人の営みを続けてきた者に優先的に声が掛かった。

熊沢に言わせれば「移っても同じ」と言う住人は別に移る必要がないとの事だった。

そりゃそうだろう。部屋に引きこもっているだけなのだから。

この「第一」の生産性はごっそりと失われるが、それはいくらでも金で補充するし、また新しくそういった人間が入って来る、と言われても反対派は差別だ何だと言い立てて、中には暴力に訴えようと集団を組織する者たちまで出始めた。

ここまで来るともう小さいながらも立派な国と呼べる。

国民全員が基本的に無職というのがもの悲しいが。

「私、絶対こーなると思ってたんだよねー」

とはフーリーの談。後出しではなくその引っ越しの話が出たときからそれは言っていた。

俺は手に職があるし自分で言うのも何だが有能だし熱心だし、ついでに子供まで出来たからまず選ばれるだろうというところからフーリーは首を傾げていた。

「選ばれないのは自分が悪いから。この国ってそーゆう国民性じゃんよ、基本的に」

「ま、そう言われれば否定はしないけど」

「兄貴とか取り残される側でも気にしないでしょ」

「しねえだろうな。むしろ大部屋が空くだろうから残りたいくらいだ」

「私も兄貴もそういう人間だけど、あいつらは違うんだよね。もう何一つ変わって欲しくないし変わるんなら一部だけじゃなくてみんなで変わってもらいたい。でも自分は何にもしたくない。しなくていいって言ってたじゃん、っていう自分が被害者で可哀相だから何を文句タレても絶対正義っていう考え方。つまりあくまで悪い側にはなりたくない」

フーリーは背中にザイード、胸にザイナブを縛り付けて、エンジンを切ったバイクに跨って呟いていた。まだ乳飲み子とは言え二人を前後に抱えて平然としている。体力が俺とは段違いなのだ。

「隣に増設します、くらいなら誰も文句いわなかっただろーに、熊沢さんやる事が派手すぎんだよ、自分でかき集めてきた連中の性格くらいわかってそうなもんだけどな」

「ある程度わかっててやってるっぽいんだよな」

「あの人、性格悪いよな、多分」

「まあ、性格悪いって言っちまえばそうなんだろうけどな。性格悪い奴ってこういう騒ぎになったらちょっとほくそ笑むだろ。熊沢さんてこういう事態になる事まで冷静に観察してる気がするんだよな」

俺の中ではマッドと頭に付かないヒューマンソサエティサイエンティストである熊沢は、きっとそういうタイプだと思う。

世界の終末に備えているだとか何だとか言っているが、それすらフェイクな気がしてならない。かの有名なアイヒマン実験のような事をしているのではないかと疑ってしまう。そんな事をして何になるのかまではわからないが。

同じ閉鎖空間で今まで共に生活してきた連中のうち、何らかの要因で何人かが「選ばれる」となると動揺するのは仕方ない。それが別に上下関係や優劣ではなくても差別と感じストレスを覚える。仕事も何もしないでぼんやり暮らしてそれで満足していた連中が、結束して暴力に訴えかけ始めようとするぐらいの圧力を持つ。

それはもう国民性は関係なく、人間が個では生きていけない設計になっている事に起因しているという話で、俺やフーリーが変わっているだけなのだろうとも思う。

孤独や孤立を心底望んでいるしそれでいいという人間は少ない。

施設の内容はそれほど変わらない。単に大規模な、一万人単位という収容人員に対応しただけなのだが、そこで冷静じゃいられなくなるのが悲しいところだ。そっちのほうがいいんだろう、ここは捨てられるんだろう、そんな落ち着かない疑惑や猜疑心を、誰から与えられるでもなく自分の中から発生させ嫉妬し苦しみ始め攻撃性を持つ。

「フーリー。おまえここが物騒な騒ぎになったら、暴徒からその子ら守れる自信あるか？」

「ない。私にないんだから兄貴じゃもっとねえよな」

「俺なんかどうだっていいんだけどな。こうなって来るとさっさと移してもらったほうがいいような気がしてきた」

「あー、そうなるよな、兄貴の考え方じゃな」

「なんかおかしいか？」

「引っ越すとして、だよ。んなもん第一便が一番危険」

フーリーの見立ては正しかった。

最初に移動を始めた時に、バスが襲撃された。絶対に逃がさないという意志に固まった連中が襲いかかった。理想郷も最終的には醜い嫉妬と猜疑心で潰《つい》える。襲撃に加わった者は大日本政府直々に逮捕され似たような環境の刑務所に送られ、このアルカディアマンションはちょっとした話題になった。カルト教団の内輪揉め的な話題。

そのニュースを俺は、アルカディアマンション第二で知った。

フーリーは決断力も実行力も図抜けている。

第一便とそれへの襲撃を見越して、その裏をかいてこっそりと俺たちだけで抜け出した。トラックの荷台には、フーリーがどうしてもと言うのでバイクが積んである。群れて移動しようとした連中と、群れて襲いかかった連中。どちらも纏めて無視した。俺たちは俺たちで勝手にやる。

荷台には、ひょっとすればもう一つ荷物が増えていた。

例の自称ブルースマンである佐々弘晶がギターを抱えて積み込まれていたかも知れない。

あいつは勿論居残り組だった。独身で何もせず、やる事と言えば弾き語りと政府批判。そういった連中は選ばれずに暴徒化したが、こいつはそれに加わりたくなかったらしい。そんな連中と一緒にいるのも嫌だったらしい。この小さな国が終わるのを見たくなかったらしい。

本当に、俺たちの脱出計画に加えてくれと頼み込んできた。

俺だって今更、俺がかつての俺、御園洛音だとここまで来ても気づかない。

殺してやる、こいつとやり合う心算は毛頭無かった。それでも、家に火を点けてでもこの世から消してやりたいと思った相手にそういう頼み事をされるのはさすがに落ち着かなかった。

「俺たちは勝手にやる。第二に行っても追い返されるかも知れない」

「それでもいいから乗せてくれ」

「兄貴、こういうの聞いてやるとキリがねえぞ」

フーリーの無情な判断に佐々弘晶は青ざめた顔をする。縋《すが》るように俺を見る。俺は自分の名前を名乗りたくなった。イスタマアではなく、御園洛音という名前を。何も覚えていないはずがない。家に火を点けようとまでして忘れられたら立場がないし、こいつは本当のバカだ。

名乗ってわからせたところで面白い事は何もない。やるだけ無駄だ。

「俺はイスタマアだけど、御園洛音でもある」

なのに言ってしまった。あまりにも俺に頭を下げて縋りつく佐々弘晶の姿に苛ついたというのもある。俺たちがいがみ合っていたのは子供の頃の話だ。今更繰り返したくはない。それはわかっている。それでも、俺のほうが一方的に気づいていて、相手が気づいていないのは気に入らない。

佐々弘晶が敢えてそれに気づかないフリをして、大人の対応で接していたというなら、それでもいい。いつまでも拘っている俺がおかしいというだけの話になる。

名乗った時のアホ面と言ったらなかった。本気で気づいてなかったんだなと確信した。それが少しずつ真顔になっていく。苛ついた顔に。子供の頃の顔そっくりになっていく。若返っていくようだ。肉体的な力が拮抗しているという、喧嘩になる前の焦燥感がじわじわと俺の中にも湧いてくる。子供の頃に俺らは、向かい合う度にこういう苛立ちをお互いに抱いていた。

俺たちはそういう関係だったはずだと再確認した。せずにはいられなかった。

その上で一緒に来るのかと。

黙ったまま、佐々弘晶はギターを抱えて踵《きびす》を返した。俺が追い返したのではなく、向こうが乗りたくなくなったのだ。さっきまで泣くような勢いで懇願していたのに、俺がイスタマアではなく御園洛音だと知った瞬間から、佐々弘晶は自分をまた取り戻した。取り返しのつかない事になる前に、そうする事が出来た。

　そこがどこであろうと、今いる場所がどれだけ嫌だろうと、あいつにとっては、俺と一緒にいるほうが嫌なのだ。あいつの求める理想郷に、俺がいてはならない。俺だって、佐々弘晶にいつ気づかれるかという無駄な気持ちは抱いていたくない。

　俺とフーリーは家族だけで第一を出た。

「……何言って追い返したの、あの人を」

「別に。単に、俺と一緒にいると、どこだっていずれ煉獄《ジャハンナム》になるって気づかせてやっただけだ。俺とあいつは一生、相容れない。子供の時のくだらない関係をまだ引きずってるだけだけどな。三つ子の魂、百までだ。俺は百歳になるまであいつと殺し合いをしたくないし、向こうもそう思ってんだろ」

「……名前なんだっけ」

「言いたくない。忘れる事にする。あいつはただのアル・ジャハンナムで、ブルースマンでしかねえって思う事にする」

「うちの地元の、部族みてえだな。なんで喧嘩してんのか誰もわかんねえって状態。調べたら何世代も前の因縁だったりよ」

　フーリーはそう笑い飛ばして、それ以上聞かなかった。

　俺が整備して仕上げたトラックをフーリーが運転し、見事なハンドル捌きとクラッチワークで道無き道を走破して脱出に成功する。もはや手の付けられない地獄と化した理想郷は遠ざかり、そして俺たちは二番目のアルカディアへと辿り着く。

熊沢がようこそと言わんばかりに受け入れてくれた。

誰もまだ入居者のいない新たな理想郷。勿論、佐々弘晶もここにはいない。衣食住が、国の保護下で保障された楽園。処女ではないが天女までいる。それでも俺は、親父がかつて言ったような、俺が探し続けなきゃならない理想郷がここであるとは全く思えない。一休みして考えているうちに、だらだらと居座ってしまったような居心地の悪さは拭《ぬぐ》えない。

「今なら部屋は選び放題です」

俺の悩みも関係なしに熊沢は呑気にそんな事を言う。

熊沢はまだ世界の終わりに備えているし、そのために社会実験を惜しまない。

「ここ『は』捨てる予定はありません」

捨てる予定で第一を造ったみたいに熊沢がさらりと言う。

やはりどこか歪んでいる。狂人ですらない。楽しんでいないし悩んでもいない。

「第一の騒動、あれこそ世界の終わりみたいだったぞ」

皮肉混じりにそう言ってやる。

熊沢は「そうでしょうね」などと無表情に返事をする。

「常に我々は備えなければなりません。訓練を行ってでも」

「訓練か」

「起きてしまった事を悔やむよりも割り切ったほうがいいです」

「まるで想定内の事が起きたみたいに言うんだな」

「私の想定外にある『世界の終わり』などそちらを探すほうが困難です。私は常にあらゆる状況に対処出来るよう努めています。私だけではなく、国家単位で。仰る通り、アルカディア第一の崩壊は小さいながらも国の崩壊と同義であり教訓となるべき事です」

つまり想定内の滅び。世界終末のシミュレーション。

そして熊沢はそれにもきちんと対処している。

恐らく、ここに移すべき人間は最小限、手配し終えているんだろう。その上で大規模な移動をさも第一便として出立させた。騒ぎになり逮捕者が出る事までも想定して。

後で家族だけになった時にフーリーに訊いた。

「親父はまだ生きてるのか？」

今更何だよという顔をされた。知らんと言われたから、お前は地元の連中とまだ付き合いがあるのかという言い方に変えると、そりゃあるけど別に……みたいなもごもごした返事をする。何だ浮気か？　と勘ぐらせるような言葉の濁し方だったんだが、きっとそれは俺の考えすぎだと気にしなかった。

その時はまだ、俺はフーリーに三番目の願い事があるなどと思っていなかったし、俺の言いたい事は他にあった。

「連絡取れるんなら言っとけよ、熊沢に核兵器とかそれに連なるモノ冗談でも売るなって」

「冗談で売るかよそんなもん」

「どうせ使わないだろとかそういう意図でも売るなって話だよ」

熊沢の顔を思い出す。あの、俺らとは全く違う常識と理論で行動し実行し結果を出す男。漸く俺はあの男がどれほど逸脱した存在なのかを悟った。

あれは必要さえあれば平気で核兵器を炸裂させる「事故」を起こす。それを平然と「訓練」と言い張る。別に俺は構わない。その結果、必要な犠牲者に俺が含まれたとしても、とっくの昔にそんな事はどうでもよくなっている。

フーリーと、ザイードとザイナブまで巻き込んで欲しくなかった。

つまり俺も一端《いっぱし》に、人の親であり夫なのだという平凡さを持ち合わせていた。

そのほうが熊沢の人格よりよっぽど驚きだなと我ながら苦笑した。

仕事がしたくないから飢えて死ぬと言っていたあの頃の俺から十年近くが過ぎようとしている。実妹との間に子を儲け、そしてまだ生きている。あの頃より余程充実して生きていられる。

こんな事なら真面目に働いておけばよかった。

今なら俺は自分を殺せる。

家族のためにどんな事でもしてやれるというのに。

この歳になって俺は、この狂気の満ちた理想郷に居座る他に家族を守る方法を見つけられなくなってしまっていた。

ちなみに俺はここから半世紀も生きた訳で何かしら出来た気がするが、それこそ結果論に他ならない。


ラジオが聞こえる。

この第二に移ってしばらくしてから受信出来るようになった。偶然、トラックの中で拾った。アナログラジオがつけっぱなしになっていたのをいじっていたらノイズ混じりの声が入ってきたのだ。

そのまま流しっぱなしにしたのは、その声に聞き覚えがあったからだ。

ブルースマンの声だった。あの地獄みたいになった第一で生き延びたらしい。第二を恨み、国を恨み、間違いを糾弾し、その合間合間に自作の曲を流し続けている。その有様は滑稽だったが、ブルースマンはそちらを選んだ。

俺はそのラジオがお気に入りだった。

あの第一が犯罪者の巣窟として破壊され、国の保護も、熊沢の謎の資金力も失った今、本当に独立独歩の場所と化した中で叫ぶブルースマンの言葉は、世間の誰が相手にしなくなったとしても、俺には響く。

ブルースマンはそこに天国を見出したのかも知れない。着る物にも食べる物にも事欠き、住む場所は貧相でも、アマチュア無線で世界を相手に怨嗟《えんさ》の声を上げ続ける事が可能になったのだ。それを自分の力で勝ち取った。

そうなのではないかと俺は思う。

思うからこそ、つい聞き入ってしまう。上手いんだか下手なんだかわからない自作の楽曲も中々、聞ける感じになっている。元々俺は、音楽の巧拙などそれほど気にせずノリで聞くだけのタイプだ。

「消せよ、集中出来ねえ」

フーリーが文句を言う。全裸で。

「少し中断してでも俺は聞きたいね」

そう答える。全裸で。

ザイードもザイナブもとっくに寝ている。

俺たちはまだこんな事をやっている。

飽きもせず。

子供を二人産んでもフーリーの体からは性的な魅力が失われない。それは俺がそう感じているというだけで、第三者から見てもそうなのかどうかは知らないし、どうでもいい。でもここを出て行くというなら、俺から離れていくというなら、まだ女としての魅力が汎用性を保っているうちのほうがいいだろう。鞍替えが利くうちに。

そうする気配はなかった。

そうしないほうがいいのも互いにわかっていた。

ブルースマンががなり立てるネタに事欠かないように、社会は厳しくなっている。大恐慌でも来たみたいに世界中の景気が後退して政情不安になっている。それでも、まだ理性は保っている、という程度でいつ何時、発狂するか知れたものじゃない。

この完璧に保護されたアルカディアマンション第二は一人で生きていくのならともかく、子供を抱えて生きていくのに生活費という厄介なコストを考えなくて済むという利点がある。熊沢の言う通りに世界はこうして、大した派手さもなく終わるのかも知れないが、その場合はここも終わる。

第一の時よりもいくらか効率化されたとは言え、国の社会保障をアテにして成り立っている現状は変わりない。この小さな国は未だ独立を果たせていないのだ。

政治が悪い。閣僚が悪い。第二が悪い。熊沢を信用するな。

ブルースマンは喚き立て糾弾する。

あいつのマシンはギターでもマイクでもアマチュア無線でも、手を変え品を変えしたところで熊沢陸道たった一人をも殺せそうにもない。誰の心にも届かないし爪痕一つ残せない貧弱なマシン。挙げ句、歌まで凡庸ときては目も当てられない。

俺ぐらいは真面目に聞いてやったっていい。

ブルースマンの理想は絵に描いた餅だ。

方向性は多少違うが熊沢の描くものと似たような絵図を描こうと奮戦している。

誰もが平坦に並び差別もなく貧困もない。争いもない。そんな世界はあり得ないと、あいつも一度思い知ったはずなのにまだ叫んでいる。あれは失敗しただけだと。今も第一で喚いている。憎むべき熊沢の施策に批判を繰り返しながら、何とか日々を生きている。

この世は、現実は、言うほど酷くもない。

政府は戦争を起こす心算もないだろう。この国はそれほど変わっちゃいない。

少子化で税金が高く、社会保障が、意外にも福祉が効率化されているという点では、一昔前の北欧諸国に近くなっている。いつだって世界はそれなりに、個人差こそあれ生きにくく出来ていた。これからもそうだ。

俺も、フーリーでさえもこの理想郷に馴れすぎた。今更、外で生きていけるかわからない。だから出るなら早くしろと言っているが、もうちょっと、もう少しだけ、をフーリーは繰り返している。

そして俺が言いすぎたのかたまに不機嫌にぼやく。

「何だァ？　別れてえってかお仕舞いにしてえってか、飽きたかいい加減、私に？」

「悪いが俺はそういう面白ピロートークが出来るほどもう若くない」

「つっまんねえ兄貴になっちまったもんだな、おい」

「歳だよ、いい歳だ、厄年も過ぎたっつうんだよ」

「……何それ？」

「俺は基本的にこの国の風習が身についてんだ、どこの誰の血が流れてようと目玉の色が変わってようとな」

フーリーもその辺りはわかっているはずだった。

どう死ぬか、であればここに留まってこうしていればいい。

どう生きるか、であればここは選択肢の無駄遣い、もしくは放棄に過ぎない。

俺はいい。フーリーもいいかも知れない。

でも俺の子供らには一度でも選ばせてやりたい。正しいか間違っているかは関係なく、何かを一度でも自分の考えで選ばせてやりたいしそうさせるべきだと思う。ここにはそんな選択肢はない。

間違いしくじった時にフォローしてやれない親父である事が悔やまれる。

「フーリー。……お前ここ出て何かアテが……というかそもそも俺があのまま働かずに引きこもってたらどうしたんだ？」

「んー？　まあ正直な話、金のアテならあった」

「お友達か」

「そこに子供ら連れてっていいか迷ってるからここにいるってのもあんだよね」

「どこ行ったって苦労はするだろ」

「ここにいりゃ苦労がねえ」

「ディフェンスに徹した国だからな。これこそ専守防衛だ。でも人生、オフェンスになる瞬間もなきゃつまんねえだろ。最初っから無難な正解だけ提示されてそれしか選べない人生なんて、どんなに得で正しくても俺はまっぴらだね」

「なんか潔く聞こえる風な事ゆってっけど、ここは兄貴にとって、理想郷じゃないの？　名前もアルカディアだし」

「ここじゃねえ。かといってどこなのかもわからない」

俺に、ブルースマンほどの政治思想があったら、天国や理想郷に近づく事が可能なのかも知れない。でも俺には何もない。生きるのに精一杯だった。

「……親父がよ、そろそろ死にそうなんだと」

「そりゃ親父もいい歳だろうからな」

「ずっと気にしてたぜ、兄貴の事。天国は見つかったのかなって」

「見つからないし、何が天国なのかもわからねえよ。俺はまだアル・ジャンナになれない。

イスタマアにはなれるし、御園洛音に戻れもするけど、親父の付けたご大層な渾名が、肝心のものがわからない。わからないまま死ぬってのも癪だけどな」

だから俺はブルースマンのラジオ放送を聞いてしまう。

あいつは俺と一緒に、ここに来るべきではなかったのだと、勝手ながらそう思う。ここにいたらあいつは、そんな行動力は発揮しなかっただろう。第一は廃止された施設で、あぶれ者が勝手に集まっている。インターネット網さえ届いているか怪しい。そういう場所で叫んでいる、かつての宿敵だった奴の本気の言葉。

それは逆恨みだろうと、政治的にも科学的にも間違っていようと、他人がどれだけ茶化して批判しようと、俺にとっては羨望の的なのだ。あいつは自分の天国、理想郷を手に入れたに違いないのだから。

天国は見つかったか。

親父にそう訊かれたら、まだだよ、と頭を下げてしまいそうになる。

「優柔不断もいいとこだな、兄貴は。その歳になってまだ心中してもいいって理想が見つかってねえのかよ」

「そうなんだろうな、そういうのは嫌いか？」

「いや大好き。……いっつも私からそれ言わせるのな、兄貴は」

「年の功って奴だよ、それが」

照れくさいことをこちらから言うのは、照れくさいではないか。

相手に言わせてこそではないか。

俺はフーリーを心の底から間違いなく愛している。

フーリーもそこまでの強度かはしらないが似たようなものだろう。

俺たちは俺たち二人だけならこの、守られて保護されて庇護される事に大した義務もストレスも生じない、まさに理想郷たる建築物の中で一生を全うできる。そうする事に何の疑問も躊躇いもない。

だが俺たちの子供がそう思うかはまた別だ。

ブルースマンが飽きることなく訴える世界の不条理。不当なパワーハラスメント。

この世が楽園となり全ての人間が幸せになれるために排除すべき欠点。

正直に持論を述べよう。

俺はそれは一度や二度、あるいは何度も経験しておくべきだと必要悪として認識している。苦痛の伴う摩擦と怒りは人間に思考を促し行動を決意させる。そしてそれこそが生きるための駆動力と成り変わる。

痛みを嫌うのは人間の本能だ。

それを嫌うからこそ人間は工夫し考え変化する。

痛みは敵と置き換えてよく闘争と呼び換えてもいい。

人間は他者との軋轢《あつれき》とそこから生じる闘争心によって先へと進める。不平不満は即ち人生のやり甲斐となり推進剤となるのが、人間という種の持つ深く深いとても深刻な業《ごう》なのだ。

不平不満があるからブルースマンはそれを述べ続けていられる。そこにやり甲斐があり達成感がある。敵が。明確な敵がいる事は生きていくのを楽しくさせてしまう。全く以て野蛮な種だ。

羊の皮を何枚被ろうと狼は羊になったりはしない。

俺がどんなに頑張ったってウワッツラの人間関係を続けられなくなったのと同じだ。

俺はここに来なければ死んでいたし、フーリーがいなければ家族も持てなかった。それはそれはみじめな死に方をしていただろう。ブルースマンあたりには勝手に現代社会の犠牲者として祭り上げられていたかも知れない。考えると寒気がする。

ラジオを消された。

遂にフーリーにまであいつは拒絶された。アマチュア無線は、かつては非営利を謳い文句に情報網の革命技術と称してきた由緒正しい歴史を持つ通信方法だ。フーリーはそんな事には何の興味もないだろう。

俺にはある。

内容ではなく手段に興味がある。ブルースマンがネットで自分の番組を垂れ流していたら、俺だってそんなものは見ないし聞かない。今のフーリーのように性欲を優先させているに決まっている。

「いつかは出て行くよ。子供も連れて」

フーリーが三つめの目的を俺にチラつかせたのは、それが初めてだった。

「でもすぐじゃない」

「ふらりといなくなるのだけは勘弁してくれ。それなりに寂しい」

「ほう」

「……何だよ」

「今のはなかなか、いい」

満足げに笑っていたがそんなに気の利いた台詞だった気はしない。

住民がまた増えてきている。

まだ一万人にはほど遠いが、熊沢は何世代も通じてじわじわと増えていき、その結果としての一万人という流れを想定しているようだったし、そしてあいつの想定は大体現実化する。現実化していないのは世界の終末という大前提ぐらいだった。

長男のザイードが七つになる頃、フーリーは五人目の子を出産した。それは次女だったが、ここで育てる心算はないらしい。出て行く、と俺に告げた。

　三つめの目的を、漸く、開始する気になったらしい。

　多分、フーリーがこの国に、手間暇かけて送り込まれたのは、親父のたった一つの願い事を成就させるためで、そしてフーリーはそれを三つに増やしたというだけの事なのだ。

　フーリーはその半月後にはいなくなったけれど、どうやって出て行ったのかはわからない。

　ザイードだけがぽつんと一人、俺のところに残っている。

「お前も外に行きたかったか？」

「母さんが、父さんを頼むって」

「そんな頼まれごとは断ったっていいんだぞ」

「しゃあねえから頼まれてやったんだ。それに飽きたら俺は父さんを放置する」

　青くて黒い左右の瞳で笑っている。それこそが俺の血を引く息子の思考だ。

　一人きりで家族すら切り捨てて生きていられる異端者だ。

　俺は相変わらず、配達仕事や機械関係の修理に明け暮れている。ザイードはフーリーが乗っていた例のバイクによく跨って遊んでいるが、当然、まだ動かせる訳ではない。

　フーリーが出て行く切っ掛けになった理由の一つなのだが、社会構造が地味に変化した。

　俺が常に着けるハメになったブレスレット。

　俺の体調や行動を捕捉し政府機関に常に送信し続ける個別認識型の端末。

生活保護受給者は全員これの着用を義務づけられる。ブルースマンは烈火の如く怒って無線で反対を表明し続けているが、こんなわかりやすい事をされたらああいう連中が怒るのは目に見えていた。

そしてこのアルカディアマンション第二もまた、不自然さを公的に数字化する事になる。集団で一斉に保護を受けて、自立自衛を謳って暮らしているというのは、半ば公然だったがそれでも帳簿上の辻褄《つじつま》合わせぐらいはしていたはずで、こうやって居場所と体調まで管理されるとそれも難しくなる。

それでも保護は打ちきられなかった。

熊沢は取引を暗に匂わせていた。

つまりこのマンションの住民がまず、率先してその制度を受け入れる。それと引き替えに見逃せと言う取引。文句は言うがブルースマンの腕にもこのブレスレットは巻き付いているだろうし、いずれ成人すればザイードも装着する事になる。

フーリーはそれを嫌って出て行った。元々、密入国みたいにして入ってきた女だから探られ管理されると困るというのもあるんだろうが、単純に腕輪を付けられるのを嫌っただけだろうし、俺も嫌々ながら受け入れたのは自覚している。

馴れてしまえばどうという事はない。

このブレスレットは無料で、そして何と充電もいらない。オートマチック式の機械時計さながらに生体電気で作動する。

今が何時で何日かなど俺にとってはどうでもいいのだが。

どうせなら寿命でも表示して欲しい。

やれるはずだ。

「……やれると思うんだがな、ザイード」

俺は作業の合間に左手首のブレスレットを見下ろしながら言う。

ザイードは一人で座って携帯ゲームをしている。友達と遊んでいるのを見た事がない。友達がいない訳ではなさそうなんだが、大抵、俺の傍にいる。フーリーが言い残した事を忠実に守っているのか、単に一人が好きなのか、両方だろうし、俺の息子だからそれでも大して驚きはしない。ただ、その性格は苦労する、とは思う。

「父さんは時々、訳のわかんねえテクノロジーを想像するな」

「そんなに頻繁にはしてない」

「マシンビルダー、向いてるよ父さんは。メカニックじゃなくて」

「そりゃどうも」

「つうかやれるかどうかは別として、寿命なんかずっと表示されてたら落ち着かなくならねえかな」

「俺は落ち着くけどな」

「いい歳こいて、んな事言ってるけど、あと三日とか表示されたらあれもしようこれもしようって考えてるうちに三日過ぎちまうよ」

「そんな数字が表示されるザマならやれる事なんか限られてる。俺が言ってるのは身体測定から逆算される死亡予定日であってだな、事故や殺人なんてのを予言してくれる機械じゃあない。これだけキッチリデータ取ってりゃ平均値からの予測くらいは出来るだろ」

監視されている以上は生活費をくれる他に寿命ぐらい教えてくれたって取引としちゃ緩やかだ。そんな想像をするくらいには、俺は結構最近は、いつ死ぬのかなという事ばかり考えていた。

何のことはない、フーリーと出会う直前の、あの精神状態だ。

今は餓死はしないし、健康状態も良好だ。だからこそ自分で自分の限界が把握出来なくなってくる。中途半端な事だけはしたくなかった。ザイードの手前というのもあるが、ヘタに何か始めてしまうのもなんだったし、何もしないというのもヒマだ。

「……お前は将来ずーっと死ぬまでここにいるのか、ザイード」

「知らねーよ、そんな事。でもここでの学歴って就職活動に使えちゃったりすんのかな。アルカディアマンション第二出身」

「俺なら採用しない」

「だよな。つまり俺は適当に学歴なり何なり作らなきゃならんちゅう訳でさ。そういう時に金、くれんのかね、熊沢さんて人」

ここの子供達はみんな建物内にある学習施設で学ぶ。何と学校法人格を有していて、教員免許を持った人たちが教えている。みんな熊沢が誘って呼んできた連中だ。医師もそうだし、スポーツに至っては一人か二人、メダリストがいた気がする。

地下にあるスタジアムでは野球やサッカーの試合が定期的に行われているくらいだ。

ザイードも運動神経は悪くない。少なくとも俺がその歳の頃よりは遥かに優秀だ。

サッカーや野球は嫌いらしい。理由を訊いたらチームプレイは苦手との事で、なるほど俺の子だとも思った。

「どうしても外の学校に行きたくて、熊沢が金出さないっつうんなら、フーリーに出させるか」

「母さん金持ちなのか？」

「程度は知らんが子供一人学校に行かせるくらいの金なら融通してくれるだろ」

それは三十も半ばを過ぎた男が働きたくないから死ぬと言っているのをしばらく面倒見るより遥かに有意義な気がした。あの時、フーリーはそのぐらいの金を持っていたのだ。

「まあそんな訳だからあいつとのメールとかめんどくさがらずにやれ」

「父さんもやれよ」

「あいつ俺宛てには滅多に送ってこないからな」

「あの謎の遅延メールなんなん。遅延って言うか一回広告が出るみたいな違和感」

確かにフーリーからのメールというのは開くと一旦遅延する。一瞬の話なんだが、他と比べると明らかに違う。このご時世に、前世代の貧弱な回線で容量の大きいファイルを添付させたような遅延。

明らかに何かしていた。多分、俺やザイード宛てのメールで偽装した何かをしている。

フーリーは熊沢はただの終末に怯え備え続ける狂人ではないと気にしていた。だからここを出たというのもある。掌の上、懐の中で相手の正体を探るよりも外に出たほうが効率がいいし何より相手に悟られにくい。

そしてそれはきっと、親父の願い事とも関係している。

アルカディアマンションというより、熊沢の身辺に潜り込んで情報を収集していたような感じがある。熊沢陸道はただの富豪ではない。俺の親父が、歴戦のテロリストたちを束ねる長老《シャイク》が気にしなければならない相手に違いなかった。

フーリーは何でもするだろう。それが俺やザイードの、亭主と息子の身の安全に繋がるのなら尚のことだ。フーリーはそういう女だ。

好きにしてくれて構わない。

俺とザイードには関係のない利益を求めたって構わない。

フーリーはもうぼんやり何もしなくても生きていられる理想郷にはいないのだ。生きて行くには何かしらしなきゃならないし、それが法に触れる事であっても、俺が理想郷から呑気に口を差し挟める筋合いじゃない。

「兄貴はずっとそこにいて」

そう言われた事がある。ザイードに関してはわからないとも言われたし本人が決める事だとも言っていたが、ただ一つ、アルカディアマンション第二で拾える物は全部根刮ぎ拾わせろ、とだけは釘《くぎ》を刺されている。俺もそうする心算だし、ザイードもいちいち言われなくたってきっとそうする。

俺とフーリーから始まる、青と黒の目玉を持った一族の、最初の世代。

アル・ジャンナの一族はきっと盗人で強盗で殺し屋で、政治家で官僚でビジネスマンでスポーツマンであったとしてもブルーカラーでもホワイトカラーであっても一人が好きで、そして誰もが青くて黒い目玉を持って生きていくに違いなかった。

だから俺は早くザイードに成長して欲しい。

孫の顔が、正確には孫の目を見てみたかった。

俺は十年後には自分がそう思っていた事を些か後悔する事になる。

ザイードは十五で俺に孫の顔を見せてくれたし、十七になる頃には数人の孫の顔も見せてくれた。みんな青くて黒い目玉をしていて、そして全員が違う母親から生まれて来ていた。そんな才能があるとは思わなかった。

フーリーに孫を撮影した画像を見せると悔しがっていた。まあ四人も確保したとは言えまだ十代前半だろうし長女のザイナブがやっと十六だ。ザイードが早熟すぎるというのもあるし、そもそもこのアルカディアマンション第二は第一と同じく性的に奔放な面があり、特別ザイードがモテるというのでもない。

単に俺の息子が相手に着床させてしまう能力が高すぎる。

どんな避妊もすり抜けて突っ込んでいきタッチダウンを決める。子供を産むのも金がかからないし自分が育てなくとも他の暇な奴が育ててしまうし何より奨励されるものだから、女のほうも物は試しと妊娠したなら産んでしまうという傾向がある。

産めよ増やせよ。

結局、俺がくたばるまでに確認出来た孫の数だけでサッカーでも野球でも試合が組める有様となった。そしてその中で誰一人として、チームプレイが好きな奴はいなかった。

ザイナブやその他三人の俺の子供達には、生殖と出産に関してもう少し神聖視をして欲しい。ザイードはもう仕方ない。

俺だってそろそろ還暦だ。

正真正銘の爺様だ。

働きたくないから餓死するなどと言っていた俺が孫持ちの爺様に、年齢相応の立場になれている。有り難い限りだ。普通であるという贅沢。しかも働かなくても手に入れられたという正真正銘の贅沢だ。

そんな贅沢を無作為に、多数のクソみたいな社会不適合者そのものの連中をかき集めてバラ撒いている熊沢ってのは何なんだ、とは思う。思うがちょっとした疑問と言うだけの話で、何らかの陰謀や策謀が絡んでいようとどうだっていい。

俺は俺の理想郷を享受出来ている。

だから熊沢にどんな正体が秘められていようと、少なくとも俺はどうだっていい。利用されているというならそれでいい。どうせもう還暦のクソ爺だ。

ザイードが巧く立ち回ってくれればいい。あるいはザイードがやたらと拵えた孫どもが、納得出来る人生を選べてくれれば尚のことといい。

バースト通信。

傍受も解読も酷く手間が掛かりその成功も困難という代物。欠点は一方向の報告のみにしか使えない事で、尚かつ乗せられる情報量が貧弱な事だ。圧縮された必要最低限の情報を一方的に相手に撃ち込める、スパイ稼業に従事する者が保有する情報の大陸間弾道ミサイルでもある。

そのバースト通信によって断片的な情報が、時折たまに珍しく俺に送られてくる。

大日本政府がわざわざ整備したインターネット網を使わない通信手段。それを同時に行っているからフーリーからの他愛もないメールには不自然な遅延が伴う。

断片的かつ判断しきれない程度の情報量でも数を重ねればそれなりに俺も類推出来る。熊沢が何なのかという事を、影をつま先で踏む程度には。

「……俺もこの歳であんたもその歳だ、熊沢さん」

珍しく会う機会があったから言ってみた。

熊沢も老いている。俺と同じように。

「手足もろくに動きゃしねえ。最近じゃ水を飲もうとしてコップを落とす始末だ」

「機械の手足に換装してみるかね？　希望があれば便宜を図る」

「そりゃまた見事にＳＦそのものだな」

「フィクションではないよ。プロトタイプは完成している」

「実験台になれってか」

「その気があれば」

「あんたにその気はあるか？」

「ないね。今のところは。だがそうしろと言われれば従うよ」

俺たちが同い年だと知ったのは最近の事だ。あの当時、初めて目を合わせた俺たちは、大人と子供ぐらいに貫禄に明らかな違いがあった。熊沢は理想と目的と手段を持ち合わせて行動する大人で、俺は何もかもが面倒になって積んだ積み木を突き崩す子供だった。

「どっちかが先に死ぬ前にはっきりさせておきたいんだがな」

「それは好奇心で？　それとも何かしらの危機意識で？」

熊沢は絵筆を持ってカンバスに向かっていた。瀟洒な趣味だ。しかし思うようには巧く描けていない様子だった。それは熊沢のしかめっ面を確認するまでもなく、絵の具を無駄遣いしているザマの作品を見るだけですぐわかる。

恐ろしく下手な絵だ。趣味なら趣味で構わないが他人に見せるのは止めておいたほうがいいと助言したくなる。何しろ何を描こうとしているのかもわからない。それはまるでこのアルカディアマンション第二の有様に酷似していた。

「どちらかというと好奇心だ。気になって仕方がない。大体、今更、危機意識もクソもあるか。今すぐ死んだって後悔のない歳だ」

「あなたの息子や娘や孫たちを守ろうという意識ではなく？」

「俺があんたに直接質問して答えを聞ける事が何の守りになるんだよ。言い切ってやるがこりゃもう百パーセントの好奇心で、興味本位で訊くんだよ、熊沢さん。あんた一体何やってんだ？　ここは何の建物であんたは何者なんだよ？」

「ストレートな質問だな」

「回り道で詮索出来るような歳じゃないんでね」

「諧謔《かいぎゃく》は死ぬ寸前まで研鑽《けんさん》すべきだ。ボケの防止にもなる」

「俺が『なんでヘタクソな癖に絵を描き続けるのか』とでも質問したら満足だったか？」

「……そうだな。そのぐらいの言葉遊びはしたほうが人生を楽しめる」

「夕べに死すとも朝に道を問う。その日の日暮れに死ぬ人間に回り道を示すのは残酷だ」

「私が何者かなど、あなたの妻に訊いたほうが早いだろう」

「俺はあんたの口から直接伺いたい。俺の女房も歳の割に忙しく働いてるらしくてな。手を煩わせるのも申し訳ない。何せ、日がな一日食って寝るだけの穀潰しの亭主だ。その程度の気配りをさせてくれ」

熊沢が溜息を漏らす。

絵筆を止める。そして一時、放り投げる。

酷い絵だ。

ブルースマンの歌よりも数十倍酷い。あいつの歌はまだ聴ける。熊沢の絵は見られたものじゃない。

絵や音楽。

そういう文化的な、芸術的な生産品。

それもまたこのアルカディアの「売り物」だった。要するに芸術活動なんてのは貴族の嗜《たしな》みでヒマな人間がやる事で、そしてヒマそのもののここの住人なら好きなだけ打ち込めるはずで、実際、いくつかは世の中に売れた。

ちょっとした小銭稼ぎ。

それが例えば一千万部を売り上げる書籍であろうと一億人を熱狂させるゲームであろうとアニメだろうとまだ足りない。そんな売り上げでは一万人の人間が生まれてから死ぬまでの面倒などみることは出来ない。

商売じゃないからそれは生まれ、そして商売じゃないから他人を養えない。

貴族の趣味とはそういうものだ。死ぬまでのヒマ潰しであってそれ以上にはなり得ない。

この理想郷には摩擦がない。軋轢がない。苦痛がない。だから前へと進まない。

一万人が生活していればごく希に天才が現れるというだけの事で、ここの環境が芸術品を生み落とすのに適している訳じゃない。天才の手がけたものは何をやっていても自然に勝手に世の中に出ていく。たとえ本人が死んだ後であっても。

だけど生産性のない趣味が唯一の能力だったら?

簡単だ。我慢して何でもいいから選り好みしないで仕事をやり続けなければならない。

それが常識だ。それが文明社会であり近代国家だ。

俺だってそこから弾き出された。

そして俺たちはここにいる。

普通に生活し好きな事を好きなペースでやれている。

誰にも強制されずに。

凄まじい勢いで空転する独立した歯車の群れは勝手に回って勝手に止まる。

「……パレートの法則をご存じですか？」

「知らねえな。スタージョンの法則なら知ってる」

「……まあある意味似たようなものですが。要するにこの世を担い支えて回しているのは全体の二割で、八割はそれに寄生している、という話です」

「働き蟻は十四中二匹が何もしてないってアレか」

「比率が真逆ですが、それです」

「人間は蟻んこよりゃ賢く世の中回せるんだろうよ。スタージョンはどんなモノだって九割九分がゴミって言ったからな」

苦し紛れにキレて反論したような、有名な言葉だ。

俺は逆に思うんだが。

百分の一で当たりを引けるのなら、博打としちゃそんなに難しい設定じゃないんじゃないかな、と。実際、百人に一人や百回に一つくらい、そういうのがこのアルカディアマンションから出て世間に価値を認められている。

百に一つの完成品。

笑えるほど工作精度の悪い工業施設。それでも世の中は何でかちゃんと回っている。

「……私がやった事は、その八割九割の怠け者をかき集める事ですよ。結果として自発的に働き始めたのは二割でしたから、帳尻を合わせてみれば蟻と同等なんでしょうな。あなたは一割二割のほうに入っていますがね、イブン・アズラック・イスタマア・アル・ジャンナさん」

「出来りゃ八割のゴミに入っていたかったけどな」

気楽に。

気軽に。

好きなだけ好きな事をして。何の義務も発生させずただ生きていて。

そういう人間だったはずなのだ、俺は。わざわざ意欲的に奉仕する二割になるとは。それもこれもくそみたいな人間関係がなかったからだ。本来、俺という人間は意欲的で勤勉で、それをわざわざ削いでいたのがウワッツラの人間関係だ。

ここにはそれがない。

理想郷の義勇軍こそ俺が望んでいた地位だ。

そして熊沢の地位は何だ？

この無意味な、無駄の塊で出来た非効率な、親のスネを嚙《かじ》り続け貪《むさぼ》り続けるくそがきの群れを統率する熊沢の地位は何と呼ばれるべきなのか。俺はそれが知りたくて堪らない。誰のためでもないし誰を守る訳でも庇《かば》う訳でもなく、好奇心そのものの理由で。

「……お察しの通りだよ。私は非正規雇用の公務員だ」

「まだ回りくどい言い方をするのか？」

「公《おおやけ》にするなとくどく仰せつかっているものでね」

「いいじゃねえか、俺とあんたの仲だ」

「確かにあなたは最古参の部類に入る。このアルカディア計画の中でも。そしてイレギュラーでもある。とっくの昔に息絶えるか、さっさといなくなるかと思っていた数合わせ程度だったものが、最古参の上にこの理想郷に自分の遺伝子をバラ撒いている」

「病原菌呼ばわりは傷つくな」

「いやなに。生物はウィルスによって進化するとも言う」

「俺の存在は何か進化を促したか？　あんたの王国に。いや皇国と言い換えようか？　非正規雇用の皇族殿下」

「あと数世代はしないと答えられない質問だな、それは」

「俺もあんたもその答えを得られないままくたばる」

「その通りだ」

「じゃあ何のためにこんな事をする？」

「何度もそれは言っている」

「世界の終末に備えるため？」

「そう仰せになられたから私は活動している」

「お偉いお方のご意志で？」

「その通りだ」

熊沢はまたヘタクソ過ぎる絵を描き始める。絵の具に絵の具を塗り重ね続ける。

お偉い誰かのご意志。万世一系を引き継ぐ家族。

まるで俺の家族のように。

そして何の権力も持たない、それだからこそ税金を投入してでも「ただ生きながらえ血脈を存続させる」事が至上命令にして義務という、個にして公を兼用するイレギュラーな存在。それはきっと本物の、世界でも数少なくなった本物の王室だ。

そして熊沢。

その小さな王国における非正規雇用の公務員。

熊沢の名を与えられてそれを騙《かた》るニセモノの王様。そしてここは無残に描かれた油絵の行く末、一つの理想郷、そればかりは決してフェイクでも贋作でもないが、詐欺には違いない。自転車操業でいずれ破産するに違いないものの数世代後を見据えているとは滑稽な限りだ。

大日本政府のシンボルにしてそれ故に何の権限も持たない存在の代行として、熊沢はこの理想郷を作り上げた。幾多の犠牲をものともせずに。ブルースマンあたりがそれを知ったら屈辱のあまり憤死するかも知れない。

権力者。

特権階級。

富裕層。

政治家。

官僚。

そして貴族と王族。

ブルースマンにとってそれらは何をしようと打倒すべき敵であろうはずなのに、その敵から情けを受けて金を貰い、しかも身勝手で偏見に満ち思い込みの激しすぎる主張を喚き散らしてアマチュア無線で垂れ流しているのだから。

フーリーの調べ上げた事が、俺にバースト通信で届けられた情報の断片がここでこうして結実する。

「世界の終わりは本当に来るか、熊沢さん」

「来るだろうよ」

「来なければ、自分から引き寄せるか？」

「君の父親と妻が、それを与えてくれるかも知れない。私の目的はそれを防ぐ事じゃなく、その後の話だ。防ぐのは他がやっているが、君の家族はその上を行く。この世界に火を点けるのに、恐らく成功してしまう」

昔、同級生の家に火を点けに行った。

ブルースマンの家に。俺は失敗したけど、親父たちは成功させてしまうのかも知れない。そんな事をして何になるのだと言われたって、当時の俺が気に入らなかったからと答えたように、親父たちもそう答えるだろう。

本当の事など中々、言葉に出来ないし、他人に同意してもらうような事でもない。わからないなら、わからないままでいいのだ。多数決では決して存在を肯定してもらえない連中の集まりなのだ。

「何があろうとこの理想郷の守りは鉄壁だ。心配しなくていい」

「何もないより、何かが起きなきゃ逆に安心出来ない？」

「認めるよ。どうせなら私が死ぬ前にそれがやってくればいい。私は来ると思っている。お偉い方も心配しておられる。だが杞憂に終わるならそれが一番だろう。そこまで理解した上で言うが、私はどうせなら大災害を体験したい。たとえ自作自演でも」

本当にこの理想郷は、世界を埋め尽くすほどの洪水に耐えられるのか否か。確認しなければ安心して死ぬ事も出来やしない。その気持ちはよくわかる。何にしたって試し撃ちは必要だ。それこそ好奇心と危機意識がないまぜになった感情を理由にして。

フーリーは俺に、ここを絶対に出るなと繰り返す。

その理由までは明言しない。それが一番幸せなんだろう。そのフーリーの見立てもまた正確で何の誤謬《ごびゅう》もなく正鵠《せいこく》を射ていた。

熊沢は。

この男は。

決して最後までそれを自ら認めはしなかったが。

その手で恐らく、自らが深く関与する形で。

あろう事かこの国に、三回目の核爆発を体験させた。二番煎じどころか三番煎じ。

割かし近所で発生した核爆発による電子パルス効果は、ブルースマンのラジオ放送を一時沈黙させた。

この理想郷で俺が被った損害はその程度だった。

熊沢は自らの手で理想郷の検算を行い証明を終了した。

さぞかし満足に死んだだろう。

それは警告と称した薄っぺらく音量《ゲイン》の低い警鐘であり、その実、革命の狼煙《のろし》であり、そして詰まるところ、熊沢の身勝手な最終計画の結実に過ぎない。

善意そのものでそれを行ったのがなお、たちが悪い。

ところでこれは、俺が神の実存を確信するきっかけになったのでついでに言うが。

熊沢は親父とフーリーの画策を看過する形で、原発事故に見せかけて小型核爆弾を炸裂させた。必死になってフーリーが個人輸入したであろう、お高くついた爆薬だ。親父たちは露骨なテロでは飽き足りず、天災に紛れ込ませる事を画策し、熊沢らもそれを望んでいた。

露骨なテロではすぐに敵と味方が別れる。天災がともなうと、誰が悪くて誰が敵なのかがわからなくなり、その分、みんなに思考の余地が生まれる。そこが落としどころだった。だから親父も熊沢も、自分たちが生きているうちにそれらが実行されるかどうかが最後の最後まで計算できなかった。

つまり本当にそこだけは神の領域だった。何かが起きて初めて全てが噛み合う。最後の詰めは天運任せだったのだ。

それだけでも笑えるというのにまだ載せる。

大地震が来て原発事故が起きて核爆弾が炸裂した。そのタイミングで、まさにこの何万年に一度のタイミングで、ほぼ原発施設を直撃するように小型の隕石が落下し、核爆弾に依るものとは別のクレーターを、まるで重なるように大地を抉って描いた。

確率変動はまだ続く。大当たりの連鎖が信じられない程に続く。

火山まで爆発した。

かつて熊沢は俺に「世界の終わりに備えている」と言った。例えばどんな？　と言った俺に挙げた事例が三つも四つも重なった。

これが神の実存証明でなくて他の何だと言うのか。

笑えるほどの悪意と悪趣味の連続打撃。

何のために神サマはこんな真似をしたのかまでわかる。

親父や熊沢みたいな奴らに、世界はそうそう終わりも変わりもしないのだと思い知らせるためだ。大地震も原発事故も隕石の落下も火山の噴火も、ここまで重ねたところで、この国に住んでいる俺たちがそもそも「大変だな」と思った程度の影響しかもたらさなかった。

ノアの言う通り大洪水が来て世界は水没し、長い航海の果てにノアの箱船は大地に辿り着き乗せた家族と動物たちの命は確かに救ったのだが、同時に箱船に乗らなかった人間も動物も何となく生き残っていた。そんな状態だ。

そりゃ確かに人が死んだ。環境も多少悪くなった。

それでも世界は終わらなかったし人類も滅びなかった。

こんな面白い冗談を実行する奴なんて神サマ以外の何がいるというのだ。人智を越えた悪ふざけが人智の小ささを教えてくれていた。

俺は笑いが止まらなかった。

熊沢はテロを強調するものの、人為を越えた天意のまっただ中で悪いのは俺だと言いたて続けるけなげさは俺に腹を抱えさせるのには充分過ぎた。笑い死にさせる気かと思った。

安全で安心で堅固そのものの理想郷に守られながら笑っていた。

その面白い冗談がどうなったかと言えば。

それは悪趣味すぎて笑えない悲喜劇となった。

熊沢を殺す指示はブルースマンが出した。奴はもう伝説の活動家だった。アマチュア無線で危機を訴え続けそしてそれが実現し時の人となり権力すら握った。あいつが言っていた万年野党が遂に与党の座を手に入れ、そして革命とすら呼べる社会改革が実行に移された。

奴はもうブルースマンではなかったし、熊沢もまた変わり果てていた。

熊沢は日本のガイ・フォークスであり、ブルースマンはフランソワ・ダミアンとなり、同じく改革と変化を求めた二人は自身が同一化すべき史実上の二人を分け合った。

王制打倒のために黒色火薬を山ほど炸裂させようと計画したガイ・フォークス。

絶対王政を叩き潰すために国王殺害を企てたフランソワ・ダミアン。

結果として熊沢は体制のために自作自演の爆発を目論み成功させ、ブルースマンはそれで生まれたファシストそのものを殺害する事に成功したのだから、二人とも本家の模倣でありながら成果としては上を行っている。

かくして熊沢の描いた無様な絵画は白ペンキ漬けにされ真っ白なキャンバスに戻る。

どれだけ白く塗りつぶしたところで、パレットナイフでこそぎ落とせば、その下には熊沢の描いていた無様でヘタクソな絵画が相変わらず存在している。

新たに最初に描き込まれた色は赤で、それは鮮血の色で、色あせる事のない赤だった。

描き込んだ絵筆を握っていたのはザイードだった。

ザイードが、俺の長男が熊沢を暗殺した。ブルースマンの信奉者で国に従う事を是としないあいつは、熊沢の意図を察したと同時に処刑すると決めていた様子だった。

まあそんな非正規雇用のエージェントが一人や二人殺されたところで世界には大した影響もない。精々、このアルカディアマンション第二の管理人が替わるというだけの事で、世界どころかこの国すら、核の一発ぐらいでは大して身動《みじろ》ぎもしなかった。

死ぬまで俺の面倒を見る予定はない。飽きたら離れる。

ザイードはその宣言通りに俺から離れていった。

寂しくないと気勢を示せるほど俺はもう若くない。

好きにしろと諦観を以てして、俺は我が子の独立を遠い目で受け入れるしかなかった。

歌を聴かせすぎた。

語る言葉を耳に届かせすぎた。

ブルースマンの口から出る言葉は、生きるために必然的に発生するストレスを可能な限り掻き消したこの理想郷に於て魅力的なドラッグとなりザイードの思考に刺激的な楽しみをもって容易く侵入し染め上げる。

ブルースマンをあんな存在にしたのは俺だ。

本来なら無害に消えて潰れていたブルースマンをここまでにしたのは、この理想郷からあいつを叩き出したからだ。

熊沢は、たかだか目の色が左右で違うだけの俺などより、あのブルースマンのような存在をウィルス扱いすべきだったのだ。人は、普通の凡人は、ストレスを感じ不当な扱いに耐え苦痛に悶え、その上でなければ自我を育てられない。

ブルースマンはここアルカディアマンション第二ですら半数以上を信奉者として獲得していた。そしてブルースマンには熊沢が有していた理性を保ったまま顔色一つ変えず何人もの人間を犠牲にするなどという真似は出来はしない。そんな男が祭り上げられこの理想郷に火を点けようとした。

ここに住む何人もの人間や熊沢という金と権力を持った狂人の、長年の願いはそこに行き着く。理想郷が手に入らないのなら焼いてしまえばいいという答えを導き出す。そうやって行き着く先は煉獄そのものに違いないだろうが、そう成る遙か以前に俺はこの世を去るだろう。

どうでもよかった。

お前らの天国と理想郷が凝縮され進化したその先が地獄であろうと煉獄であろうと、俺が生きているうちにやって来ないのならばどうでもいい。

あとは次世代の、その先の、そのまた先の世代まで気が済むまでやればいい。

その頃にもまだ、左右で目の色が違う、俺の一族は続いているのだろうかと、その程度の好奇心のみを口実にして俺は熊沢の死とこの理想郷の変化を受け入れていた。

もはや語るべき事も俺の寿命もそんなに残っていない。

俺の長男がよりによってブルースマンに奪われた話の続きでもしようか。

やるじゃないかと苦笑が漏れた。ザイードにもっと色んな音楽を聴かせるべきだったと後悔した。あいつの奏でる音楽などウワッツラだけのモノマネにしか過ぎないと判断させるだけの教育を行うべきだった。

ブルースマンは、理想論がそのまま実現する程度の可能性ぐらいは正しかった。熊沢は間違った。マッチポンプのテロを起こして国民全体にリアルな警鐘を鳴らす事を選択した。

それは理想に近づくための手段が、アプローチが違っていただけで、ブルースマンも熊沢も結果としては同じ理想を抱いていた。ならば同類同士で勝手に殺し合いをすればいい。だが現代のフランソワ・ダミアンは自らの手ではなく俺の息子にナイフを持たせた。

ザイードはもうガキじゃないしあいつがそうしたいと思って実行したのなら、文句は何も言うべきじゃないのだろう。当然捕まって裁かれて刑務所に入った。熊沢がどんな特権階級だろうと特殊な職業だろうと、殺した場合の裁かれ方は他の誰とも変わらない。

動機よりも犯行そのものの経過のほうが興味深い。

ザイードはナイフ一本で熊沢を殺したのだが、容易くはなかったらしい。あのフーリーの遺伝子を肉体的に色濃く継承したザイードにとって、還暦を過ぎた爺さん一人を殺す事など野菜を捌くより簡単なはずだったのだが、俺の息子は熊沢に、腕を丸ごと一本と鎖骨やら肋骨やら何やらをへシ折られていた。まさか熊沢にそんな戦闘能力があるとは思わなかった。

血塗《ちまみ》れで腫れ上がり陥没し裂けた顔でザイードは、血の海の中で熊沢を突き殺していた。熊沢の体には大袈裟な鎧が巻き付いていた。

俺にいつか話してくれた、機械による人体部位の代替。

そんな気はないと言っていたのに熊沢は使っていたらしい。肉体的には今こそがピークと言えるザイードと拮抗するほどの戦闘能力を還暦も過ぎた爺様に与えてくれるとは。テクノロジーも中々やるもんだと思った。

「あいつは許せねえ。核爆弾のテロなんか手引きしやがって」

「俺に言うな、法廷で言え」

「法廷で言ったって誰も聞いてくれねえだろうから父さんに言ってんだよ」

それに熊沢だけではなく、親父やフーリーなんかも糾弾しなければならなくなるのだが、そこまでは教えないでおいた。敵は少ないほうが敵意を集中させる事が出来る。

だから証拠もなしにザイードは、犯人と特定され裁判判決まで確定させた。私的制裁は相変わらずこの国では、なにがどうであろうと犯罪行為として裁かれざるを得ない。しかしそれ故、気分がいいだろう。

俺の家族で、嫌いな奴の家に火を点けられなかった間抜けは俺一人だ。

「……まあ懺悔《ざんげ》室の代わりくれえしかやってやれねえよ、俺は。最悪の親父だ」

「母さんのほうがろくでもねえよ」

その吐き捨て方はちょっと遠慮がちで、薄々、何かに気づいているのではないかとも俺に勘ぐらせたが、その程度の疑惑なら自分でどうにかするだろうと言及せずにおいた。

「……そう言うな。あいつだってそんなに偉くはねえだろうよ。責められる奴ってのはそれなりに偉い立場なんだ」

その程度に庇ってやった。ウワッツラで、相手に心地よく。

両親揃ってろくでもねえとは子供らに面目《めんぼく》ない限りだ。

小型核爆弾を供与した親父の組織はとうに瓦解《がかい》したし、親父はひっそりと暗殺された。親父は第三次世界大戦を実現させようとして届かず、理想とした世界は為し得ずに死んだ。死んだ先で、親父が望む理想郷に行ったかどうかはわからない。俺はやめさせろと言ったしフーリーもそんな事はさせたくなかっただろうが、残念ながらそういう意志決定は常に上層部が決める。どこであろうと人間が何人か寄り集まればそうなる。

このアルカディアマンション第二だって緩やかで、全く気にならない程度であったとは言え管理人であり支配者でありリーダーである熊沢がいた。俺の息子が、もう少しで逆に殺されていたところだったという程の武力まで備えて。

「どんな武器だったよ、熊沢のは?」

「銃とか剣とかそういうんじゃねえよ。白兵戦ですらねえ肉弾戦だ。熊沢のゲンコツがまた効いてよ、これが」

「俺ァお前が、このマンションで一番ケンカ強いかと思ってたよ」

「あんなズルされたんじゃ苦労もするわ」

それでも結局は殺しきったのだし、ザイードだって素手じゃなくナイフを使ったのだからお互い様だろう。それが鋼鉄で出来た機械式の義手や義足の生み出す攻撃力だったとしてもルールはきちんと守っている。

こいつは、ザイードは、俺の息子は、この理想郷で無駄にケンカが強い。

最強だろう。

それが何かしらの誇りになるなら抱えていればいい。

「……父さん、前に言ってたよな、どうせなら寿命を測定しろってよ」

俺の左手首に巻き付いたブレスレットを意識した。

そんな事を言った覚えがあるし、覚えてないとも言いたくなる。俺は随分耄碌《もうろく》している。

歩くのも一苦労という程に。

「熊沢はそれ、実行してたぜ。あいつの義手に内蔵されてた」

「……本気にしたのか、あの人」

「何でもすぐ真面目に受け止めちまうんだ。だから核なんて時代錯誤な爆弾を爆破させて危機意識を煽ろうなんて考えて実行するんだよ」

「まるでオジマンディアスだな」

「……何だそれ？　ラムセス二世だっけ？」

「ウォッチメン」

「はい？」

「ま、人間は共通の敵がいて団結するってのは何もご明察って評価してやれるほどのモンじゃねえしオリジナルでもないけどな。……お前は音楽もそうだけど映画や漫画ももうちょっと見たほうがよかったな。せっかく、ここの図書館には一万人が一万回楽しんだってまだ余る量の娯楽メディアが揃ってるっつうのに、よりによって政治的義憤が楽しいたあな」

「遊びでやってんじゃねえよ」

「そりゃお前、遊びはな、遊びじゃないって言い張ったほうが楽しいからな」

「……俺は父さんの、そういうニヒリスティックな嘲笑主義的なとこが嫌いだよ」

「本音で話してるだけだし、余計な人間関係も築きたくない。そのための牽制っちゅうところだな。お前にまで嫌われるのはちとやりすぎかって気もするが」

遡れば追従《ついしょう》や建前が嫌いだという理由こそが、誰しも多かれ少なかれ持っていて、そして我慢して宥《なだ》めて鈍感である事を自分に強いている平凡な感情。俺にとっちゃあ拷問と同意義だったというだけだ。

そんな事だから実の息子にも道を指し示してやれない。

そんな事だから強固な目的意識を持ったブルースマンに息子を取られる。

「……父さんがくたばる前に俺ァ刑務所から出られるかね？」

「弁護士ならこのアルカディアにもいるが、何せ熊沢さんを殺しちまったんだ、お前を弁護してくれるかどうか怪しいもんだよ」

「懲役長引くか殺されたら、死に目に会えない。そりゃ勘弁してもらいたい」

「いいよ、そんな事ァ。俺のほうがお前には謝らなきゃならねえ事が多い。その程度じゃ俺に迷惑かけた事にゃなんねえよ、これっぱかしもな。本当に俺は、反省してんだぜ、お前がそうなっちまった事に関しちゃ」

そう慚愧《ざんき》される事すらザイードには不本意だろうが。俺だってこいつの歳の頃にはそんな感じだった。そうやって間違いを繰り返し見当違いの怒りを、むりやり作り上げた敵に対してぶつけて溜飲を下げていた。趣味で。

「……熊沢の寿命はあとどのくらいだった？」

「三年ちょい」

「そんな爺を殺したところで勝ったか負けたかわかんねえな」

「勝ったよ。殺してやった」

「それで世の中は変わって万民が幸福になれるか？」

「知ったこっちゃねえよ。あれがただの耄碌《もうろく》爺なら多少後ろめたい気になるけどな。あんだけ全力で殴り合って殺し合って、刺し殺した。こいつが一番重要だ。世の中がどうなろうと知った事か。刑務所で見守らせてもらうだけだ」

あいつはただの管理人に過ぎない。金も権力もよそからの借りもので、テロリストですらありゃしない。そんな奴をどれだけ苦労して殺そうと世界は何も変わりはしない。だけどザイードの中で正しいのならそれでいい。

倫理や道徳など関係ない。他人から認められるであろう、科学的論理的な意見からすら間違っていたってそんなものは関係ない。自分一人が納得していればそれでいい。その先にこそ理想郷や天国がある。

俺がきっと、終生、得られない境地の一端を、我が息子は握り得ている。

羨ましい限りだ。

俺は結局、誰にも、自分自身にすらさえも、火を点ける事をしくじった。

「……んなヒマあるなら俺の老後を面倒見ろよ、バカ息子が」

「その手の手間ならここは俺がやんなくたって充実してるだろ」

熊沢が、俺が入居時に言っていた事をぼんやりと思い出す。

何もしなくていい。

だが何もしないのもヒマで仕方がないですよと。あれほど望んだ「働かなくていい毎日」にすら人は飽きる。ザイードは義憤や思想よりもただ単に、何もしなくていいここの生活に飽きただけなのかも知れない。俺は昔、天国の話を親父にされて、とてもつまらなそうな世界だなと思った。火を点けて燃やしてやりたいとすら言った。

言った癖に、このザマだ。

「……母さんは楽しかったかね、ここから外に出て」

「ヒマじゃなかっただろうな。世界は全土が理想郷じゃない」

「ここに戻ってくればよかったのに」

「ギリギリまで、テロを妨害して、少なくともここに被害が及ぶのを阻止した。そういう好意的な見方をしてやれよ、息子なんだからよ、お前」

そしてフーリーは無理をしすぎたのかも知れない。

疎んじられるほどに。

邪魔者扱いされるほどに。

俺やザイードを守るために。

だからかも知れない。

フーリーは、俺の妻は結構前に東アジアの内乱で撃たれて死んだ。ザイナブが俺に報せてきた。浮気はしなかった、という余計な一文を添えて。そんな事をわざわざ断られたら却って勘ぐるではないか。俺の娘はヨーロッパ人と結婚し子を儲け、あるいは息子が、そしてまた別の娘がブラジル人とアメリカ人とアフリカ人と中国人と韓国人とモンゴル人とロシア人とメキシコ人とアラブ人と、日本人と、とにかく各国各種様々な相手と結婚し孫を作りひ孫まで到達し、その多くが左右で目玉の色が違うという、ただそれだけが特徴で、これといって利点もない虹彩異色症に罹患していた。

それだけだ。

世界は終わらないし、しぶとく生き続けている。

俺の遺伝子が何かしらの影響を与えているというのは、俺には確認出来ない。それこそ熊沢が言ったように数世代を閲《けみ》しなければ実感として現れないであろうし、それが具現化する頃には、それが変化であるとも認識されない当たり前の事になっているんだろう。

そして世界と隔絶したこのアルカディアマンション第二は狂人と賢者を行き来する伝説のブルースマンの遺志を継いで独自の閉鎖系空間における進化、あるいは変化のない保全を続けていく。絶海の孤島に住む生き物が紀元前の生き物の姿を継承し模倣するように。

その終わりを俺は目にする事が出来ない。

世界は史上三度目の核攻撃など忘れたように隕石の落下によって大混乱だそうだが、モルヒネで麻痺した俺の脳はそんな事はどうでもよくなっている。たゆたいうつろい微睡みながら、俺は俺の体の中が暴走し壊れていくのを他人事のように感じている。俺の体が壊れていくように世界もまた壊れていくのだろう。その先に何があるかと言えば死でしかない。そしてもしくは死からまた再生するのかも知れないが。

幾多の人間が絵の具に絵の具を重ねて描いた理想郷に於ても死は避けられない。

ザイードが好き放題に作って産ませた孫達がひ孫まで引き連れ、俺を見ている。看取っている。ザイードは今もまだ刑務所にいる。最早、ブルースマンを父とし親父と呼び、あの甘ったれた革命思想とウワッツラの社会主義者が奏でたクソみたいな楽曲だけを歌としていた。俺を見る目は最後まで他人のそれだったしそれもまた俺は心地よい。それはウワッツラではなかろうからだ。

別に構いはしない。

ザイードの顔がわからない。

妻の顔すら思い出せない。

ザイードは刑務所の中で、俺が働きたくないから餓死するとか喚いていた年齢になっている。俺はその歳でフーリーを天恵のように得たが、それは別に男女関係としての意味じゃなかった。ザイードも死刑でなければいずれ出られるかも知れない。どこかの土地で崇められるなんて名前の神様でもいいが、あいつにも何かしらの天恵を与えてやって欲しいと願うばかりだ。

俺は死ぬ。

やっと死ぬ。

働きたくないと喚いてからのち、半世紀以上も生きていられたとは驚きだ。意地だけで百歳を越えてやったが、それももう限界だった。

くだらない、何の意味もないであろう人生だったが、まあそこそこ楽しかった。どう生きるかの次はどう死ぬかでしかなくて、俺はどう死ねばいいのかは答えを得られた。百を超えてやろうとただそれだけが楽しかった。

熊沢の顔ではなく、熊沢の描いていたヘタクソな絵ばかりが俺の脳内を過《よ》ぎる。過ぎり続ける。

芸術は模倣から始めると言うが、熊沢はスタートラインで足踏みを続け一歩も先へ進めないまま俺の息子に殺された。あのひげ面の大男、与えられただけの姓にしては随分と熊沢という名に似合う外見だったあの男が遂に模倣にすら辿り着けなかったあの絵の事ばかりが俺の脳裏に去来する。

邪魔くさかった。

どうせなら出会った頃のフーリーの裸体でも思い描きながら死にたいというのに。何だってあんなヘタクソな絵を思い浮かべながら死ななければならないのか。

あの絵。

元になった名画。

荒野に野ざらしにされた髑髏と、それに怯える男が二人。

何というタイトルの絵だっただろうか。

思い出せない。

それに苛立っても舌打ちすら出来やしない。

あの絵のタイトルが思い出せない。

半分以上死滅したような脳細胞をフル稼働させて漸く俺はそのタイトルを思い出す。そして思い出した瞬間に俺は、人としての寿命を終えた。俺の息子と孫とひ孫に囲まれ看取られながら、ベッドに横たわりチューブと配線を山ほど突き刺された姿で干涸らびるように俺は死ぬ。

天国は見つかったか。

親父の言葉が耳に蘇る。ありゃあ見つけないほうがいい。探し求めているうちが華だ。結局どこにも火を点けられなかった俺だからこそ、些か負け惜しみと自覚しながらもそう思う。見つけた瞬間、そこは天国でも理想郷でもない現実に変化してしまう。

敢えて言うなら死んでしまえばそこにある。

苦労に苦労を重ねて何を揃えて並べてみたって、結局はそれが一番簡単なのだ。

どれだけ盛大に思い込みと勘違いで飾り立てられた理想郷にも、死という唯一確実な免罪符は、決して消えずにそこにある。だから好きなだけ間違って好きなだけ迷惑をかけて楽しく生きて、そして死んでしまえばいい。やったもん勝ちだ。

とは言え俺自身が本当に楽しかったかとなると、答えに窮する。

結局俺は、バカ騒ぎに乗り損ねたという後悔だけは認めざるを得なかった。

ディス・ランド・イズ・ユア・ランド

俺が生まれる二世紀以上前の話から始めると、この国に、少なくとも理想郷を謳う建物が用意されてから数えて二回目の災害が起きた。一度目の派手さに比べれば、何という事は無い災害だったし、もう完璧に近い備えをしていた我が国の国民は、外が少し騒がしい程度の感想しか持たなかったと思う。

問題は、外で暮らしていた国民だ。国民としてカウントされていない連中だ。当時でもまだ総数で数千人近くいた。二つに分かれて暮らしていたけど、二千人とちょっとずつ、という分かれ方をせずに、酷く偏っていた。

多いほうを「第一」と呼ぶ。何ならファースト・アローズでもいいが、ちょっと誤解を招きそうなので避けたほうがいいかも知れない。ともあれ第一の集団は数千人、翻って我らが「第二」はどう見積もっても十分の一、数百人が関の山だった。

第二の建物自体は堅牢だ。その時にやってきたのは地殻変動による大地震と津波だった。この国全土の海岸線が盛大に変わるような代物だったけれど、それが地震と呼ばれる物ならどんなに大きくても、我らが「第二」は言うに及ばず、最新かつ正当進化を遂げた量産品である「第三」に至っては全く響かない。

恐らく、第一の数千人がもろに被害に遭った。何割か、決して少なくない数が、国に助けを求めて第三に収容され、めでたく我が国の国民として認知される事となる。意地を張って残り続けた更に半数以上は当然、死んだ。ただでさえ汚染されまくった土地が、水浸しになったり盛大に揺れたりしたのでは堪らない。

で、第一の総数のうち、百分の一ぐらいに薄まった数の人間は、ご先祖様が忌み嫌った第二に駆け込む事になる。

こうして、大災害をきっかけに、また第一と第二は解け合う事となった。

事態が収束し始めた頃には何十年か過ぎていたから、当事者は殆ど老衰で死ぬか、逃げ込んだ先に順応するかしていた。それでもぼちぼち、第二にも第三にも馴染めなかった厄介な連中が、また好き好んで路上生活を始めた。

第一に「帰る」者はいても、第二に「帰る」者はいなかった。

何故なら、第二の住人、数百人は一人も逃げ出していなかったからだ。

かつては一万人を収容する規模を目指した「アルカディアマンション第二」は、住人数に対して施設的な余裕は持っていたし、多少の災害など第三同様、屁でもない。

場当たり的な狩りと農耕、襲撃によって自分たちを維持してきた第一は酷く原始的な集団だったが、拠って立つべきマンションはとっくの昔に倒壊していた。倒壊した建物には誰も入れなかったし、その建物をモニュメントとして、この国の本当の首都であり中心とする宗教じみた真似さえ始めていた。

規模は違えど、第一の住人、もしくはファースト・アローズを「路上生活者」と称することは、そんなに間違っていない。説明不足だがいいところを突いている。それは対比としてわかりやすいし、たまに襲撃や強奪が発生するので、第三で天国を謳歌する連中にとっては刺激的な存在となった。あのマンション内で生産される創作物には、毎度のように敵役としてファースト・アローズが用いられる。

我らが第二にお呼びはかからない。セカンド・アローズは登場しない。

話を今度は百数十年か前に戻そう。そんな感じで外から、数十人ばかり生きのいい住人を新たに調達し、俺の親父達はとても嬉しかったみたいだった。完全に新しい血筋が入り、そして何より、新しい住人たちは、親父達が持ち得ない「公的機関による正式なお墨付きの入った」生体チップを脳内に宿していた。

言い忘れたが第二の住人はみんな狂人だ。だからきっと三大欲求が薄い。寿命は短くても、第一の住人のほうがまだ可愛げがある。

第一から第二に来た者には生体チップはなかったけれど、遺伝子のバリエーションとして解剖された。第三を経由して来た者（多くは既に第二に駆け込んだ、元第一の呼びかけに応じてやってきた）は、生体チップというお土産まで携えて来た。

親父達はみんなマッドサイエンティストで代々生まれた時から頭がどうかしていたので、そいつらをみんな解剖したのだが、仲間内でも発作的にやった。互いが同意すれば、手足を引き千切るのは勿論、死ぬまで内臓を摘出する事までやった。

そして欠損した部位に代替品を埋め込む。それらの研究が飛躍したのも、第三から来た住人を切り刻んで得られたものだ。

生きていくだけで精一杯だった第一と違って、第二は生きていくだけなら簡単だった。自分たちで施設を維持して機能させていればいい。尚かつヒマを持て余していて、第三、というよりこの国そのものへの恨みだけが執拗に残っていたという厄介な素性を併せ持っている。

もう何が切っ掛けで恨みを抱いたのか誰も明確に覚えていない有様でも、そう思考する事が当たり前になっていた。この国に限らず、人間なんてのは空気を読んで同調圧力でも発生させなければ、群れの維持が困難なのだ。群れなければ生きていけない生物の癖に、自然に放っておけば和を乱し始める矛盾は百何年どころか紀元前から見たって、この生き物が抱える宿痾《しゅくあ》と言っていい。

その成れの果てが俺だった。

矛盾と恨みと、そして膨大なヒマの集合体。

天国と楽園と理想郷の、全てから弾き出された連中の残滓を寄せ集めて造られたのが俺だった。二世紀以上も閉じこもって引きこもって俺という存在を造り上げた時、親父達は数百人どころか十数人に減っていた。もっとも、自力で脳摘出手術まで辿り着けるようになったお陰で、その二、三倍は一応、住民の数に入れてもいいと思うが。

何にしてもここは理想郷どころか地獄そのものだった。

こんなところにのこのことやってきた天国の住人が哀れで仕方ないが、自己責任という事で納得していただきたい。それに親父達は薬物と巧妙な施術によって、被験者にここが地獄だとも気づかれないまま全てを行ったに違いないし、誰も糾弾する者はいないだろう。

そして生まれた俺は、生まれた時から、左右の目の色が違っていた。

青くて、そして黒かった。

虹彩異色症など、親父達の中にはいなかったというのに、突然現れた。いや一人か二人いたらしいが、それはこの第二という建物がまだ正常に機能していた時代まで遡って初めて見つかる。

最初期の遺伝子が世紀を跨いで顕現した事になる。

親父達はそんな事実に感動したりはしないので、容赦なく抉られる事になるのだが。

生まれてすぐにブチ込まれた生体チップのお陰で、俺の記憶はそこから始まる。

親父達がオーバーライドして勝手に改造した生体チップ。本来なら脳幹に一つのところを三つも入れやがった。余計で多彩な機能を満載して。

だから俺は親父達がこの子は成功かと息を呑んで見守っているのも知っているし、百科事典数万冊分の情報ももう持っていたし、親父達の誰かが勝手にギター片手に演奏するカントリー・ミュージックも聞き続けていた。

俺は成功例だった。

親父達が二百年以上の歳月と数百人の命を犠牲にして生まれたスクラップ・アンド・ビルド。

何の問題もなく健康そのものの体を引き千切られて、代わりに親父達が造った器官を埋め込まれた。左目を抉られて義眼を入れられ、両手の指を何本か切り離されて義指と交換され脊椎にある七個の頸骨とその間にある椎間板も人工物に交換された。肘も膝も足首も関節という関節、そして神経接続の全てが親父達の発明品と置換された。

俺の体で遊ばないで欲しいと思った。

それらは生体チップと同様、人工物とは言え俺の体に成長と共に馴染みやがて一体化していくバイオテクノロジーの産物ではあったが、健康な体をわざわざ解体してまで埋め込む必要は本来ない。単に俺の全身に、通常の四倍の数埋め込まれた生体チップと連携させるには必要だっただけだ。

最初から無駄な物を俺に仕込んでおいて、それを反映させるために更に余計な物を仕込む。

無駄の塊だ。それが俺だ。頭の中では下手くそなのか上手いのかもわからないカントリー・ミュージックが絶え間なく流れ続けている。

他人に管理される事を親父達はとても嫌う。

政府、及び自分たちのシェルターにいない全ての人間を嫌って信用しなかった。我々だけがシェルターで完璧な守りを備えられた、二世紀にもわたって我々を狂人扱いしてきたお前達を信用出来るか、助けてもやれるか、という、わかるようなわからないような、言ってしまえば子供じみた腹いせ。

信じているのは身内だけだ。

今でこそ俺の親父達は結果として正しかったと言える。親父達はどんな賢くて偉い人たちから否定されバカにされようと、世界の終わりなるものに備えて続けていたのだ。

そんな親父達の口癖は勿論、ノアが箱船を造り始めていた時に周囲はノアを狂人扱いしていたという逸話だ。しかしノア自身、最初は、そして長く時間が経てからのちも「私が間違っているならそれに越した事はない」と口にしただろう。

親父達も建前としてそう口にした。そして他の人間が集まってきた。みんなどこかで先見の明があったかというと、きっとそうじゃない。

世界は終わらなかったまでもそれを連想させる大災害があったから、それが何万年に一度という事故と災害であったとしてもまた来るのではないかという不安に苛《さいな》まれてぽちぽちやってきた。大日本政府が公的に国家事業としてそのフォローをしていたから大多数はそれに準じたが、世の中何年過ぎようと国家を頑なに信用しない革命気質の連中は事欠かないほど存在している。

彼らは平凡な生活に飽き飽きしていて、国の保護に唯々諾々と従うのは平凡そのもので我慢ならず、常に「国は無能で間違っている」と思い込む。そうしなければ落ち着かない。

それは間違っていて時間と金の無駄であるとわかっていながら止められなかった。

破滅を待ち望む趣味は、きっととても楽しかったのだと思う。

俺は百までは生きると俺の生体チップは、三つともそう結論していた。百まで生きたら、この地獄みたいになった理想郷には俺しかいなくなるだろう。

俺はもうたった一人でも生きて行けて、どんな行動もよほど無茶な行為でなければ実行できると自信を持っていた。

親父達が執念の末に開発した俺というバイオ・ドローンは理想的に完成し不具合もなく、俺が唯一の成功例である事を証明するに充分だった。

親父達は結局のところ、変わり者扱いされているだけできっと満足だったのだ。

全てはそこから始まって、そこで終わっていれば何の問題もなかったというのに、本当に大事故が起きて人が死にまくって、そこで価値観がきっとひっくり返ってしまったんだろう。

何せ確かに世の中は激変し人も大勢死んだけれど、政府がさっさと対応した。国が本気になると、親父達の数十年など十分の一にも短縮できる。

世の中は、親父達の必死で造った共同体を軽々と凌駕する巨大な共同体を、国として設計して建設しそして容易く維持した。

そこで言われる事はこうだ。

「そんな手作りのボロ小屋みたいなところで遊んでないで、さっさとこっちに来なさい」だ。

百パーセント何も間違っていない善意の忠告。

きっとその手の勧告が何度もあったに違いないし、今もたまに来る。

まだ生きているという事になっている個人宛に。その全員が、この世に存在しない俺のために犠牲になって死んだ。そういう人たちに一番言っちゃいけない事を無神経に言ってのけたに違いない。

そんな事を言われたら怒るのが親父達という狂人の集まりが有している特徴だ。きっと言うほうも薄々気づいていただろうけれど、言わない訳にもいかない。何故ならそれが道理で正しいに決まっているから。

だから親父達は間違っている事を延々と選択し続けた。

政府は常に信用ならないし敵である。別にそれが正解かどうかなんて親父達にはどうでもいいし間違っているのも自覚しながら、そう言い続けた。

親父達はやりたいようにやって生きたいように生きて愚かに身勝手に死んでいく。それはこうして客観視して小馬鹿にして評価も出来るけれど、主観の部分では感謝もしているし気持ちも理解出来る。

面倒だなとは思うが楽しめてもいる。楽しい分には親父達の狂気と愚行にも付き合ってやろう。そうするためにデザインされたのが俺なのだから。

俺はいずれ人類にとっての災厄そのものにならなければならない。警鐘にならなければならない。それを望んで俺という存在は造られた。

何故ならそれこそが、とうに失われ自分たちを捨てた世界の終わりという、恋人への聞かれもしないカントリー・ミュージックに込められた愛の叫びだったからだ。

俺が生まれた時から流れている音楽。

親父達が随分と昔に勝手に造ったというラジオ局からのメッセージ。

常に終末への準備を警鐘し続け、その合間にやはり勝手に造ったオリジナルの音楽を流す。他人が造った物はなるべく使わないのが親父達の流儀だ。その音楽を俺の中に埋め込んである生体チップが勝手に受信するから、いつも俺の中には音楽と警鐘が繰り返されている。

あのシェルターは表向き、まだ百数十人の変わり者が暮らす共同体として認識されているはずだった。全ては俺一人の匿名性を死守するためにだ。かつては一万人ほどが生活していたというが見事に衰退して減少した。

人生は無駄の隙間に意味があるという。

俺の人生は無駄そのもので埋め尽くされていて隙間はない。

俺はもう親父達の歌うカントリー・ミュージックがヘタクソだと断定できる。

十二歳になる頃から、俺は親父達の描いていた理想の子供からかけ離れていた。共感出来なくなっていたからだ。それでも共感しているふりぐらいはしてやれた。

黙々と試練をこなし命令に従い成果を出す俺を親父達は満足そうに見守りながら勝手に次々死んだり死にきれなかったりしていた。みんな健康体じゃなかった。何らかの欠損を身体に抱えていた。

つまりそれが親父達の愛の形な訳だ。

誰もが自分自身を犠牲にして時には命をも差し出して、そして俺を造り上げた。やがて来る危機に備えて。その頃には親父達はみんないなくなっているだろうし、俺もそんな危機に直面しないまま、やがて勝手に死ぬ可能性のほうが遙かに高かった。それでも俺は親父達の拍手が欲しくて演じ続けた。

ただやっぱり親父達の歌はヘタクソだった。俺が作曲して俺が歌ってやってもいいけど、しないでおいた。俺が歌ってしまったら、親父達のカントリー・ミュージックが一掃され駆逐され、そして俺の歌声だけが響き渡る事になる。俺はその部分ぐらいは、多少不満であってもオーディエンスで居続けたかった。

かつて世界の終末を恐れ、恐れるあまり社会から孤立した集団となった親父達はそれにも飽きたらずまだその思想をソリッドに磨きあげ、最早目標すらわからなくなった手段をえんえんと繰り返していた。

自分を捨てた恋人に振り向いてもらいたくて親父達は自傷行為を無駄に繰り返す。その恋愛は、一度は実った。俺が生まれる百数十年前に実って終わった。

終わった恋愛を性懲りもなく続けている。

訊いてもらえないラブソングを歌い続けている。

俺ぐらいは黙って聞いてやろうと思うぐらいには、親父達は明らかに狂っていた。

さてそして現在。

親父達の妄執の果てとなった俺が何をしているかというと、国中をぶらぶらしている。親父達は乗りもしない車やバイクを何台か所有していて、俺は定期的にそれらを乗り回す。動かさないと腐る一方だ。

完全に遊びでもない。国中を徒歩で単独行動するのは俺に課せられた仕事の一つで、俺は優秀な斥候及びスカベンジャーとしての技能も身についている。親父達は外に出られないが、常に独自回線で俺とコンタクトする。俺の脳幹に埋め込まれたチップの一つが、親父達との単独ホットラインを開通させている。俺は相変わらず公共の、政府ご自慢のインターネット回線に触れる事は許されなかった。

車やバイクが置いてあるのも別に盆栽趣味というだけじゃなく、理由がある。

親父達はご丁寧に会社をひとつ持っている。完全なペーパーカンパニーかというとそうでもない。山の麓《ふもと》に掘っ立て小屋みたいな建物を拵えて、一応、家族が経営しているという体裁を持たせている。勿論そんな家族はとっくにいないので業務は俺が担当する訳だが。

P&Dライフスタイル社。

サバイバル用品の通販会社だ。長期保存可能な食品や様々な手作りツールを開発し販売していた。それは大事故が起きる以前から、親父達が自分たちの趣味を少しでも現金に還元するために造った会社で、今でもきちんと機能し経営は続いている。

多少、災害の直後は潤ったらしいが「災害を利用して金を儲けようと言うのかタダで配れ」という酷い難癖があってから注文を無視するようになったらしい。

旧世代の保存食料を細々と売る、という体裁になっている。当然、注文など来ない。そんな怪しげな、腐っているかも知れない缶詰の類を買うより政府は万能流動食を無料で配布している。

それでもメールによる宣伝だけはマメにやる。売るためじゃなくて、会社としての活動実績を造るためにやる。そういう事を百何十年と続け、丹念に口実を作り続けてきた。

今や配達員は俺一人。缶詰とサバイバルツールの製造と開発も俺一人。ついでに利用するのも俺一人だ。保存食はくそマズイ。栄養摂取という目的以外の要素は一つもないストイックな食べ物。こんな物を金を出して食いたがる奴らなんか親父達以外にはきっといないと思う。

会社という体裁上、用意してあるのも配達・運搬用として改修された車ばかりで実用性のみが全面に出ている中、一台だけ、配達にも運搬にも使えそうにないオートバイが一台だけある。懐古趣味のインテリアとしか思えない。

リジッドフレームに赤いエンジンを載せ、一人しか乗れない上に車高が低い。親父達はもっとマルチパーパスな車輛を好んでいたし、実際そんな物ばかりだったのに、これだけ浮いている。

エンジン始動はキックのみ。バッテリーすら積んではいない。

快適な走りにすらほど遠い、なんでこんな物を造ったのかと言いたくなる構造。そのマイナスの塊が俺はとても好きだった。色々と手を加え、いじくり回して整備した。ガソリンが残り少なかったから、車を一台バラしてパーツを流用し、電気やガスカートリッジで動かせるようにしたりとか工夫した。多分、俺が初めて覚えた娯楽だ。

これらの車やバイクなんかも、たまに動かしていたんだろうが、俺が生まれる頃には動かして外出する人間は一人もいなくなっていた。なので俺は積極的に使う事にした。廃品を漁らない時は、オートバイにばかり乗っていた。とても楽しい。

俺はこの満遍なく薄汚くなっている国土を鼻歌交じりにツーリングを繰り返す。全面帯も防護服もいらない。必要なのは転倒時に備えるための装備だけ。そんな真似が出来るまで、親父達は何世代にもわたり何十人と外をうろつかせては実地試験を繰り返し、得られた技術を俺に注ぎ込んだ。

環境が治らないままなら、人間をより強靭にしようという発想。

この国で、こんな格好で外をうろつくバカはファースト・アローズにだっていやしない。寿命がみるみる縮まるからだ。だが俺はこのまま百まで生きられる。遂に親父達は、この毒物まみれの国で普通に生きられる俺という存在を造り上げた。

そうしていると、この地獄みたいな土地が天国にも思えてくる。何世代にもわたる数百人の人間が無駄に過ごした成れの果てとは言え、この万能感たるやハンパじゃない。何も防御しなくていいというだけの事が自由そのものだ。

生体チップが体内で一斉に音楽を奏で始め、俺は呑気に道を流し続ける。

そんな俺の呑気な鼻歌は、その日を機会に打ちきられる事となる。

警察に、思い切り鉢合わせしたその日に。

定期巡回しているのは知っているが、鉢合わせする確率はかなり低いというのに引き当ててしまった。これは完全に偶然の支配するところであって俺がどうこうできる範疇《はんちゅう》にはない問題だった。これぱかりは親父達にもどうしようもない。向こうも驚いたに違いない。

犯罪率は極端に低下している。何せ外に出る人間が少ない。出歩いている人間は警察のようにそれなりの義務を持っていて、それなりに報酬があり、何より自分の仕事に敬意と誇りを抱いている。それが抱けないならさっさと無職になって、一人きりで部屋の中に閉じこもって遊んでいればいいだけの事だ。

ちなみに俺の犯罪は道交法違反。一応、会社の名義で登録はしてあるが、この国で内燃機関を積んだオートバイを走らせてはならないのでスピード違反だの何だの以前の問題だった。

その警官は電動のデュアルパーパスに乗っていた。車高が高く電動ロータリーエンジンが満遍なくよく回り地球に優しい。俺の乗っているリジッド仕様のオートバイとは真逆の代物だ。オートバイもそうだが、跨っている生き物もそうだ。

武器を持ちそして鎧を身に纏っている。体内には適正な数としての、六つの生体チップ。だが身に纏っている鎧は違う。全身をくまなく覆った金属の皮膚は最低でも二百以上の補助チップを内蔵し、着用するだけでただの人間を俺以上の化け物に変えてしまう。効率化のお手本みたいな生き物だ。正解そのもの。何百人もの人間を犠牲にしてまで産み落とされた、間違いの塊みたいな俺とは話が違う。

「……P&Dライフスタイルの職員だな？」

無機質で無個性な機械音声。

もう既に相手は俺の個人情報を生体チップ越しに走査している。ダミーで設定してあるサバイバル用品店の子供という情報は伝わっているはずだった。

言葉に敵意は感じない。俺の義眼はスキャンを繰り返すがそこはさすがにフルアーマーで全身をデコレートした外部機械化スーツだ。全身タイツほどのスリムさに、金属の防御パーツを随所に配置した漆黒の警官。それでもやはりロボットのように見えてしまう。人としての個性はなく金属人形としての量産品としての無個性さ。

警官は兵士の下部組織として機能しているが、所持している武器が威嚇、及び鎮圧用で火力としてはそれほどでもない。そして通常の人間には有効でも、俺のような過剰な人間は想定されていない。

そいつは気持ちよく走っていた俺を呼び止めて追いつき、脇に寄せて停車させた。俺の前に立って、防護服に身を包んだ俺を機械の目でじっと見ている。フルフェイスの兜《かぶと》は滑らかな楕円形で、その向こうにある表情は俺にはうかがい知れない。

「その形式のオートバイを公道で走らせるのは禁止されている。知らんのか」

「今は水素バッテリーで走らせてましたから」

「嘘をつけ。何が水素だ。派手に真っ黒な煙上げやがって」

そしてそいつは、俺じゃなくオートバイに全面帯を向ける。俺よりそっちに興味があると言わんばかりだった。

「……お前、個人データだと二二って事になってるが、本当はいくつだ」

「大体そんなもんですよ」

「このオートバイは百年以上前から目撃例がある」

「そりゃあ、俺の爺様や婆様やその前くらいの話じゃねえですかね」

「何の防護服も身につけずに走り回るなんて奴は、ファースト・アローズにだっていない。誰も気にしてなかったが、俺はちょいとばかり気になっていた。だからまあ、仕事のついでに探してたんだが、まさか見つかるとはな」

狭い国だ。警官なら頑張って探していれば、俺の気まぐれにぶち当たるくらい訳はないだろう。俺が踏み抜く確率は低いが、警官がその気で探せばそりゃあ見つかる。逮捕でもされるのだろうかと気になった。

俺の生体チップは無駄に数が多い。こいつが今、精査した情報もダミーだ。二二歳のデータを差し出して読み取らせている。もっとも、俺とそんなに年の差はない。単に俺という個人はこの国にいない事になっているだけだ。

「……お前『第二』の奴だろ」

突然そう言われて狼狽えた。あそこに踏み込まれたら道交法の話じゃ済まなくなる。大量の死体とご対面だ。親父達の長きにわたった執念は、ぼんくら息子の俺によって潰える事になる。

俺は困り果てて、生体チップ越しに親父達にどうするか訊ねてみるのだが、明瞭な回答は得られない。脳摘出した連中にアドリブは難しいのだ。アドリブを利かせなきゃならないのは俺の役割だった。

俺のアドリブを待たずに、警官は背中に背負っていたスクエアタイプのバックパックを降ろし、そして中からケースに入った銀色の光学ディスクを取り出して、俺に差し出してくる。

「会えたら言おうと思ってたんだが、前からお前達の垂れ流す音楽は俺の趣味に合わない」

「……何ですかこれ」

「俺のベスト盤。俺が聞きたい音楽が山ほど詰め込まれている。お前達のレパートリーに混ぜろ」

用意して持ち歩いてたのかよ、と言いたくなったのを堪えた。わざわざ探して、網を張って、プレゼントまで用意しているとは、とても仕事のついでとは思えないのだが、言わぬが華だ。

「何でそんな事をせにゃならんのですか？」

「犯罪行為を見逃してやる。その代価として受け入れろ」

それは道交法なのかそれとも内乱罪のほうなのか、俺には判断がつかない。ともあれこれを親父達のラジオ放送に混ぜるだけでこの場を済ませてくれるというなら、それに越した事は無い。

「自分で聞けばいいじゃないですか、プレーヤーか何かで」

「職務中にそんな事が出来るか。たまたま流れてる野良ラジオを受信しましたっていう言い訳が必要なんだ。それにしたってお前のところの音楽は退屈だし、メッセージも代わり映えがしない。ま、仕方ないんだろうが」

「……俺らの事を知っているんですか？」

「というかそのマシンを知ってる」

指さされたのはオートバイだ。警官が腕に付いてる小型モニタを俺にかざして、画像を表示した。そこには確かにこのオートバイが映っていた。日付は八十年以上前。

「俺の婆様が五年前に他界したんだが。その時に貰った遺品だ。人工網膜で撮影して、そのまま抱え込んでいたって代物でな。いまわの際に、俺にくれた。こういうマシンに迂闊に近づくと身を滅ぼすからなって忠告して。そんな事言われたら、そりゃ気になるだろ」

「遺言ちゅうのは生きてる人間を操りますからね」

俺はその遺言を寄せ集めて造られたような代物だった。本意は捻れてすり切れて、元の言葉なんかわかりゃしないという有様が、親父達であり、俺そのものだ。そこまで証す心算は全くないが。

マシンが誰かを滅ぼす、という言葉は俺に付けられた名前とよく似ていた。全く好きになれない名前。

「……そう言えば、お名前を伺ってもいいですか」

「俺か？　本名は規則で明かせない」

「でしょうね」

「しかし渾名でいいなら、ゲヘナ。お前の本名は何だ？」

ゲヘナ。煉獄。灼熱地獄。

そこに落ちた罪深い人間を永久に焼き続ける拷問を受け持つ地獄の一つ。俺にこそ相応しいような気がした。親父達はみんな煉獄に落ちて焼かれているだろうし、その賜《たまもの》である俺だってきっとそこに行く。天国や地獄が実在するとして、だけれど。

「……ジャハンナム」

ゲヘナを中東の言葉で読み替えると、そういう発音になる。何故、それを俺の名前にしたのかは、言葉に出来ない。頭の奥からそうしろと木霊みたいに指令が届いたように、俺はそう名乗っていた。

ジャハンナム。

俺は自分に、そういう名前を、誰から名付けられるでもなく与えていた。実際は、目の前にいる相手のゲヘナと言う名乗りに乗っかっただけかも知れないが、元からある名前よりも余程、気に入った。

「……ま、ラジオネームだとでも思えよ。ラジオ局はリスナーからのリクエストに応えるもんだろ」

お互いに本名も名乗らず勝手な名前を紹介した。

それが俺とゲヘナの、最初の出会いになる。

俺はいずれ、親父達の最後の一人が死んだ時に、この国そのものを敵に回して戦わなければならない。政府通信局のど真ん中に乗り込み、そして秘匿された予備通信回路を復旧不可能なほどに叩き壊してしまわなければならない。この国の主幹である電子通信網をまず一時的にせよ取り上げて、人々に新たな生き方への啓蒙と政府への懐疑心を呼び起こさなければならない。

という厄介な義務があるにも拘わらず、ゲヘナとは定期的に会ったりツーリングに行ったりしてしまっている。ゲヘナの愛車は最新技術の塊だが、一緒に走ってみると速度域にそれほどの差はない。海外製の電動オートバイだから、俺と違って燃費を考えなくていい。常に充電しながら走っている。

ゲヘナが単独行動のオートバイ巡回を好むのは、仕事というより趣味だという。実際、車輌には詳しく、俺のオートバイにハブステアを付けろだの何だのといろいろ注文を付けてきた。

ゲヘナと会う度にラジオ局には、レパートリーが増えた。それが楽しかった。俺が作曲するのはつまらないが、他人に渡される分には新鮮に聞ける。

全部が全部、俺の好みの曲という訳ではなかったけれど、親父達のように偏向しまくった曲調ではなくバリエーションが出来る。

に、してもゲヘナは月に一度は、俺に会いに来る。会社の前で待ち構えている。

あまりゲヘナを第二そのものに近づけたくないから、P&Dライフスタイル社に泊まり込むようになってしまい、埃を被ったダミー会社の事務所を、住めるように掃除するはめになったくらいだ。元々、そうするためのダミー会社なのだが。

「……警察はヒマなのか？」

最近はすっかりタメロだ。向こうもそのほうが楽そうだった。

「ヒマだね。人がまず出歩かないし、犯罪も最近は見逃してるぐらいだ。犯罪者は希少種だから保護してやらないといけない」

「何のために警察やってんだよ、お前？」

「前に話した俺の婆様は電力関係の公務員でな。シェルターマンションの中に閉じこもっているより楽しそうに見えたから、俺もそうしてみた。とは言え基本的にヒマで、無駄な組織だよ警察なんてのは、お前と同じだ」

「でも何が起きるかわからんし」

「そうだな。だからお前を逮捕したっていいんだが。それで少しはやる事が出来る。でも俺はラジオ局にリクエストするほうが楽しい」

「俺にだってやる事ぐらいあるわ」

「だろうな。……世界の終わりはまた来ると言っているしな、お前の家族は。それを聞くのも中々、楽しい。何度でも来るんだな、世界の終わりは」

「戯言だと思うか？」

「危機に備えるのは悪い事じゃない」

来てしまえば役に立たないだろうけれど、かといって過剰に大きく備え続けるのもどうかしている。

「この国は今、凄いぞ。苦しまぎれに外部に侵略戦争を仕掛けてもおかしくない。しかももう本土に未練がないから、核弾頭の二発や三発ブチ込まれたところで屁でもない。この国ぐらいだ、こんな極悪な環境で内側に閉じ込もって、回っている国は」

「何か起きたら、そのご大層な鎧を着た歩兵が隊列を組むのか？」

「そこまで行ったら敗戦だな。あくまで備えだ、これは。軍隊では殆ど無人機とミサイルの撃ち合いを管理する事だけに人間が関わってる」

「核兵器の二、三発とか言ったよな？」

「第三の外壁は直撃にも耐えるよ。お前らのシェルターよりきっと頑丈だ」

「それがもたらす電磁パルスはどうだ？」

ゲヘナは少し考え込んでいた。核兵器は爆発力と高濃度汚染だけが持ち味じゃない。電子機器を破壊する。親父達がやろうとしている事は、破壊でも汚染でもなくそれだけが目的の、無血革命。一警官に訊いても仕方ないけれど、外の意見も参考にしてみたい。

「規模にもよるが核爆発の電磁パルスなんぞまともにくらったら、本当にただの鎧だ。二百キロ以上の重りを付けて動けと言われてもな」

俺はそれでも動ける自信がある。しかしそうなったらただの重たい服でしかないのだから、きっと脱いでしまうだろう。みんな脱ぐ。そうして誰が最も優れているかと言ったら俺になる。誰も体内に二四個もの生体チップを埋め込んでいないし、それを内側だけに向けてもいない。俺だけが無駄にそうしている。その価値観が逆転する。そんな人間の存在はまさに革命と言えば、革命なのだろうけれど。

「しかし防衛網を潜り抜けてそれを炸裂させるのも難しい。ほぼ不可能じゃないか」

「ほぼ起こりえないと言われていた大災害に親父達は備えていた」

「起きたならそれはもう諦めるしかないな、俺は」

そしてどうとでもなるんだろう。今、この国がどうにかなっているように。

それが親父達にとっていかに不快な事実であっても、敵であり信用ならない政府や資本家は上手いことやってのけた。ボロは多少あるだろうが、それでも大した話だ。

防衛網を潜り抜けられないとゲヘナは言った。だが親父達はその内側で自爆する。そこまで言う気にはなれなかった。俺までやる気が失せても困る。賭け事はどうしてもわからない部分があるから楽しいのだ。勝つに決まっている博打も負けるに決まっている博打も無駄でしかない。

「……何でゲヘナなんて渾名なんだ、お前？」

「ん？　海外研修先でテロリストの爆弾が破裂した事があってな」

「それで？」

「みんな焼け死んだのに俺だけ生き残った」

「……なんでお前だけ？」

ゲヘナは鼻で笑った。

「たまたまそういう環境に合わせたスーツを試していた。運だよ、運。そのスーツの名前がゲヘナ。俺用になっちゃってるから、俺もゲヘナ」

「神の采配を感じるな」

「神サマねえ。……そういやジャハンナムはアラビア語だな。イスラム教徒か？」

「まさか。お前はキリスト教徒か？」

「まさかまさか」

そしてお互いに鼻で笑った。

宗教など廃れて久しい。

科学の対極に仮定される事の多い宗教は、集団を効率よくまとめ一体感を呑み込ませるための方便だ。それは原始的な、人類の生存本能が産み出した仕組みだ。孤立を推進する科学技術とはまさに真逆だ。

ファースト・アローズはかつて先祖が暮らした建物を聖地として崇拝しているらしい。第二はと言えば、音楽と言葉を聖典としてやはり信仰している。親父達は、それを宗教だとは絶対に認めないだろうが俺からしたらそのものだ。

「……第三にゃ宗教ってもんがない。あるのかも知れないけど、信仰しているとも感じさせないような代物だろうな。何せ衣食住完備で労働なんかしなくていい。それで俺や婆様みたいに、疲れるだけなのに敢えて労働に従事したりするってんだからな」

「そりゃまさに理想郷だな」

「平均値取って無難に収めたようなもん、理想郷でも何でもねーよ」

「……お前にとっての理想郷ってどんなよ？」

「んー？　ちょっとすぐには浮かばねーなー。つかそういうのってさ、辿り着いたらなんも面白くねえんじゃねえかな。俺が警官やってんのも、面白くねえからだし。ボケーっとただ生きててよ、なーんの苦労もなくて。幸せって苦労しねえと価値が目減りすんだよ」

「そういうもんかね」

苦労なら俺はそれなりにした。俺は素手で獣を殺せるようになったし、一滴の水も飲まず数週間行動し、緊急避難的に仮死状態になって過酷な環境を凌《しの》げも出来るようになった。どんな国の言葉でも淀《よど》みなく話せるし、どんな苦痛も苦痛と感じない。感情さえ抑えていられる。そして核兵器になる電磁パルスなど屁でもない。武器も必要ない。全身の生体チップを連結させる事で殺傷能力を生み出す楽器を体内に常に持ち合わせている。

俺の過剰さは無駄で、徒労の塊で、それがもうじき、俺をこうして作り上げた親父達の最後の一人が死んだ時に価値観が逆転する。俺が爽快になれるかどうかは知らないが、親父達にとっては爽快だろう。結局、反逆者でありあぶれ者にしかなれない連中なのだ。

あれほどうんざりしていた親父達のヘタクソなカントリー・ミュージックが、一周回って俺は気に入り始めている。

それから四年後に俺は、二五歳になる。

自力の脳摘出を施したとはいえ親父達はもうじき死を迎え、原始的かつ自然な生殖活動にはとうに興味を失っていた。俺はこの狂気と無駄と執念の塊に対して最後の義務を果たさなければならない。ソーラーパネルとシェールガス。核燃料棒を併用した発電装置はその時のためにある。

何度か、俺の存在意義に関しては説明してもらっている。ファシストを殺すための機械。それが俺だ。どこにまだそんな輩が存在するのかは知らないし、親父達がそう決めたのなら俺はコミュニストだって殺す機械になってもいい。

既に親父達の大半は意志なきプログラムロジックとして電子上に記録され、自分たちが試行錯誤して繰り返した政府管理の巨大なインターネット網に飽くなき挑戦を繰り返している。

「お前という存在は、もう一度同じ手順を繰り返しても巧く行かない」

既に死しデータ上の仮装人格と化した親父達の一人はそう告げる。聖典の言葉が変わらないように親父達の言葉も変わらないし自我もない。いくつかのバリエーションを持つ聖典をランダムに再生しているだけだ。

「お前は偶然の産物だ。それは神の采配と言ってもいい」

ここにきて神仏の話か。

まあいい。人間、データ化されているからと言って宗教を奉じなくなる理由などない。むしろ肉体を失いただのロジックで動くデータ媒体と化しても神を口にするとは、神の実在に対する実証に他ならないのではないか。

「EMPによる大規模テロを起こす」

薄々は気づいていた事を再確認された。

それは成層圏レベルで発生すると国一つ丸ごとの電子機器破壊を起こす。電子機器に全てを委ねた現在の社会システムは大混乱に陥る。だが同時に致命的な欠陥もある。

落雷でもそれは発生するが、落雷でこの社会が混乱した事はない。何故ならEMPの引き起こす電子機器破壊に関しては、防御策が山ほど存在している。ぶっちゃけた話、アース線一本で防げてしまうぐらいだ。高々度で成層圏の電磁波と反作用で発生させ広範囲に強力なEMPを放った場合を想定してはいないだろうから試す価値はあるし、珍しく親父達にしては勝算と意味が感じ取れた。初めて仕掛ける分のいい博打。

「もうじきこのシェルター内はお前一人しか生身の人間はいなくなる。そして無数の生体チップを我々はオーバーライドしてお前に埋め込んだ。それらは我々の放つEMPの干渉を受けない」

「俺一人しか生き残らない？」

「いや。人間には無害だ。だが多くの人間は電子機器が砕け散る事で本来の自分を取り戻す。いかに今の社会が間違っていたかを再確認する。そして革命が成就する」

俺は苦笑をかみ殺す。革命政権は長続きしない。

破壊された電子機器は、多少のトラブルを伴いながらもまた復帰する。それは革命ではなくテロであり、親父達はそれをテロではなく革命と呼ぶ。かつて破滅に備えていた人間達の成れの果てが、破滅そのものを演出するマッチポンプに堕している事を絶対に認めない。

「我々の最後の一人が死に、お前がここの唯一の住人となった時に実行しろ。このシェルターはそのままEMPの大規模発生装置だ。国中全ての人間が右往左往する中で、お前だけが普通に、その超越した身体能力を保っていられる。お前が世界を救う。今の社会を否定する」

テロリストが救世主に取って代わる。漸くその馬鹿げた逆転を実現させられる。

親父達の代理人。俺は親父達が失った恋人であり、その相手である事の独り相撲を強いられている。歪《いびつ》ではあるが十全に落ち着いてしまったこの異様な社会をまた掻き回し、そして救う。無駄な執念がここにある。無意味な浪費がここに結実している。そして俺には、特に断る理由はない。

脳内にはカントリー・ミュージックは聞こえてこない。あのゲヘナから貰った音楽データをラジオ局にインストールしてある。曲のバリエーションは飛躍的に増えた。ハードロックやブルース、ポップス、テクノ、様々な音楽が定期的に脳内で再生され、それは俺をとても楽しませた。

それもまた消えてしまうのだろうか。

何も起きないかも知れない。EMPなどどれほど大規模で強力に発生させたとしても、とっくの昔に対抗策が講じられ、それは政府主導管理下のインターネット網を統括するサーバーにも施されている。だから親父達はその計画をいつまでも実行できなかった。

俺という成功例が現れるまで。

Dis-Machineが俺の本当の名前だ。

機械を否定し非難するための機械という矛盾を、俺という人間を極限まで鍛え上げて加工して親父達は納得したらしい。最初からサイボーグを造るか、外の警官達みたいに装備品として造ればよかったものを。

「我々でやれる限りのサージ無効化は行うが、直接破壊はお前の役目だ」

「それは知ってる。その後どうするって相談じゃなかったか？」

「我々の知識や技術、備蓄した食料を伝えて広めて配って回る」

最後の一人が死んだらそうする。

その作動スイッチを押すのが俺の最初の仕事だ。何だったら今すぐ親父達を殺して終わりにしてもいい。そうしないのは、憎悪も反発心も俺には湧いてこないからだ。感情の波は容易く制御しこちらの意志で操作できる。俺こそがマシンでなくて何なのだ。そんな矛盾からは親父達は目を逸らす。

「ところで最近、おかしな音楽がラジオ局から流れている。我々の曲ではないが」

「拾った音楽データを加えただけだよ。嫌いか？」

「好きでも嫌いでもない。だが我々は電気のいらない音楽のほうが好きだ」

俺という、言わばエレキ仕様のアコースティック・ギターを作り上げておいて何を言いだすのやら。

主観としての正しさは客観としての正しさを容易く否定し意固地に修正しなくなる。どれだけ壮大な花火で政府と社会を驚かせられるのか。それを確認させたかったけれど、その時には親父達はもういない。

俺が見るしかない。きっと親父達は準備に準備を重ねる事こそが一番楽しかったのだと身に沁みて理解しているに違いなかった。

俺は外を回り、シェルターを補強し、あちらこちらに親父達の指示通りにトランスミッターを設置する。来《きた》るべき災厄への警鐘を最大限に打ち鳴らすために。これは災厄そのものではなく警鐘なのだと、警告なのだと親父達は言う。そんな訳があるかとわかっていても俺はただ淡々と従う。

そして親父達の、最後の一人が死んで、そして俺はこのシェルター内で生きている唯一の存在となり、来るべき時が来てしまった。

俺はスイッチを押す。

既にデータ上のプログラムと化した親父達は形ばかりのAIを捨て一個のプログラム、億の群れを成す羽虫のような膨大な文字列を持った攻撃コードと変換され、一斉に政府のセキュリティホールに侵入しその機能を停滞させて次々自壊し完全に死んでいった。

世界へ向けての警鐘と称したただの恨み言を大音量で轟かせる。このシェルターに蓄えられた膨大な電力を解放し、成層圏レベルまで大規模なEMP爆弾を撃ち上げる。防衛網の外ではなく内側で炸裂させてやる。途端にシェルター内の電気が全てシャットダウンし、何もかも動かなくなった。

音楽が途絶えた。親父達のラジオ局ももう麻痺している。

終末への警鐘は最大の音量で鳴り響いてから砕け散った。

ブラックアウト。

俺の目はそんな状況でもものが見られる。何の影響も受けてはいない。完全に閉ざされたシェルター内には光が存在しないというのに、見えている。もう目という生来の機能を持った器官からかけ離れていて、そしてそれは、こういう状況下にならなければ役に立たない。俺のアース線は焼き切れていない。

俺はシェルターを後にして外に出る。

親父達の話では、このEMPの有効時間は一時間程度。

あらゆる電子機器はその短い時間で破壊され、それは磁気嵐が収まったところで直る訳がない。全て捨てるしかない。捨てる方法も破壊され、生産する方法も破壊され、それは文明そのものの殆どを一旦無力化する。たった一時間で百年以上に及ぶ執念が奪い返せるに違いないという虫のいい取引。

政府の予備回線は完全に防護されたスタンドアロンで置いてあるからすぐに復帰は出来ない。それは何らかのトラブルに巻き込まれた時の予備ではなく、想定外の時に備えた、本来ならまず使わないはずの代物。引っ張り出すのに時間がかかる。

だが完璧に保護されているものはあるだろうし、やはり人間もまだ終わらない。俺は現状の社会システムにとどめを刺しに行くためだけに存在しているのだから、とどめを刺さなければならない。

壊すべきものは山ほどある。

赤く塗られたツインエンジンに原始的に火を灯す。そして走り出す。リジッドフレームがぎしぎしとしなる。ハブステアのフロントが気持ち程度に路面のギャップを吸収する。何のためにこんな物を造ったのか。きっとこれが無駄の塊だからだ。洗練の真逆にはそれなりの美学がある。あると信じたい。

俺と同じ設計思想を持ったマシンを二、三時間も走らせ続ける。

俺の動きは察知されていない。全ての電子機器は今、沈黙している。部屋に閉じこもって回線に頼り切りだった連中はパニックに陥り、全身を電子機器の鎧で固めた外の連中も、ただの拘束具となり果てたそれに四苦八苦している最中だ。

俺だけが十全に動ける。それが親父達が苦心して求め続けた正しさだった。つまり自己肯定。他者からの肯定は一瞬で掻き消えるけれど、自己のそれは死んだって消えやしない。高揚感を、死んだ人間が味わえるのかどうかはわからないけれど。

そんな事を考えている矢先に音楽が聞こえた。

動揺の波を押さえつけるのに苦労した。聞こえるはずのない音楽が聞こえてくる。

それは聞いた事もない音楽で、親父達のそれともまるで音質が違い、ゲヘナが俺にくれたものともまた違っていた。それ自体がパルス攻撃のように俺を襲い、単純に耳障りだったけれど、遮断してしまうには不可思議に過ぎた。

俺は既に完璧なスタンドアロンだ。親父達は消滅してしまって意見を求める事も出来ない。だと言うのに、これは何だ。

電磁パルスの巨大な嵐が吹き荒れる中で聞こえてくるこの音はなんだ。

オートバイを停めた。音楽を聴き続ける。

小型ミサイル三発が狙いも定めずに、俺を面で制圧しようと空から飛来する。厄介な事に着弾する前に起爆するから躱《かわ》すという事も出来ない。近代兵器が皆、沈黙しているはずのこの時間に、目を醒まし続けている奴がいる。躊躇いもせず俺を砲撃してくる。

アクセルを開く。古くさいエンジンが俺の歌を奏でる。

今度は俺が歌う番だ。

親父達が俺を、機械を殺すための楽器として組み立てた成果を見せてやろう。

メカノイズの塊が俺を乗せて蛇行しながら突っ走る。右手の中で捩り開けられるスロットルをクラッチワークで調整し、撫でるようにブレーキを加えなだめすかしながら走り、ばかげた砲撃を潜り抜けていく。

イントロはベースを素手でかき鳴らす。

俺の重低音が歪ませる空間はそれだけで一つの分厚い力場だ。余波じゃ貫けない。面で抉ろうとしたって俺だけはそこに残り続けこうして走り続ける。路面状況は悪くなる一方だ。リジッドフレームで荒れ地を疾走させられるとは無茶振りもいいとこだ。俺の腰にダンパーが入ってなかったらとうに走れなくなっていただろう。

チャンネル五・一。

飛来する弾頭を取り囲む音の配置。

前方三十度の角度で配置し受け止める音の壁が二つ。

俺から一一〇度の角度で左右やや後方から弾頭を押し潰す。

そして真っ正面に俺。

かき鳴らし打ち鳴らしそしてハンドルから手を離す。スロットルはクルージングモード。手を離しても同じ開度を保ったままで走り続けてくれる。

両手を掲げ弾頭を受け止めようとする。

音速を超える速度で飛来する超重量のそれを音で掻き消し弾き返す。俺の両手が〇・一のサブウーファーの役目を果たす。俺の生体チップ内のライブラリから一番重い音を選んで人工声帯から放出する。

歌を聴かせる。

耳などなくても全て万物あらゆるものには共振作用がありそこには聴覚の錯覚が生じる。つまりミサイルのような無機物そのものが「音を聞き」そして「音に乗り」、かくして狂ったようなヘッドバンギングの末に勝手に自ら頸骨を折り勝手に死ぬ。

俺が持つ防御兵器にして攻撃兵器。

万物全てが持つ固有の周波数でお送りする破壊ラジオだ。

爆煙を抜けた時には、もう既にバイクのタイヤは前後輪共に大地を噛んでいない。上も下もわからない。流石《さすが》にブン投げられていた。自爆させたとは言え爆風にまで構っている余裕はない。無数のリスナーが叫ぶコールに今度はこちらが揺さぶられる。

リジッドフレームでエクストリームとは無茶をさせやがる。

その間もまだまだ弾頭が走ってくる。空中にいるせいか避けきれないのが増えてきた。爆音の度に宙から宙へ、球投げみたいに転がされ吹き飛ばされる。三半規管のオートジャイロ機能が追いつかない。

チャンネル数を上げていく。

六・一。

七・一。

追いつかない。

バーチャルサラウンドスピーカーの配置が間に合わない。角度が合わない。

あんなもんが掠りでもしたらいくら親父達の何世代にもわたる生涯と執念の塊である俺と言えど、お前んちの事情など知った事かとばかりに粉々にされる。生体部品風情に過ぎないのだ、俺は。

強引に八・一まで上げるか。ゲインはまだ余裕がある。

いやもうダメだ。間に合わないし耐えきれない。リジッドフレームが悲鳴を上げて軋《きし》み始め、俺から引き千切られていく。バイクを犠牲にして一発、何とか凌ぎきった。いつまで空中にいるんだ、俺は。そう思った瞬間、地面に叩きつけられた。

位置情報を計算する。

俺の全身はもう破け砕けて引き千切れ、まともな音も鳴らせない、打ち壊された楽器になっている。だが声がある。ヴォーカルさえいればそれでいい。まだ演《や》れる。

俺にブチ込まれた生体チップの全てをタムに換えリズムを作り直す。二四個のタムを並べた奇抜なドラムキットだ。六つでいいところをわざわざ四倍もの数で並べられた常人じゃ叩ききれない奇怪な楽器。

誰かを殺すためのマシン。音で殺す。機械を殺す。ディス・マシンのその先にあったはずの文言はもう擦れて消えて見えなくなっている。俺に見えているのは地と空に広がる炎の塊だ。人に造られた煉獄の中に、煉獄の名を持つ俺がその両足で立っている。ディス・マシンではなくジャハンナムとして立っている。

そして俺を見送りに来たのもまた、同じ煉獄の名を持つゲヘナに違いなかった。

あいつだけが、俺や親父達がやろうとしていた事に気を配っていた。そして間違いなく実行したその直後に、迷い無く俺を迎撃しに現れた。まるで末期患者に安楽死をもたらしに来るように。

「……なんだよそりゃ。新車買ってもらったのか？」

それを目視して、苦笑交じりに呟いた。もう相手は人間の形すらしていない。蜘蛛によく似た黒光りする金属の塊に成りはてている。

多脚式移動特火点。腹にはご丁寧に無限軌道を抱え込んでいるマルチパーパスタイプ。今はスリムな六本の足で佇立《ちょりつ》している。尻尾みたいなアウトリガーを地面に突き入れて砲台を二つ空中に延ばし硝煙を零《こぼ》している。

消えない炎が音を立てて燃え盛っている。俺が近づくと歪んで曲がり道を譲る。

ゲヘナの立て籠もる特火点はその気になればさっさと遠ざかってしまうだろう。充分な距離を保持してから弾薬を再装填し、さっきの煉獄をもう一度こちらにブチ込んでくればいい。多分次は俺の演奏も終わる。もう歌えなくなる。奏でられなくなる。

ゲヘナの声は聞こえない。聞こえてくるのは親父達の垂れ流すラジオ放送だけだ。古くさい歌の合間合間に政治的なメッセージと世界の終わりに関する警告が挿入される。俺が生まれてからずっと耳にしていた音と声。

アウトリガーが収納された。

多脚が震える。移動特火点はその名の通りに移動を始める。俺はそこで足を止める。

近づくか、離れるか。

俺は離れると思う。それが俺の持論だからだ。技術は全て他人から自分を引き剝がすために発展してきた。だからゲヘナは俺から離れ遠ざかり、その上で完膚無きまで俺という他人を排除する。そのザマを見ろというのだ。蜘蛛だか戦車だかもわかりゃしない、妙ちきりんな金属の塊。ゲヘナがどこにいるのかさえ掴めやしない。

だけどゲヘナは離れない。多脚を軋ませながらこちらへ。燃える炎の中で俺たちの距離が詰まってくる。近づけば近づくほどに俺が有利になる。なのにゲヘナは詰めてくる。

あと少し。

親父達の声がする。

……私たちは世界の終わりに備えています……。

業火で埋め尽くされたこの場所でそれを聞く。

これじゃ世界は終わらない。何をしたって終わりはしない。

……様々な危機にお気づきでしょうか。危機のまっただ中にある事を自覚なさってください。我々は危機に晒されて……。

もう一歩ばかり多脚を進めて欲しい。

今の俺では自分から能動的にやれないのだ。受動的に、ゲヘナがそこに来るのを待っているしかない。動きたくても動けない。

……核戦争や原発事故による放射能汚染……。

それはやった。世界は終わらなかった。

……隕石の落下、大地震、火山の噴火……。

それもやった。みんな纏めてやってきた。何もかも思い通りになって全てお膳立てしてもらってそれでも尚、気に入らないと我が儘をこねる。こね続ける。世界の終末を待ち続け望み続け、俺たちは正しかったと安堵したいというただそれだけの理由で。

間違っていたなんて今更もう、一言半句も口に出来ない哀れな親父達だ。そして俺はそういう連中が作り上げた夢の残骸だ。親父達が待ち望んでいた地獄そのものだ。

入った。ゲヘナがそこに踏み込んだ。俺の煉獄に。

三次元立体音響システムのまっただ中の定位置に。

前後左右を取り囲む三層構造のバーチャルサラウンドシステム。合計二四個のスピーカーが音を奏でる。全ての音がゲヘナの多脚式移動特火点を押し囲み、ひねり上げて踏み潰していく。ヘビィゲージが引きちぎれるほどのパワープレイ。

ギターソロ。ゲインはフルテン。最大音圧。

こちらの耳が破裂しそうだ。

両手を突き出しゲヘナの金属体に触れる。音のまっただ中。響き渡るのは我が祖国。この国はあなたの国。上手いんだか下手なんだかもわからない音の圧力。

二四チャンネルに〇・二を付け足してやろう。それで圧壊する。間違いなくそうなる。

俺は全ての機械を破壊する楽器そのものだ。左右の腕と掌はサブウーファーとなってこの音響システムを完成させる。二四・二マルチチャンネル音響システムが。

響き渡る割れた音とハウリングノイズの向こう側からまだ微かに親父達の声がする。

まだ警鐘を鳴らしている。いい加減やかましい。

……経済崩壊による治安の悪化、突発的磁気嵐、太陽の……。

「それもやっただろうがよ、ついさっき自分らで！　そんでこれから俺が治安を悪化させに行くんだよ、こいつを押し潰してからな。文明社会を原始時代にまで退行させてやるから、満足して天国からでも地獄からでも眺めてろ。お前らのマッチポンプは必ず成功させてやる」

だから死ね。いい加減、死ね。諦めろ。

金属の軋みが明らかに変質する。ゲヘナの多脚式移動特火点の破壊が後戻りできないまでになっている。それでも俺に近寄ろうとする。脚が折れ腹を着く。無限軌道がぎしぎしと大地を噛んで俺にそれでもにじり寄ってくる。近寄れば近寄るほど俺の勝ちだというのに、どうして近づいて来るのかわからない。

その金属体で俺に肉弾戦か。それなら勝てると思ったのか。殴り合いなら俺は多脚式移動特火点だろうと炸裂式多弾頭だろうと殴り勝ってみせる。舐めすぎだ。

ひしゃげた金属体が更に歪む。音圧に蹂躙《じゅうりん》される中、抵抗するような動きで不自然に違和感を伴って更に更に曲がりそして、割れる。

割れる？

違う。

開く、だ。自発的に搭乗口が外へ開いた。全面帯で全身を覆う機械化された鎧姿で。この特火点で押し潰せもしないものを、今にも押し潰されそうな有様で、直接、俺と殴り合いをする気か。それこそ舐めすぎだ。

「ジャハンナム」

声がする。合成されたコンピューターボイス。

「来るぞ」

「何が？」

「世界の終わり、かも知れない」

聞き返す暇はなかった。

音が止まった。俺の奏でる全ての音が消えた。二四・二チャンネルの立体音響スピーカーが一斉に沈黙し全ての音圧を手放し放り投げ、俺は真っ暗闇の中に取り残されたように何もかも見失ってしまう。

実際は周囲で業火が渦巻いていた訳だが。その火から俺を守る音圧さえ消えていた。

俺の図太いアース線が一瞬で焼き切られている。

もう何も聞こえない。親父達の声さえ。ゲヘナの全面帯も鎧も光を失い、動きを止める。

それはもうただの鎧兜に過ぎない。

何のサポート能力も持たなくなった邪魔くさくて重い衣服に過ぎなくなっていた。

だからゲヘナはかなりの苦労をしてその全面帯を外して放り投げ、それで力を使い切ったようにしゃがみ込んだ。周囲の炎は収まらない。俺はまだ立っている。燃えさかる煉獄のまっただ中で俺たち二人だけが生きている。

何が起きたと訊くべきだった。それだけが疑問のはずだった。

俺は違う事が訊きたかった。

「……お前の目って義眼なのか？」

「天然だよ。お前と一緒にするな。百パーセント天然だ」

「俺は左が義眼で、右は天然だ」

自分の右目を指さす。青い色をした目玉を。

それをゲヘナの視線が捕らえる。左右で色の違う瞳が俺を見る。そして溜息を吐いて肩を竦めた。

「偶然かな」

「虹彩異色症だ。先天性の病気だからな。偶然、他にもいたっておかしくない」

「そういうもんか」

「呑気だな。今の今まで殺し合いをしてたってのに」

「俺たちゃ別に恨みがあって喧嘩してた訳じゃねえからな」

「何が起きた、ぐらいは訊いてもいいと思うがまず目玉の話か」

「じゃあ何が起きたんだ、こいつは？」

「世界の終わり。お前らが散々主張してたアレだ」

「どれだよ？」

多すぎてさっぱりわからない。

ゲヘナが溜息を吐く。汚れている大気を愛おしそうに呼吸する。

そんな全面帯などなくたっていいのだと今ならわかるだろう。

「太陽フレアの直撃による全世界規模の規格外磁気嵐」

「……は？」

「知らんのか？　磁気嵐だ、電子機器が全部ショートする」

「知ってるよそのくらい」

さっき自分からやったばかりだ。親父達が百年以上をかけてこの国全土に影響が発生するように執念深く設計した代物だ。

「お前が知ってるのはちっぽけな爆弾だろう。今さっき、この世界は惑星ごと太陽の黒点異常によるフレアのど真ん中に呑み込まれた。……にしても人のマシン盛大にブッ壊しやがって。こいつは燃料気化爆弾が直撃したって壊れなかったんだぞ」

ゲヘナは最早鉄くずと化した多脚式移動特火点を蹴り飛ばしながらそうごちた。

何なんだ一体。

つまり。つまるところ、だ。

親父達が何もしなくても、百年以上かけて俺みたいなもんを造らなくても、勝手にそれは来ていた。来るのは仕方ない。そりゃ大宇宙の意志で地球人類が左右出来る事じゃない。

問題はタイミングだ。

なんでお手製の爆薬でテロを行ったところに比べものにならないミサイルを撃ち込んでくるのか。親父達は自作自演に備えるのに夢中で、本物の大災害への備えを忘れてしまっていた。本当に悪意を感じる。ままならない。人生は全くままならない。

Dis-Machineが聞いて呆れる。

世界は勝手に変わったのだし、親父達はその中で何十人か殺してデカめの花火を打ち上げただけの事だ。警鐘の響きはすぐにより大きな音に掻き消されてしまう。

間抜けとまでは流石に言わない。

弄《もてあそ》ばれているとしか思えない。恐らくは全世界のみならず全宇宙に。何を言っても笑われて、何をやっても無駄になる。それでも親父達は最後の一人が死ぬまでそれを続けた。

そういうのを知ってしまうと、政府機関を単独で襲撃してちまちま破壊する事すらしたくなくなる。何もしたくなくなる。俺は親父達ほど盲目でも勤勉でも狂信的でもなかった。

他ならぬ親父達が俺がそうなるように設計したんだから仕方ない。

そもそも、俺の楽器は太陽フレアで叩き壊されてしまっているのだし。

「……元々、政府はお前らなんかどうでもよかったんだ。太陽フレアの対策を講じていた。そしたらお前らがリハーサルというか前座を勝手に演奏してくれた」

　また嫌な事をゲヘナが言う。

「太陽は観測出来るもんな」

「お前らのやってる事も観測しようと思えば出来たんだが知ったこっちゃないね」

　親父達のシェルターを政府は無視していた。結果として無視していて正解だった。太陽の黒点が活性化して地球を丸ごと呑み込むようなバカでかい磁気嵐が生じるというのに備えていたのだから。

　要するに親父達はいいとこ脇役になれる程度で、いつも主役の座は規模のでかい災害に持っていかれてしまうのだ。親父達の警告した事で起きていない事を探すほうが既に難しい。

「……ポールシフトくらいか、あと起きてないの」

「地軸がひっくり返るくれえじゃ人類滅びねえだろうな。そりゃ可能性はゼロじゃないが」

「杞憂か」

「杞憂だな」

「憂う事があるってのは人生に必要なんだろうな」

「ヒマでしゃあねえんだろうからな」

ヒマすぎて判断を誤り、時間を持て余してしなくていい心配をして。絶対に自分の間違いを認めず改めず推しに推して勝手に前へと突き進む。恥を知らないから人類は繁栄する。きっと恐竜とかクロマニョン人とかそういうのは、間違いを認めて恥ずかしくなって衰退して滅びたんだろう。ナイーブで気合が足りなかったんだろう。

親父達は正しい事をしたかったんじゃない。自分たちの趣味を止めないでもらいたかっただけだ。杞憂という趣味を。

「行き着いた先が自爆テロのマッチポンプってんだから始末におえねえな」

「行き着いた先ってのはとどのつまりは俺だよ、全部」

「お前は犠牲者の側だろうよ。婆様の言った通りだ。近づくとろくな事になりゃしねえ」

んな事はどうでもいい。もう一つ確かめたい事がある。

俺がどれだけ虚しい存在だろうと、それこそ知ったこっちゃない。

「……訊いていいか？　これは本気で訊きたい」

「何だよ？」

もう一度ゲヘナの双眸《そうぼう》を見る。黒くて、そして青い。

それからやっと全身を見た。

加工されていない生の声を耳にした。

「……お前、ひょっとして女？」

取りあえずそれ以外の質問は、この際、何一つ浮かんでこなかった。

5

ノイズが混ざる。大出力の周波数と巨大なアンテナを使っても混ざり遅延がある。アマチュア無線による交信。地球の裏側まで届く私的回線。インターネットを経由することなく通信料も発生しない。インターネットなどという概念が生まれるより先に、この通信技術はその雛形を確立していた。

それを第二で使わせてもらっている。

ブルースマンの能書きを聞きたくて設置した。こちらのほうが設備はよい。

「……めんどくせえぞおい、ネット使えネット」

「いいじゃねえか、お前んとこじゃ携帯も不便だろ」

「舐めんなよ。天山山脈のテッペンでも通じるぜ」

「そりゃちと俺が無礼だったかな」

「何の用事だよ」

「ザイードが二十歳になった」

「二十年生きたから何だっつーんだよ」

「成人式をやってる。お前も来ないかと思ってな」

「行けねーよ密入国も無理。遂に国際指名手配された」

「そりゃ残念だ。ザイードに代わるか？」

「いいよ。おめでとうって言っとけ。何が目出度いのか知らないけど。山羊の頭ハネ飛ばしてポロでもやってんのか？」

「ケーキと酒でどんちゃん騒ぎだ」

「酔っぱらいの戯言に付き合う気はねえぞ」

「いいじゃねえか付き合えよ」

「何が言いたいんだよ」

「お前に会いたい」

　フーリーの返事はしばらく無言だった。

　何も返ってこない。壊れたかと思ったぐらいだ。

「……ザイードは元気？」

「このマンションで一番ケンカが強い」

「熊沢さんは？」

「しょうもない絵を描いてる。あと例のブルースマンは」

「そいつの事なら教えてもらわなくても知ってるよ。ここにいたって届くぐれえのクソみてえな弾き語りと、夢物語の政府批判を繰り返している。あいつ日本じゃ結構な有名人だってな。狂人扱いと先見の明を持ち合わせた賢人との、両極端な評価で」

「いずれどっちかに定まる。今はみんな仲良く酒呑んでケーキ食ってるよ」

「こっちゃあ漸く、孫出来たトコだ」

「家族みんなで仲良くやってるか？」

「ま、そこそこ」

「会いたいね」

「孫に？」

「お前に。凄く。とても会いたい」

「勝手な兄貴に惚れちまったもんだな私も」

「会いたい」

「ババアだよこっちゃあ。いい歳だ。生理もしばらく来てねえしもう来ねえかもな」

「そんな事どうだっていい。会いたい。愛してるんだ。お前が干涸らびた即身仏みてえになってても、俺はお前と、直接会いたい」

「アイボールQSOを熱心に求められてもな。……つかてめえ、ぐでんぐでんに酔ってねえとそういう泣き言言わないのな、スカしてプライド守りやがって。挙げ句、息子のナントカ式にかこつけて私に通話か？」

「嫌いか？」

「ムカつくけど好きだよ、兄貴のことは」

「でも会えない？」

「会えねえな。我慢してくれ」

「泣きたいぐらいだ」

「……くっそいざ全開でそういう事言われるとこっちも困るんだけどな。無理だよ」

「死ぬ時ァ兄貴のツラ思い出すように努力するよ。それで納得してくれ」

「無理か」

「俺もそうする」

「何とか生きてろよ。そこの施設は国際基準レベルでも最高峰のシェルターだ。国が沈没するぐらいじゃなきゃビクともしねえ」

「国が沈没たあまたSFそのものだな。完璧にSFだ。紛うかたなく」

「酔っぱらいのSF定義に興味はねえよ」

「……ま、みんな幸せに気楽に、好き勝手に生きてるよここの連中は。毎日の生活に不自由する事もなく気ままにな」

「そりゃ随分な理想郷でようござんした」

そんなに気楽な雰囲気でもない。

みんな世界の終わりに備えている。

その緊張感はきっと娯楽そのものなのだろうけれど。俺には正直、全く理解出来ない娯楽なのだけれど。

世界が変わっても器用に適応してしまう。変化したとさえ思わなくなってしまう。この生命力と回復力、適応能力は凄まじい。テロなど起こす気力も失せる。警告するのも馬鹿馬鹿しい。何をしたって何一つだって変わりはしないし、仮に変わったところで数年十年十数年、そんな程度でそれは常識として受け入れられてしまう。

氷河期がまた来て星の半分が凍ったとしたってきっと生き延びる。

危機に備えていた事など忘れて。

全ての教訓を全て無駄にして。

人類という種族は生きながらえる。

「……飽きっぽいんだか忘れっぽいんだかどっちだと思うよ？」

「多分どっちでもない」

フーリーのそれは些か暴論に聞こえた。

「どっちでもないんなら、何だ？」

「意固地で頑固で気が利かないんだよ人類は」

「そんなんでいいのか」

「絶滅する種族ってのは気合が足りないんだ。人類には多分あまりまくってる。絶対に謝らないし絶対に改めないから地球の覇者になれたんだろうよ」

「んな馬鹿な」

暴論もそこまでいけば上出来だ。

精々、意固地に意地を張って繁栄を続ければいい。

俺の知った事じゃなかった。

俺はただ、もう一度でいいからフーリーに会いたいと思っただけで、実際それしか考えていない。それなのに雑談を続けたくて、話だけでも引き延ばしたくて適当な事を言ってしまう。いい歳をして何なのだと我ながら笑える。

仕方ない。

俺はそういう厄介な性分なのだ。

「熊沢はそれなりにいい奴だ。今はザイードに絵の描き方を教えている」

「仲良くしとけ。死ぬまでな」

「そうしたいところだ」

「切るぜ？」

「そっちから切られるんなら仕方ねえ」

「駄々こねてんじゃねえよ、そういう可愛げはせめて十数年前に出せ」

俺の口から苦笑いが漏れた。それは声を伴う高笑いになった。

フーリーの声。

フーリーとの会話。

それがたとえ無線回線越しでも。

今、この瞬間こそが俺の住むこの場所が、本当の理想郷に到達した瞬間だ。それがこの程度の短い時間であっても。

そんな会話をした。

ザイードが二十歳の時に、その祝いにかこつけてフーリーと回線を繋いだ。

それを思い出した。

死の際に必死になって思い出す事が出来た。

「もう一度会いたい。どうやっても。何があっても。お前に。フーリー」

「会える可能性を死ぬまで持ってけ。私もそうする。何なら子供らに託す」

「それもいいかもな」

遺伝子同士で俺たちは経由に経由を重ね薄く小さく欠片となって、血族の誰かのまた誰かの中に引っかかっていて、そして再会を果たす。

死ぬ寸前に、本当に幸せだった頃の事を思い出せた。

本当に思い出せていたのかも定かじゃない。

心臓が止まり血液循環が止まり脳細胞が死に意識がみるみる崩れていく。

どこからを死と呼ぶのかは医師が決める。

だが俺の最後の記憶は、熊沢が描いていたヘタクソな絵画じゃなくて、間違いなくフーリーの顔と体とその声だったから、本当に俺は、俺のような人間には許されないほど恵まれた環境で遂に死に至った。それが大いなる錯覚だったとしても。

一〇一年にも及ぶ俺の人生はこうして終わりを告げ、そしてその後、この世界がどうなったかなど知るよしもないし正直なところ、何の興味もなかった。

どうせたいして世界は変わりはしないのだ。

本書は、書き下ろし作品です。

次世代型作家のリアル・フィクション

マルドゥック・スクランブル
The 1st Compression——圧縮〔完全版〕
冲方　丁
自らの存在証明を賭けて、少女バロットとネズミ型万能兵器ウフコックの闘いが始まる。

マルドゥック・スクランブル
The 2nd Combustion——燃焼〔完全版〕
冲方　丁
ボイルドの圧倒的暴力に敗北し、ウフコックと乖離したバロットは〝楽園〟に向かう……

マルドゥック・スクランブル
The 3rd Exhaust——排気〔完全版〕
冲方　丁
バロットはカードに、ウフコックは銃に全てを賭けた。喪失と安息、そして超克の完結篇

マルドゥック・ヴェロシティ1〔新装版〕
冲方　丁
過去の罪に悩むボイルドとネズミ型兵器ウフコック。その魂の訣別までを描く続篇開幕！

マルドゥック・ヴェロシティ2〔新装版〕
冲方　丁
都市政財界、法曹界までを巻きこむ巨大な陰謀のなか、ボイルドを待ち受ける凄絶な運命

野尻抱介作品

太陽の簒《さん》奪《だっ》者《しゃ》

太陽をとりまくリングは人類滅亡の予兆か？
星雲賞を受賞した新世紀ハードSFの金字塔

沈黙のフライバイ

名作『太陽の簒奪者』の原点ともいえる表題
作ほか、野尻宇宙SFの真髄五篇を収録する

南極点のピアピア動画

「ニコニコ動画」と「初音ミク」と宇宙開発
の清く正しい未来を描く星雲賞受賞の傑作。

ふわふわの泉

高校の化学部部長・浅倉泉が発見した物質が
世界を変える――星雲賞受賞作、ついに復刊

ヴェイスの盲点

ロイド、マージ、メイ――宇宙の運び屋ミリ
ガン運送の活躍を描く、〈クレギオン〉開幕

野尻抱介作品

フェイダーリンクの鯨
太陽化計画が進行するガス惑星。ロイドらはそのリング上で定住者のコロニーに遭遇する

アンクスの海賊
無数の彗星が飛び交うアンクス星系を訪れたミリガン運送の三人に、宇宙海賊の罠が迫る

タリファの子守歌
ミリガン運送が向かった辺境の惑星タリファには、マージの追憶を揺らす人物がいた……

アフナスの貴石
ロイドが失踪した！　途方に暮れるマージとメイに残された手がかりは〝生きた宝石〟？

ベクフットの虜
危険な業務が続くメイを両親が訪ねてくる⁉　しかも次の目的地は戒厳令下の惑星だった‼

著者略歴　作家，著書に『ストレンジボイス』『パニッシュメント』，〈魔術師スカンク〉シリーズ，『鳥葬』他多数

HM=Hayakawa Mystery
SF=Science Fiction
JA=Japanese Author
NV=Novel
NF=Nonfiction
FT=Fantasy

我《われ》もまたアルカディアにあり

〈JA1196〉

二〇一五年六月二十日　印刷
二〇一五年六月二十五日　発行
（定価はカバーに表示してあります）

著者　江《え》波《なみ》光《みつ》則《のり》
発行者　早川浩
印刷者　西村文孝
発行所　株式会社　早川書房
郵便番号　一〇一 - 〇〇四六
東京都千代田区神田多町二ノ二
電話　〇三 - 三二五二 - 三一一一（大代表）
振替　〇〇一六〇 - 三 - 四七七九九
http://www.hayakawa-online.co.jp

乱丁・落丁本は小社制作部宛お送り下さい。
送料小社負担にてお取りかえいたします。

印刷・精文堂印刷株式会社　製本・株式会社明光社

ISBN978-4-15-031196-4 C0193

本書は活字が大きく読みやすい〈トールサイズ〉です。